KB269217

바람의 노래

바람의 노래

은미희 장편소설

문이당

작가의 말

어릴 때 나는 길을 잃은 적이 있다. 아홉 살 무렵의 일이었다. 무엇에 이끌려 집에서 멀리 떨어진 곳까지 갔었는지 기억은 나지 않지만 한참 동안 번화한 거리 한복판에서 헤맨 적이 있다. 분명히 새로운 길로 온다고 왔는데 살펴보니 조금 전에 지나간 자리였고, 다시 다른 길을 택해 걷다 보니 집에 가까이 가기보다는 오히려 더 멀어지고 있다는 의혹이 들었다.

지독히도 더운 여름날이었다. 나는 두려움에 덥다는 생각도 하지 못했다. 나를 스쳐 지나가던 생경한 풍경들에 잠깐씩 마음을 빼앗기며 걷고, 걷고, 또 걷는 동안 나는 점점 무서워졌다. 작열하던 햇빛도 시나브로 힘을 잃고 사방에 어스름이 지자 나의 두려움은 공포로 바뀌었다. 길을 잃은 것도 무서웠지만 그보다 더 무서운 것이 있었다. 아버지의 꾸중이었다. 엄하기로 소문난 아버지는 나의 무단 외출을 절대 용서하지 않을 거였고, 그래서 그에 상응한 매를 맞을 각오 또한 해야 했다. 아버지의 매가 떠오르자 내 걸음은 더뎌졌다. 그렇다고 가출을 할 수는 없었다. 사람들에게 물어물어 우리 집이 있는 동네에 이르자 나는 더 이상 한 발짝도 뗄 수 없었다. 내 몰골은 말이 아니었다. 땀과 먼지로 뒤범벅이 된 내 모습은 주인에게 버림받은 강아지 꼴이었고, 얼굴은 여름 햇빛에 벌겋게 달아올라 쓰리고 아팠다.

다행히 아버지에게 야단은 맞지 않았다. 무단 외출을 했다는 잘못보다 용케 집을 찾아왔다는 것에 그날의 잘못을 용서받았다. 하지만 나는 그날 이후 며칠 동안 푹 앓다 일어났다.

지금도 가끔 길을 잃는다. 한번 간 곳은 기억하지 못하고, 서너 번쯤은 가야 긴가민가하며 겨우 찾아가곤 한다.

삶의 여정 중에도 나는 길을 잃는다. 그것도 자주 잃는다. 다른 사람들이 모두 지나쳐 간 길을 뒤늦게 허둥대며 따라갈 때도 있고, 미로에 갇힌 채 전전긍긍할 때도 많다. 길을 찾는 일은 나에게 있어서 언제나 지난한 일이다. 대도시의 번다한 일상이 싫어 용감하게 직장을 그만두고 시골로 내려가 시를 짓고 사는 한 시인은 인생은 무턱대고 살아 보는 것이라고 했다. 나에게는 그 같은 용기도 없다. 때문에 늘 두렵고 무섭다. 하긴 두렵지 않은 사람이 있을까.

길 위에서 길을 잃지 않고 살아가는 사람들의 이야기를 써보고 싶었다. 생이 쓸쓸하지만 그래도 자신들이 가야 할 길을 알고 묵묵히 걸어가는 사람들의 이야기를 써보고 싶었다. 한데 마음이 시리다.

그 누구든 삶이 아프고 버거울 텐데 그런 모습들을 들여다보고 있
자니 내 마음도 더불어 아프다.

이 어려운 때에 책을 엮어 준 문이당 가족들에게 진심으로 고마운
마음을 전하고 싶다. 이 봄, 햇빛이 너무 화사하다.

2005년 6월

은 미 희

1

잔뜩 피곤했는지 애자와 유석은 낮게 코를 골며 깊은 잠에 빠져 있다. 유석의 어깨에 혹처럼 걸려 있는 애자의 동그란 얼굴이 가끔씩 유석의 고개가 앞으로 푹 꺾였다가 들릴 때면 덩달아 앞으로 쏠렸다가 들렸다. 귀밑으로 진하게 그려 넣은 가짜 머리카락이 채 지워지지 않아 시꺼멓게 얼룩진 얼굴로 애자는 입을 헤벌린 채 어수선한 잠 속을 헤매느라 잠깐씩 미간을 찌푸렸다. 정도는 하품을 길게 물며 막막한 어둠이 깔려 있는 전방을 주시했다.

이번 공연은 너무 형편없었다. 첫날, 퍼붓던 빗줄기가 심상치 않더니 아니나 다를까, 공연 내내 일기가 불순했다. 공연 시작 전에 내렸으면 아예 판을 벌이지 않았을 것을, 겨우겨우 지나는 사람 붙잡아 놓고 흥을 돋우었다 싶으면 야속하게도 그때서야 비가 듣거나 바람이 몰아닥쳐 사람을 맥 풀리게 만들었다. 듣는 비에 총총히 돌아서는 사람들의 소매를 붙잡고 엿을 팔 수는 없었다. 마음 같아선 부산하게 발걸음을 옮기는 그들의 뒷덜미를 잡아채고는 올 때는 마음대로 왔지만, 갈 때는 마음대로 가지 못한다며, 억지로 엿 한 무더기를 떠안기고 싶었지만 쏟아지는 비에 속수무책으로 황급히 무대를 걸어야만 했다.

정도는 명치끝에 뭉쳐지는 불온한 기운에 저도 모르게 깊은 한숨을 내쉬었다. 이제 나이를 먹은 모양이었다. 쉬지 않고 이끌어 나가야 하는 공연도 공연이거니와 공연이 끝난 뒤 곧바로 이어지는 밤 이동이 예전 같지 않게 힘에 부치는 양이. 예전에는 날밤을 새우고도 거뜬했는데 지금은 몸이 먼저 고된 일을 거부했다.

끼익. 퉁겨지듯 정도의 몸이 앞으로 쏠렸다가 되돌아왔다. 반사적으로 발은 브레이크 페달을 밟고 있었고 서늘한 기운이 명치끝을 훑고 지나갔다.

「뭐예요? 왜 그래요?」

잠결에 균형을 잡지 못하고 몸이 앞으로 쏠리면서 차체에 머리를 찧은 유석이 아픈 부위를 손으로 어루만지며 속눈으로 차창 밖을 살폈다. 애자는 두리번거리며 입가에 흘러내린 침을 닦았다.

「몰라. 뭔가가 지나갔어.」

「뭐가요?」

「야생 고양이나 삵 같은 거였어.」

「에이, 난 또 뭐라고, 큰일 난 줄 알았잖아요.」

헤드라이트에 드러난 빛의 공간에는 아무것도 없었다. 곰보 자국처럼 군데군데 움푹 꺼진 도로만이 눈에 밟힐 뿐. 어둠 속에서 푸르게 빛나던 두 눈은 무사히 길을 건넌 모양이었다. 죽을 줄 모르고 함부로 길로 뛰어든 그 정체불명의 작은 동물에게 정도의 불편한 심기가 모아졌다. 정도는 브레이크 페달 위에 있던 발을 신경질적으로 액셀러레이터 위로 옮겨 놓았다. 부릉부릉. 제조된 지 10년이 넘은 트럭은 그예 달려온 길이 힘들었던 듯 거칠게 날숨을 토해 내다 마지못해 움직이기 시작했다. 조수석에 앉아 있던 유석이 긴장을 풀고 다시 눈을 붙였다. 애자는 잠이 달아나 버렸는지 뻣뻣해진 목을 이리저리 돌리며 여운처럼 남아 있는 졸음을 하품으로 풀어 냈다.

「왜? 더 자지.」

정도는 흘깃 애자를 쳐다보며 얘기했다.

「혼자 심심하잖아요.」

애자가 다시 길게 하품을 빼물더니 눈가에 맺힌 눈물을 중지로 찍어 냈다.

「괜찮으니 눈 좀 더 붙여.」

「여기가 어디쯤이에요?」

어둠에 잠겨 있는 차창 밖을 살펴보며 그녀가 물었다.

「절반쯤 왔나?.」

「다리가 너무 아파. 이제 정말 늙었나 봐.」

애자는 무릎을 쭉 펴며 주먹으로 두 다리를 토닥거렸다. 그녀의 무릎에서 투툭, 소리가 날아왔다.

왕복 2차선의 좁은 국도는 트럭이 뿜어내는 빛줄기에 아랫도리만 드러내 보여 줄 뿐, 저쪽 어둠 속에 자신의 긴 음부를 숨긴 채 정도의 트럭을 빨아들이고 있었다. 정도는 그 음부를 헤집고 가야 했다. 하지만 가도 가도 길은 칠흑 같은 어둠 속에 자신의 속내를 감추고서 절대 드러내 보여 주지 않을 것처럼 보였다. 마침내 도달했다고, 종착지에 닿았노라고, 낡은 보퉁이를 내려놓고 긴 한숨을 내쉬는 그

순간에도 길은 제 다리를 벌려 보이며 어서 들어오라고 유혹할 것만
같았다.

「교대 좀 해줘요?」

자글자글, 그녀의 음성에서 닭이 느껴졌다.

「아니. 잠이나 더 자두지.」

「졸리기는 한데 막상 자려고 눈을 감으면 잠이 안 와요.」

「왜?」

정도는 가라앉은 소리로 말했다.

「글쎄. 비가 덜 왔나 봐요. 온몸이 쑤시고 아픈 게 누구한테 흠씬
두들겨 맞은 거 같아요.」

애자는 또다시 가볍게 주먹을 쥐어 자신의 어깨와 다리와 허리를
툭툭 쳐댔다. 비가 덜 왔다니. 지난 공연이야 할 수 없다지만 이번
공연까지 망치면 큰 손해가 날 텐데 이 무슨 큰일 날 소린가 싶어 정
도는 쯧, 낮게 혀를 찼다. 하지만 어디 일기라는 게 좋아지라고 해서
좋아지고, 나빠지라고 해서 나빠지던가. 어디 한군데 비틀어 매어
놓지 못하고 매양 떠돌아다니는 이 미욱한 사내의 팔자처럼 날씨 또
한 어쩌지 못하는 것을. 그 틈에도 젊은 혈기는 신체에 와닿는 웬만
한 불편쯤이야 견딜 여력이 있는 모양인지 유석은 옹색한 의자에 몸
을 묻은 채 옆자리에서 들려오는 낮은 소리엔 아랑곳하지 않고 다시
낮게 코까지 골았다.

「오줌 좀 누고 가요.」

애자가 차창 밖을 살피며 말했다. 길가를 따라 무릎 높이만큼 풀
이 자라 있을 뿐 가로수 하나 보이지 않는 길은 차량의 통행이 뜸해
호박 같은 알궁둥이를 드러내 놓고 오줌을 누어도 훔쳐볼 사람 하나

없을 것 같았다.

정도는 차를 길가에 바짝 붙였다. 엉덩이로 다리로 등으로 감지되던 차의 진동이 멈추자 그제야 유석은 눈을 가늘게 뜨고 주위를 둘러보았다. 또 뭐냐는 듯, 불만스러운 빛이 유석의 얼굴에 그늘처럼 서렸다.

애자는 물건을 타 넘듯 유석을 건너 차에서 내린 뒤 차 뒤편 어둠 속으로 사라졌다. 정도는 유석의 마뜩찮아하는 표정을 모른 척하며 담배 한 개비를 빼물었다. 젊은 날의 혼곤한 고단함을 모르는 바 아니었다. 젊은 날의 그 고단함은 나이 들어 느끼는 고단함보다 더 흥감스럽지 않던가. 나이 든 사람의 고단함 속에는 어딘지 모르게 까탈스럽고 첨예하고, 잘 벼리어진 날이 숨겨져 있고 젊은 사람의 고단함 속에는 둔중하고, 우직하며 이해할 수 없는 신선함 같은 게 깃들어 있다. 유석은 그 둔중함과 우직함으로 옹색한 잠자리일지언정 달게 자며 여기까지 왔던 것이다.

「아직 멀었어요?」

감싸듯 두 손으로 얼굴을 쓸어내리며 유석이 물었다. 중키에 보통의 체구를 지닌 유석은 번번이 잠을 깨는 것이 짜증스러웠던지 어투가 퉁명스러웠다. 숙면으로 하루의 피로를 씻어 내지 못하고 잠깐씩 끊어 자는 토막 잠이 오히려 피곤을 가중시키는지 그의 얼굴이 부숭부숭 부어 있었다.

실내등에 비친 유석의 얼굴은 영락없이 바보였다. 유난히 짧게 그린 눈썹에다 뭉툭하게 그려 넣은 입술, 코 옆에 팥알만 한 검은 점을 붙인 유석의 얼굴은 유분기로 화장이 번져 더욱 희화화돼 보였다. 그래도 나이 탓인지 녀석에게는 유난히 여자들이 따랐다. 크지도 작지도 않은 코에다 외까풀의 눈, 단정한 입매와 어딘지 순해 보이는 표정에 결코 헤프지 않은 말까지. 첫눈에 사람을 압도하는 조각 같은 얼굴은 아니었지만 녀석에게는 사람을 끌어당기는 힘이 있었다. 스물여섯 살. 유석은 아직 북장단에 제 몸 안의 피돌기를 맞추지 못했지만 인기만큼은 팀원 중에서 으뜸이었다. 그래서인지 녀석이 엿판을 메고 관중들 사이를 한 번 휘돌고 나면 엿판 속의 엿은 사람들의 손 안이거나 입 안에서 찐득찐득 녹아내리고 있었다.

「차가 밀리지 않으니까 한 시간 정도면 될 거야.」

계기판의 푸른 숫자는 11시 45분을 가리키고 있었다. 도착해서 짐은 나중에 푼다 해도 1시 안에는 잠자리에 들 수 없을 터이다. 혹여 잠자리에 든다 해도 잠을 청하기란 쉽지 않을 것이다. 무언가에 짓눌린 듯 욱신욱신한 육신은 잠을 내쫓고 그 불면의 시간 속에 헛된 생각들만 심어 놓을 것이다.

유석이 무언가를 찾으려는지 차 안을 두리번거렸다. 몸을 숙여 의자 밑 구석진 자리를 뒤지고, 먹다 남은 소주나 과자 부스러기가 쓰레기처럼 들어 있는 검은색 비닐 봉투 속을 뒤지다 젠장, 하고 낮게 내뱉고는 다시 눈을 감았다. 두 손을 깍지 끼어 뒤통수에 받치고 다리를 쭉 펴서 사물함 위에 얹고는 눈을 감은 채 쩝, 하고 입맛을 다셨다. 검은색 양말 밖으로 삐죽이 빠져나온 유석의 엄지발가락에서 발톱이 유난히 억세 보였다.

「뭘 찾는데? 술 생각이라도 나는 거야?」

불이 살아 있는 담배꽁초를 검지로 튕겨 차창 밖으로 내버리며 정도는 건성 물었다. 불티가 반딧불이처럼 날아오르고 빨간 점 하나가 포물선을 그리며 길가로 떨어졌다. 유석은 정도의 물음에 아무

대답도 하지 않았다. 그저 눈을 감은 채 고집스럽게 입을 다물고만 있을 뿐.

「담배 찾아?」

유석은 여전히 아무 움직임 없이 정도의 물음을 무시했다. 한 곳에서의 공연을 끝내고 다음 장소로 이동하는 그 길 위의 고단함을 익히 알고 있었지만, 정도는 녀석의 침묵이 주는 불쾌감을 참을 수 없었다. 아니, 어쩌면 대답을 무시하는 녀석 때문이 아니라 자신의 용렬함이 더 못마땅했을지 모른다. 지천명을 넘긴 나이에 아직도 길 위의 인생이라니. 더구나 보름 공연에 수입은커녕 외려 적자를 보았으니 그 손해를 만회하기 위해서 또 얼마나 목이 쉬어야 할까. 아니, 목이 쉬도록 소리를 해도 이번 공연의 적자를 메울 수나 있을는지. 정도는 짐을 꾸려 떠나올 때부터 속이 편치 않았던 것이다.

「이 자식이 묻는데 대답을 안 해?」

정도는 앉은 채로 발을 뻗어 유석의 옆구리를 내질렀다. 퍽. 소리와 함께 유석의 몸이 휘더니 완강하게 다물려 있던 입에서 고통에 찬 신음이 터져 나왔다. 불시에 당한 공격이라 더 아프고 황당했을 터이다. 유석은 자세를 고쳐 잡지도 않고 휜 그 상태로 앉아서는 정도를 노려보았다. 하지만 어쩌랴. 순해 보이는 유석의 눈빛은 그 길항의 순간에도 어쩔 수 없이 초식 동물의 흔들리는 눈빛을 닮아 있었다.

「야, 이 자식아. 노려보면 어쩔 건데. 한번 해보자는 거야? 이 자식이 눈에 뵈는 게 없어?」

정도는 다시 한 번 엿가락처럼 휘어져 있는 유석을 향해 다리를 뻗었다. 적당히, 유석이 피할 수 있는 틈을 남기고 발을 날렸지만, 유석은 날아오는 정도의 발을 그대로 맞아 냈다. 신체의 말단에서부터 전달돼 오는 뭉클하고 푹신한 느낌에 정도는 내심 당혹스러웠다. 빤히 쳐다보는 무언의 반항보다 자신의 몸을 내놓는 유석의 피학적인 자기 방어가 외려 정도를 화나게 만들었다. 아직 피가 뜨거울 젊은 놈이 그런 식의 싸움에 길들여지면 안 되는 것 아닌가. 몸이 깨지고 피가 터져도 제 몸 안에 부글부글 고이는 분노를 표출해야 하는 것이다. 그 표출의 뒤끝에 오는 일탈의 쾌감과 후련함으로 새로운 힘을 얻고 자신의 세상을 만들어 가야 할 때인 것이다. 한데 날아오는 발을 피하는 일 없이 그대로 앉아 맞아 내다니. 정도는 이상하게 자신의 옆구리가 아팠다. 그리고 자신의 젊은 시절을 생각해 보았다. 유석처럼 세상의 부당한 공격에 여기저기 깨지고 터져도 뭐라 대들지 못하고 눈빛을 단속한 채 이렇듯 유랑의 길을 걸었는가 하고. 아니었다. 유랑의 삶은 그저 천형일 뿐이었다. 피와 뼈에 바람이 스며 있고, 광대의 설렘이 오장육부에 깃들어 있는 탓이었다.

유석은 몸을 일으켜 세우고는 바닥에 버려 두었던 검은 비닐 봉투 속에서 소주병을 꺼내 들고 벌컥벌컥 들이켰다.

「어마나, 무슨 일이래.」

푸짐한 알궁둥이를 수풀 속에 묻고 쏴쏴, 물소리를 내던 애자가 눈을 동그랗게 뜨고 차 안으로 올라왔다. 그녀가 올라타자 차는 출렁, 그녀의 무게를 받아 냈다.

달리는 차 하나 없는, 밤늦은 국도 변의 어느 한 지점에서 불쑥 튀어나온 고함과 급작스럽게 돌변한 차 안의 상황이 애자는 도무지 이해할 수 없는 모양이었다.

「왜 그래?」

정도와 유석을 번갈아 쳐다보며 애자는 물었다. 바깥 기운을 쐰 탓인지 졸음의 여운이 말끔히 가신 얼굴로 그녀는 가운데 자리로 파고들었다.

「그렇잖아도 손해만 봐서 속상해 죽겠는데 왜들 이러는 거야. 서로 위로해 주지는 못할망정 꼭 큰소리까지 낼 거야?」

나이트클럽에서 반짝이 달린 한복을 입고, 마이크를 이 손 저 손 옮겨 가며 '까투리, 까투리이 까투리 까투리 까투리…… 까투리 사냥을 나간다'를 애창곡 삼아 노래 품을 팔던 애자는 5년 전에 팀에 합류한 민요 가수였다. 애자는 그때 빚 진 의상실 옷값도 채 갚지 못하고 있었다. 텔레비전에 얼굴 한 번 내밀지 못한 나이 든 무명 가수의 애환이야 평범하지 않은 인생의 쓸쓸한 낭만쯤으로 치장한다지만 그렇다고 해도 어쩔 수 없이 애자 또한 불쌍한 여자였다. 나이를 먹어서도 색색의 셀로판지가 낀 조명등 아래서 치맛자락 펄럭이며 노래를 부를 수 있을 줄 알고 반짝이 은색 실로 화려하게 수놓은 열두 폭 치마에 촘촘히 비즈가 박힌 저고리를 새로 해 입고, 무대에 섰던 날, 계약 해지 통고를 받은 애자는 그 한복을 입은 채 대기실 해진 소파에 주저앉아 실실 웃었다고 했다. 얼굴에 핀 자글자글한 주름이야 눈부시게 쏟아지는 조명 아래 서 있으면 영락없이 팽팽한 고무공의 표면처럼 주름 하나 없는 매끄러운 피부로 보일 테지만, 나이 들어 잃은 때깔은 어쩔 수 없이 옷으로 감추어야 한다며 그간 입었던 낡은 무대복들을 아쉬움 없이 폐기 처분 하고 거금을 들여 장만한 옷들이었다고 했다.

그러면서 애자는 한숨을 내쉬듯 말을 이었다.

「한데 말이야. 여기저기 실밥이 터져 나풀거리고 올이 뜯겨 결이 흐트러지거나 담뱃불 자국이 숭숭 나 있는 오래된 한복들은 제 빛깔을 잃었어도 신기하게도 입고 무대 위에 서면, 쏟아지는 조명빛을 받아 말짱, 새것처럼 보이는 거야. 좀이 슬고, 빛이 바랬다고 누가 생각하겠어. 하지만 어쩌겠어. 맨날 같은 옷을 입고 무대에 오를 수는 없잖아. 그래, 장만했지. 한 김에 돈 아끼지 말자, 생각했어. 언제 또 장만할지 모르니까 할 때 기왕이면 좋은 걸로 하자 그랬지, 뭐. 그러고는 그 묵은 옷들을 보따리에 싸서 내다 버렸지. 누구 줄 수도 없었으니까. 우리도 그렇지만 어디 투자 없는 연예인 봤어? 없다면 그건 진정한 연예인이 아니지. 한데 그 옷값이 지랄이야. 어떻게 끊어 줘도 끊어 줘도 제자리냐. 사장 놈, 좀 일찍 눈치만 줬어도 새옷은 장만하지 않았을 텐데 말이야.」

그 말을 할 때 애자의 한쪽 눈가가 파르르 떨리더니 이내 그렁그렁 눈물이 맺혔다. 간혹 가다 애자는 가설무대에서 그 옷들을 입고 싶어 했지만 동현은 허용치 않았다. 얼굴에 우스꽝스러운 분장을 하고, 엿이 든 바구니를 팔에 낀 각설이 주제에 선녀의 날개옷 같은 무대복이 웬 말이냐며 눈꼬리에 힘을 주면서 혀를 찼었다.

양쪽에 추처럼 앉아 있는 사내들로부터 아무런 반향이 없자 그녀는 자신의 바지춤 속으로 쑥 손을 들이밀고는 말린 속옷을 펴 올렸다. 아마도, 느닷없는 고함 소리에 놀라 황급히 속옷을 추어올린 탓에 아랫도리가 불편한 모양이었다. 어디 한군데 커다란 공터만 있으면 그곳에 뚝딱, 철 말뚝을 박고, 조명들을 세우고, 무대를 만드는 통에 되는 대로 눈가림할 곳을 찾아 옷을 벗고 갈아입는 게 익숙해진 그녀는 유석이나 정도쯤이야 의식하지 않는 듯했다.

「날것들이 어떻게나 그악스럽던지. 살냄새 맡고 모여드는데 따끔거려 혼났어.」

애자는 손가락에 침을 묻혀 다시 바지춤 속으로 집어넣었다. 그러고는 엉덩이를 움질움질 움직여 보다 깊숙한 곳으로 손가락을 집어넣었다. 육신의 한 곳, 지도 위의 중요한 한 지점처럼 붉은 표식으로 부풀어 오른 곳을 향해 애자의 매듭 굵은 손이 나아갔다. 그 간지러움을 잠재우기 위해.

정도는 흘깃 유석을 훔쳐보았다. 조금 전 안주도 없이 벌물 켜듯 마신 술에 몸이 풀렸는지 말없이 앉아 있었다. 하긴 녀석도 힘이 들 터였다. 스물여섯. 젊은 나이에 각설이 아닌 각설이로 전국을 헤매며 불러 대는 품바타령에 어지간히 진력이 나기도 할 터였다. 저처럼 몸이 고달프고 마음이 허수할 때 하룻밤, 자신을 좋아하는 여자 품고 긴 밤을 달래다 보면 다음 날 생이 별 거냐 싶게 모진 마음이 새로 생기기도 하는데 숫기 없는 녀석은 그나마도 못하니, 하루하루의 피로는 마음과 저 육신 위에 주쳇덩어리처럼 쌓여서는 천 근 무게로 짓누를 것이다.

쯧, 또다시 정도는 낮게 혀를 찼다. 조금만 참았더라면 좋았을 텐데 어쩌자고 생각보다 몸이 앞섰을까. 뒤를 봐줄 사람 하나 없는 장돌뱅이 처지에 몸이 먼저 앞섰다가 낭패라도 당하면 그 뒷갈망을 어쩌려고 늘 몸은 생각을 앞질러 달릴까. 생각은 물먹은 빨래처럼 늘어져 있는 녀석에게 아까 맞은 곳은 괜찮으냐고 묻고 싶은데, 이제는 몸이 따라 주지 않았다.

「그나저나 이곳에서는 벌어야 하는데, 큰일이네.」

몸과 마음의 불일치가 만들어 내는 그 불편함 속으로 애자가 끼어들었다. 그녀는 이번에는 목돈 좀 챙겨 선녀 날개옷 같은 한복의 외상값도 갚고, 고등학생인 딸의 등록금도 내주고, 잦은 병치레에 미라처럼 말라 버린 친정어머니의 굳은 주머니에 거짓말처럼이라도 기름기를 보태 주고 싶은 모양이었다.

정도는 낡은 트럭의 액셀러레이터를 밟았다. 가는 거다. 그곳이 어디가 됐든. 그 끝이 어디든, 가보는 거다. 가고 나서 후회해도 늦지는 않다. 때론 뒤늦은 후회도 아름답고 찬연하지 않던가. 가보지 않으면 끝내 알 수 없는 것들. 그것들을 만나러 가는 거다.

2

　동현은 머리의 물기를 수건으로 털어 내며 욕실에서 나왔다. 허름한 여관 방은 한데처럼 냉기가 독했고, 벽이며 천장이며 바닥이며, 눅눅하니 습기가 돌며 곰팡이 냄새가 역했다. 사방 벽과 다른 벽지로 대충 발라 놓은 천장의 도배지는 한곳이 들떠 눈에 거슬렸고, 그나마 오래돼 군데군데 무늬마저 닳고 없었다.

　방 안을 채우고 있는 이 음습한 공기는 잠을 자는 동안 슬금슬금 살과 뼛속으로 스며들어 육신을 부식시키고 영혼을 좀먹어 갈 것이다. 그것들이 육신에 쌓이고 쌓여 종내는 여기저기 고장을 일으키고, 관절 마디마디를 녹슬게 만들어 그만 주저앉게 만들지 모른다. 하긴 그럴 때라야만 길 위의 인생이 끝날지 모른다. 이 피톨들에 스며 있을 유랑의 기미들은 그제야 육신에서 삼투압처럼 분리돼서는 방구석에 처박혀 있을 수 있게 만들지도 모른다.

　정도는 불기 한 점 들지 않는 냉방에서 이불도 깔지 않은 채 차에서 내렸던 그대로 누워 있고, 유석은 누에처럼 때가 긴 얇은 분홍색 캐시밀론 이불을 몸에 둘둘 만 채 벽과 방바닥이 만나는 모서리에 코를 박고 잠이 들어 있었다. 숨소리가 깊고도 규칙적이지 않은 양으로 봐서는 아마도, 잠이 든 게 아니라 잠이 든 척하고 있는지도 몰랐다. 무언가 둘 사이에 감정의 골이 자리하고 있음이었다. 차에서 내릴 때도 굳은 얼굴로 서로를 피하더니 방 안에 들어서도 데면데면하게 굴며 서로 섞일 수 없는 액체처럼 상대로부터 떨어져 나가지 않던가.

하고많은 날들을 길 위에서 함께하고 무대 위에서 입을 맞추며 화음을 넣고 후잇후잇 추임새를 넣으며 흥을 돋워도 피를 나눈 애증의 친형제자매처럼 서로의 삶 속으로 깊숙이 개입할 수 없었다. 그들은 다만 타인들이었고, 생계를 위해 구성된 잡 패밀리였다. 언제든지 해체될 수 있는, 그 유효 기간조차 가늠할 수 없는 조직된 패밀리. 효용 가치가 다하면 미련 없이 그들은 스스로 떨어져 나갔고, 또 서로를 자신의 삶에서 떼어 냈다. 상처 위에 앉은 묵은 딱지처럼 그들은 한 점, 통증도 남기지 않고 그렇게 서로의 삶에서 분리됐다. 하지만, 정말 꼭 그럴까……. 피붙이들보다 더한 애정은 없을까?

「씻고 와.」

낮 동안 흘린 땀들이 찌들면서 고약한 냄새를 풍겼다. 숨을 쉴 때마다 들숨 속에 빨려들어 온 역한 냄새는 동헌의 속을 뒤집어 놓고 지끈지끈 두통까지 일으켰다. 뚜껑을 열면 까맣게 으깨진 콩 사이를 움질움질 헤집고 다니는 구더기가 남은 입맛마저 가시게 만드는 된장에서 나는 냄새 같은. 하지만 자는 듯 누워 있는 두 사람에게서는 어떠한 움직임도 없었다.

「이건 숫제 시체 썩는 냄새다.」

동현은 방문을 열어젖히고, 유석이 침낭처럼 몸에 감고 있던 꼬질 꼬질한 이불 한 귀를 잡아챘다. 이불 끝에 걸리는 유석의 힘이 만만 치 않았다. 마치 밑을 땅 깊숙이 박아 두고 있는 바위덩이마냥 꿈적 도 하지 않았다.

「뭐해? 안 씻을 거야? 냄새 때문에 머리 아파 죽겠다.」

동현은 버럭 소리를 질렀다. 넓고 깊은 울림통을 빠져나온 북소리 처럼 동현의 소리는 한밤, 적막하게 가라앉아 있는 여관의 조붓한 복 도를 뒤흔들어 놓았다. 우웅. 공명을 끈 채 사라지는 동현의 소리에 유석은 마지못해 일어나서는 자신의 몸에 두르고 있던 때 탄 이불을 걷어 내던졌다. 어깨가 좁아 어딘지 여자처럼 여려 보이기만 하는 유석의 얼굴에 일순, 독기 같은 게 깃들었다 사라졌다.

「저 자식 왜 저래?」

거칠게 욕실로 들어가는 유석의 등 뒤를 사납게 노려보며 동현은 어이없어했다. 마음 같아서는 녀석의 멱살을 그러잡고 코앞까지 바 투 끌어당겨서는 을러대고 싶었지만 무언가 짚이는 게 있어 녀석이 들어간 욕실에서 눈길을 거두었다. 대신 들고 있던 수건으로 머리에 남은 물기를 털어 내고 얼굴을 닦아 냈다. 수건에서도 꼬질꼬질한 냄새가 났다. 쨍쨍한 햇볕에 바싹 말리지 못하고 질금질금 내리는 비를 피해 물기만 없앴으니 오죽하랴.

목욕탕에서 들려오는 소리가 퉁탕퉁탕, 거칠었다. 하긴 팀의 막내 라 녀석은 제 속에 불만이 쌓여도 딱히 풀 상대도 없었다. 저렇듯 무 정물의 사물들을 대상으로 애꿎은 분풀이를 하면 모를까, 누구한테 대놓고 눈 치켜뜨고 목소리 한번 높일 수 없었다. 더구나 녀석의 잘못도 아니지 않은가. 이전과 다를 것 없는 공연 내용에다 그나마 중국에서 모셔 온 기예단에 황금 시간대를 내주고 말았으니 신통치 않은 수입이야 어쩌면 당연한 것이었는지 모른다. 책임자로서 하루라도 빨리 K시(市)에서의 공연을 접고 다른 곳으로 가 판을 벌여야 했는데 미련스럽게 끝까지 버틴 것이 잘못이라면 잘못이었다.

작은 소란에도 불구하고 방바닥에 모로 누워 눈을 감고 있던 정도가 느릿느릿 일어나 방을 나갔다.

「어디 가요? 차에서 가져올 거 있으면 내가 가져올게라. 형님은 유석이 나오면 씻기나 하쇼.」

「놔둬라. 내가 갔다 올란다.」

정도의 음성이 여느 때 같지 않게 가라앉아 있었다.

50대 초반. 벌써 반백으로 머리가 세어 버린 정도의 어깨가 유난히 처져 보였다. 게다가 오랜 시간 동안 무거운 북을 메고 있어서 그런지 그의 어깨가 더욱 구부정해 보였고, 그 어깨 위에 얹힌 세월의 무게가 오늘따라 만만치 않게 느껴졌다. 처음 그를 만났을 때만 해도 힘이 느껴졌었다. 땀구멍 숭숭 보이는 구릿빛 피부나, 발뒤축 고리에 연결된 동동구루무의 북채를 힘껏 밟아 대는 발짓에도 역시 젊음과 힘과 탄력이 느껴졌었다. 한데 지금은 어딘지 모르게 조금 짜부라져 있는 것 같고 힘이 빠져 보인다.

그도 어느새 늙어 버린 것이다. 북을 두드리고, 노래를 부르고, 동동구루무 북으로 장단을 넣으며 하모니카를 불고, 품바타령을 외는 동안 그는 자신도 눈치 채지 못하는 사이 초로의 경계를 지나 늙은 이의 모습을 하고 있었던 것이다. 아침마다 거울 앞에 얼굴을 바투 갖다 대고 수고스럽게 빗질로 고르고 잘라 내는 코털만 없었더라면

아마도 지금보다 조금은 더 젊게 보일지 모른다. 모난 데 없이 길고
둥그스름한 얼굴에 큰 코, 반듯한 입을 가진 50대의 사내로.

「귀찮지 않아요? 그냥 밀어 버리지. 왜 그걸 길러요?」

자칫하여 어느 한군데 움푹 잘릴까 봐 조심조심 길이를 골라내는
그의 등 뒤에 대고 한 마디 할라치면 그는 그랬다.

「관객에 대한 예의야. 외모를 가꾸는 일도 연주 못지않게 중요하
다. 무언가 남다르지 않으면 생명력이 없어.」

수염을 손질하기 좋게 입을 움질움질 움직이며 대답하느라 정도
의 발음이 뭉개지거나 샜다. 하지만 그는 수고스럽게도 콧수염 다듬
는 일을 멈추지 않았다.

동현은 바닥에 주질러 앉아 발가락 사이사이 남아 있는 물기를 수
건으로 닦아 냈다. 여관의 물은 지하수를 사용하는지 뻑뻑한 게 비
눗기가 잘 빠지지 않았다. 쏴쏴. 유석이 들어가 있는 욕실에서 물 흐
르는 소리가 들렸다. 한쪽 벽에 쳐져 있는 보랏빛 꽃무늬 커튼만 걷
어 내면 녀석이 목욕하는 모습을 볼 수 있었다. 20대의 그 미끈한 나
신. 녀석의 단단한 근육과, 불끈 일어서 있을 녀석의 남근과, 굼실굼
실 피부를 덮고 있을 윤기 나는 터럭들까지. 드르륵. 저 커튼을 한쪽
으로 밀쳐 내면 유리창은 짜잔, 마술처럼 녀석의 알몸을 보여 줄 것
이다. 연인들을 위해 벽을 허물고 유리창을 만들어 놓았는지 욕실과
방 사이에 나 있는 큼직한 투명 유리창이 이쪽저쪽을 액자 속의 풍
경처럼 담아내고 있었다.

정말, 동현은 유석의 몸이 보고 싶었다. 군살 하나 없을, 고양이의
동공처럼 세로로 바짝 서 있을 배꼽을 가진 그의 나신이 보고 싶었
다. 살아온 날보다 살아갈 날이 더 많을 유석의 몸. 녀석의 몸이 품고

있을 생의 기대와 설렘은 어떤 모습으로 그의 근육과 살과 뼈에 저장
돼 있는지 보고 싶었다. 자신의 20대 때의 몸은 어떠했는지 지금은
까마득해 기억조차 나지 않는다. 그 숱한 부대낌 속에, 설렘과 기대
들이 어떻게 내리고 부려졌는지 세월은 참으로 허망하기만 하다.

　손은 벌써 동현의 욕망을 충실히 이행하고 있었다. 욕정에 겨워
애인의 몸을 훔쳐보는 관음증 환자처럼 동현은 커튼을 벽 쪽으로 밀
어붙였다. 지름이 백 원짜리 동전만 한 쇠구슬이 밑단에 들어 있는
커튼은 출렁거리며, 사이사이 골 깊은 주름을 만들어 냈다.

　주황빛 불빛 속에 서 있는 유석의 젊은 몸뚱이가 드러났다. 시큼
한 땀 냄새를 풍기던 옷들 대신 비누 거품을 뒤집어쓴 채 그는 터럭
사이사이, 땀구멍 사이사이 낀 삶의 더께들을 씻고 또 씻어 내고 있
었다. 흐릿한 목욕탕의 조명은 그의 굴곡진 몸 구석구석에 그늘을
만들고, 어느 곳에는 앉았다가 윤기로 흘러내렸다.

　그러다 문득 동현의 시선과 유석의 시선이 목욕탕 안, 벽에 부착된
커다란 거울 속에서 부딪쳤다. 잡고 잡히는 포수와 들짐승처럼 처음
엔 동현의 시선이 유석을 덮쳤지만, 이내 유석의 사나운 눈길이 동현
에게로 날아왔다. 보면 안 되었는데 어쩌자고 보았는지. 동현은 슬
그머니 고개를 돌려 버렸다. 애초부터 방의 구조가 이런 줄 알았다
면 이곳에 들지 않았을 터이다. 그저 다른 곳보다 값이 싸기에 들었
을 뿐이고 값을 치른 뒤 방에 들어서야 벽과 벽 사이에 서로의 시선
이 섞일 수 있는 또 다른 문이 존재하고 있음을 알게 되었다.

　동현은 서둘러 커튼을 도로 치고 유석의 날 선 시선으로부터 도망
쳤다. 순간의 호기심이었지만 동현은 쓸쓸했다. 여려 보이기만 하던
녀석의 몸은 탄탄한 20대의 몸 그대로였다. 가늘지만 강단져 보이는

뼈대와 근육이 뭉쳐진 살들은 이미 예전에 자신이 잃어버린 젊음을 상기시켰다. 벗어 놓은 빨랫감을 한데 뭉쳐 구석에 놓으려는데 정도가 손에 검은 비닐 봉투를 들고 방으로 들어섰다. 이 늦은 시각에 아직 문을 연 가게가 있었던가.

「한잔 하자.」

정도는 검은 비닐 봉투 안에서 소주와 땅콩과 종이 짝처럼 얇은 오징어를 차례로 꺼내 놓았다.

「이 밤에 어디까지 간 거요?」

「요 앞, 길 입구 가게. 문 닫았기에 주인 깨워 사왔다.」

「주인이 고분고분 물건들을 내줍디까? 이 밤에?」

「그럼. 요새 같은 불경기에 몸 호강하며 장사하는 사람 어디 있냐? 외려 고맙지.」

땅콩이 든 봉지의 비닐 커버를 벗기고, 오징어를 가로로 길게 찢어 놓는 정도의 손도 얼굴만큼이나 햇볕에 타 거무스름했다.

「다들 기분도 가라앉았을 텐데 와서들 한 잔씩 하라고 해라. 쥐구멍에도 볕들 날이 있다던데 어떻게 여기서는 잘되겠지. 그러니 한 잔 하고 그간의 어려움은 잊어버리자.」

「그렇지 않아도 조금 있다 모두 모이라고 할 참이었는데 잘됐네.」

어느 지방의 바람은 습해 터럭들이 눅진하게 몸에 붙고, 어느 지방의 바람은 부는 듯 안 부는 듯 잔잔한 그 한 자락에 초목의 비린내를 품어 오고, 어느 지방의 바람은 컥, 하고 숨이 막힐 듯한 사람 냄새를 실어 오며, 또 어느 곳의 바람은 애써 다독인 열망을 뒤까불어 놓으며, 또 어느 곳의 바람은 몸 안에 남아 있는 방랑기를 잠재웠다. 그렇게 알면 아는 대로 모르면 모르는 대로 그러구러 꾸려 온 각설이 극단에 정도가 없었다면 어땠을까. 아니 정도를 만나지 않았다면 동현은 지금 어떤 꼴로 세상을 헤매고 있을까. 과연 이 세상 사람이 기나 할는지.

동현이 정도를 만난 것은 5년 전, 7월이었다. 흰빛으로 벼려진 한낮 햇빛이 곰살맞은 금빛으로 눅어서 세상을 타 넘을 때 동현은 어쩌자는 작정도 없이 S시(市)를 관통해 흐르는 하천을 따라 어슬렁거리고 있었다. 수중 보가 설치된 하천 주변엔 공공 근로 사업이라는 이름으로 풀밭이나 도로를 지탱하는 축대가 말끔하게 정리돼 있었고 요 며칠 내린 비로 제법 수량 또한 불어나 있었다.

자동차 인테리어 가게를 2년 만에 처분하고 그동안 진 빚을 정리하고 나자 남은 게 아무것도 없었다. 그나마 큰형과 막내 동철에게 빌려다 쓴 돈은 다 주지도 못했다. 가족이라는 이름으로, 한 핏줄이라는 이름으로, 동현이 져야 할 짐을 나눠 진 그들은 잔뜩 찌푸린 얼굴로 그 짐을 제 몫처럼 받아들였다. 하지만 동현은 그들보다 더 견디기가 힘들었다. 하여, 나온 길이었다.

땀에 젖어 후줄근히 늘어난 반팔 흰색 남방셔츠와 군청색 바지에서는 시큼한 체취가 올라왔고 살갗은 끈적거렸다. 더불어 따라오는 자신의 그림자가 유난히 길고 가늘었다. 동현은 유목민들의 '빠오' 같은 천막 위로 두리둥실 떠 있는 아치형의 풍선들을 길라잡이 삼아 걸었다. 중소기업 상품 전시장. 군데군데, 애드벌룬이 현수막을 꼬리처럼 매달고 하늘 높이 떠 있는 그곳에 가도 딱히 할 일이 없었지만 목적지가 없는 것보다는 그래도 나을 성싶어 계속 나아갔다.

입구에서 서성거리는 사람들은 많지 않았다. 그 옆, 천변 도로에서는 차들이 씽씽 내달리고 있었다. 어슬렁어슬렁 예까지 찾아는 왔지만 막상 와 보니 들어가고픈 생각은 일어나지 않았다. 대신 동현은 바지 주머니에서 담배를 꺼내 불을 댕겼다. 햇빛은 금빛으로 늙었지만 더위는 여전했다. 숭얼숭얼 모근에 엉겨 있던 땀이 기어이 방울져 귀 뒤를 타고 목으로 흘러내렸다.

도심의 후미진 골목 안 어느 허름한 여인숙의 방 한 칸을 빌려 밤을 보낸 지 일주일. 새벽녘 일찌감치 일용 근로자 대기소에 나가 사람들 틈바구니에 끼어 제법 힘깨나 쓰는 일꾼처럼 보이느라 애썼지만 누구 하나 일에 경험이 없는 자신을 뽑아 가지 않았다. 운 좋은 사람들 몇이 사람을 사려고 나온 이들이 몰고 온 봉고차로 몸을 옮겨 싣고 떠나면 남은 사람들은 축 처진 어깨로 삼삼오오 모여 불투명한 미래를 입에 담으며 힘들어하거나, 서로 표정을 숨기며 어기죽어기죽 느린 곰처럼 근로자 대기소를 빠져나갔다. 어떤 이는 주머니 속에 들어 있는 동전 몇 푼으로 내일을 기약하며 버스에 오르고, 그나마 동전 몇 푼도 없는 사람들은 다리 힘에 의지해 버스 정류장을 지나쳐 갔다.

동현은 버스 비를 아끼기 위해 터벅터벅, 오던 길을 되짚어 가거나 부러 다른 길로 가기도 했다. 종아리가 당기도록 걸으면서 동현은 다짐했다. 다시 돈을 벌어서 목소리 큰 가장으로 복귀하리라고. 기필코 옛 권위를 회복하리라고.

동현은 화들짝 놀라 담배꽁초를 버렸다. 어느새 불은 담배를 다 태우고 손가락 끝에 와 있었다. 해는 서편 건물의 옥상에 커다란 공처럼 걸려 있고, 하나 둘, 하얀 천막 안에서 불빛들이 새어 나오기 시작했다.

「이게 누구야? 동현이 아냐?」

할리우드의 서부 영화 속에서 총잡이들이 쓰는 빨간 웨스턴 형 모자를 쓰고, 노란색 블라우스 위에 빨간 조끼를 걸치고 술이 달린 빨간 바지를 입은 중키의 남자가 호들갑스럽게 동현에게 알은체를 해 왔다. 군살이 없고 새까맣게 탄 얼굴에 음성은 걸걸하고 거칠었다. 동현이 기억 속의 인물첩을 뒤질 사이도 없이 사내는 또 빠르게 말을 이었다.

「너 동현이지? 동현이 맞지? 이 자식 좀 봐라. 벌써 나를 잊었어? 그런 거야? 야, 섭하네. 너도 제법 나이가 들어 보인다, 야.」

환하게 웃는 입술 사이로 담뱃진에 누렇게 물든 이가 드러나 보이고, 턱밑에 나 있는 흉터가 아슴푸레하게 한 사내를 기억으로부터 끌어올렸다.

「정도 형. 정도 형 아냐?」

「그래, 얀마. 나 정도야.」

그는 동현이 어렸을 적 잠시 살았던 시골 동네 조무래기들의 왕초였다.

「여긴 웬일이냐. 너도 저기 물건 대 놓았냐? 아니면 구경 온 거냐?」

그가 턱짓으로 상점들이 벌집처럼 칸칸이 들어서 있는 장터를 가리키며 물었다. 왕초다운 풍모는 온데간데없이 그는 요상한 차림으로 동현의 앞에 서 있었다. 하지만 그 이상한 차림에도 불구하고 정도는 전혀 민망한 기색 없이 만면에 환한 웃음을 띠며 오히려 동현의 행색을 살폈다.

「그냥 지나다 들렀어요. 한데 형은?」

「나? 엿장수야.」

빠르게 위아래를 훑어 내는 동현의 시선에도 아랑곳하지 않고 그는 거리낌 없이 내뱉고 웃었다.

「엿이라뇨?」

「말 그대로 엿장수지. 각설이야. 뭐, 그럴듯하게 말하자면 팔도 풍물패. 너도 한두 번 봤을 거 아냐? 공연하고 엿 파는 거지들.」

그제야 동현은 고개를 끄덕였다. 그의 뒤로 보이는 천막 쪽에서 우렁우렁 마이크 소리와 추임새 섞인 빠른 템포의 메들리 노래가 흘러나왔다.

「암튼 가자. 곧 공연이 있을 테니까 구경 좀 하고 있다가 끝나면 어디 가서 소주나 한잔 하자.」

동현은 자석에 끌리듯 정도를 따라갔다. 그래, 목도 컬컬했다. 술이 있으면 또 하루를 마감하기가 쉬울 터였고, 혼자 마시는 술보다 동행이 있는 술이 더 달기도 할 것이었다. 그리고 모처럼 술에 푹 절어 보고도 싶었다.

그리고 지금 여기, 정도와 같은 엿장수로 앉아 있다. 유석이 머리에 남은 물방울을 털어 내며 목욕탕에서 나왔다. 바보 분장이 지워진 녀석의 얼굴에 스물여섯 살의 앳된 기미가 고스란히 드러나 보였다. 그러나 녀석의 얼굴에도 어쩔 수 없이 거친 바람의 흔적이 남아 있었다.

2년 전, 청주 공연 갔을 때 오북 두드리는 일이 재미있어 보인다며 무작정 따라나선 놈이었다. 젊은 놈이 각설이 흉내 내면서 엿장수 장단이나 두드리고 사는 일이 어디 동경할 일이나 되느냐며 말리고 또 말렸지만, 녀석은 좀체 제 뜻을 꺾지 않았다. 요즘처럼 취직하기도 어려운 때 어디를 가겠느냐면서 차라리 고생스럽더라도 길거리를 누비다 보면 뭔가 길이 보이지 않겠느냐고 질기게 따라붙었다. 녀석의 숫기 없는 표정에 내심 동현은 그랬다. 북채도 쥐어 보기 전에 부끄러워 도망갈 거라고. 마포 바지에 방귀 새 듯 어느 날 소리 없이 사라져 버릴 놈이라고. 그래, 한 달만 따라다녀 보라고 했다. 엿판 어깨에 메고 관중들 사이를 돌아다니며 엿을 팔고, 엿판에서 한 덩어리로 굳어진 엿도 깨고, 조각난 엿을 투명한 일회용 도시락 용기에 담고, 무대를 세우고, 무대를 거두고, 짐을 나르는 허드렛일을 한 달만 견뎌 보라고 했다. 한데 녀석은 수줍음을 타는 성격에도 불구하고 그 모든 걸 다 해냈다. 엿 깰 때도 너무 가늘거나 굵게 깨지 않고 요령 있게 깨야 개수가 더 나온다는 사실을 금방 알아챘으며 두텁게 칠한 바보 분장 속에 자신을 숨기고 구경꾼들 사이를 헤집고 돌아다니며 엿을 팔았다.

「가서 다들 오라고 해.」

동현의 말에 커다란 가방 속을 뒤져 스킨 병을 집어 내던 유석은 가방 지퍼를 열어 둔 채로 몸을 돌려 방을 나갔다.

「끼가 있어야 하는데 녀석은 끼가 없어. 젊은 녀석이 왜 그리 순해 빠지기만 한지. 북 두드리는 일이 좋아한다고 해서 다 되는 일이 아닌데.」

동현은 소주병의 마개를 따며 정도의 말을 들었다.

「그래도 요즘에는 곧잘 하던데요?」

「그게 뭐가 잘하는 거야? 지 신명에 겨워 두드려야 하는데 녀석은 가르쳐 준 대로만 하고 있어. 그러니 관중들을 사로잡지 못하지.」

「시작한 지 이제 겨우 2년이요. 형님은 벌써 30년이 넘었잖소. 지

신명대로 두드려도 기본이 있어야 할 거 아뇨?」

「없는 끼가 30년 간다고 생긴다니?」

「그래도 모르잖소. 북 두드리다 보면 어느 순간에 뼈 마디마디에 그 북의 진동이 심어질지.」

동현은 종이컵에 콜콜콜, 소주를 따라 정도에게 건네고, 정도는 잔을 받아 들어 입 안에 털어 넣었다.

「헛소리 마.」

「헛소리가 아뇨. 거 왜, 무당춤 추다 진짜로 신이 들리는 춤꾼들도 있잖소.」

다시 동현은 오징어 다리를 찢어 놓고, 몸통 부분을 가늘게 찢어서 두어 조각, 정도에게 내밀었다. 크기만 달랑 컸지 종이 짝처럼 얇은 오징어는 불기를 들이지 않아서인지 유난히 눅눅한 게 냄새가 심했다. 그 냄새에 몸이 반응했다. 밤나무 아래로는 혼자 된 며느리 내놓지 말고 오징어 덕장에는 남편 내보내지 말라고 했던가. 기막히게도 오징어 냄새와 밤꽃 향기는 여자와 남자의 그것을 닮았다. 한 며칠 피로에 지쳐 자리에 눕기 무섭게 곯아떨어졌다가도 이놈의 오징어 냄새만 코끝에 감기면 그예 잠은 말끔히 달아나 버리고 밤새 뒤척이다가 기어이 여자를 안고 말았다.

지금이 그렇다. 보름 공연을 죽 쑤고 왔으면서도 여자를 안고 싶다는 욕망은 지치지도 않고 고개를 쳐들었다. 여자 팬티 훔쳐 입고 도박판에 끼어 앉으면 잃었던 운이 다시 돌아온다고 믿듯 재수 있는 여자 안으면 이번 공연은 성공리에 마칠 수 있을지도 모른다. 정말, 오늘은 여자를 안고 싶었다. 엉덩짝 실하고 가슴이 크면 더 좋겠다. 동현은 들고 있던 소주를 한입에 털어 넣었다.

사람들을 데리러 갔던 유석이 먼저 들어오고 그 뒤를 따라 애자가 들어오더니 쌍장구 팀의 태식과 선화와 순미가 차례로 들어왔다. 약한 뼈대에 살이라고는 찾아볼 수 없는 순미의 손에 분홍색 저고리가 들려 있었다. 그녀는 구석진 자리로 가서 무릎을 옆으로 꿇는 자세로 앉더니 들고 온 저고리를 무릎 위에 올려놓았다. 기름한 얼굴에 흰 피부를 지닌 순미는 목소리 한번 높인다거나 사납게 눈 치켜뜨고 대드는 일 없는 순해 빠진 성정을 지닌 여자였다. 이제 서른네 살. 쌍장구 치는 태식과 10년 넘게 부부처럼 지내 오고 있는 그녀였다. 하지만 3년 전부터 선화가 끼어들어 오붓한 둘만의 잠자리가 셋이 함께하는 어색한 형태로 변해 버렸다. 그런데도 그녀는 싫은 소리 한 번 하지 않았다. 눈치를 보아 하니 태식은 순미를 제대로 안을 수조차 없는 모양이었다. 순미보다 무려 다섯 살이 많은 서른아홉의 나이에 순미한테 꼬박꼬박 언니, 언니 하면서 따르는 선화는 순미와는 정반대로 내 것 네 것 따질 줄도 알고, 조금이라도 자기 것 손해 안 보려는 몰강스러운 구석이 있는 여자였다. 그러니 태식으로서도 어쩔 수 없는 모양이었다.

「추녀 미궁이라는 말이 있지.」

언젠가 저녁 식사 자리에서 누가 더 좋으냐는 동현의 장난기 섞인 물음에 태식이 입 안에 음식을 가득 문 채로 대답했다. 말할 때 그의 입에서 으깨진 밥 알갱이 몇 개가 튀어나왔다. 추녀 미궁이라고, 말 그대로 못생긴 여자의 거기가 더 좋다는 뜻이었다. 얼굴 반듯한 미녀는 탐내는 사내들이 많아 문턱이 닳고 낡았지만 추녀는 아직 미답지처럼 신선하기 때문에 붙여진 말이었다. 태식의 말을 빌리자면 추녀의 그것은 쫀득쫀득한 게 쾌감이 배가된다는 것이다. 또 추녀는 자신을 찾아 준 것에 대해 황감해하며 최선을 다한다는 것이다. 미궁을 가진 여자가 누구일까. 작은 키에 뼈대만 앙상한 순미가 미인이라고는 할 수 없었다. 더구나 순미보다도 더 작은 키에 얼굴은 기형으로 크며 광대뼈가 불거지고 피부가 까만 데다 무엇보다 가슴과 등에 외봉 낙타처럼 봉긋이 솟아오른 뼈를 지닌 선화가 미인일 수는 없었다.

순미는 무릎 위에 올려 두고 있던 저고리에서 무언가를 찾더니 이내 실을 길게 늘어트리며 바느질을 시작했다. 바늘이 땀땀이 지나간 자리에 손바닥 절반만 한 검은 천 조각이 붙어 있었다. 이미 그 분홍색 한복에는 순미가 새롭게 깁고 있는 검은 천 조각 외에도 흰 무명천과 더 작은 천 조각들이 군데군데 기워져 있었다.

「아우. 피곤한데 우리 빨리 끝내고 자요. 어째 되게 피곤하네.」

먼저 말을 끄집어낸 사람은 애자였다. 그녀는 추웠는지 그새 긴팔 카디건을 걸치고는 틈이 벌어지지 않도록 단단히 여민 채 양손을 겨드랑이에 묻고 후드득 진저리를 쳤다. 아직 여름이라고는 하지만 가을로 가는 길목이어서 아침저녁으로는 제법 쌀쌀한 게 뜨뜻한 불기가 그립기도 했다. 애자의 몸은 그 한기를 가장 먼저 감지해 냈다. 어디 한기뿐일까. 날이 궂으면 관절 마디마디 찾아오는 통증을 제일 먼저 호소하는 게 기상청이 따로 없었다.

「그럽시다. 다들 피곤할 테니까 일찍 끝냅시다. 암튼 여기까지 오느라고 욕봤소.」

동현은 애자의 말이 끝나자마자 입을 뗐다.

「잘 알겠지만 이번 공연은 크게 적자를 봤소. 보름 동안 먹고 자고 쓴 경비의 절반도 벌지 못했소. 다들 형편이 어려운 줄 알지만 좀 참읍시다. 그리고 이번 공연에 기대를 걸어 봅시다. 설마 이번 공연마저 죽을 쑤지는 않겠지라. 그나저나 이번 공연에서는 뭔가 변화를 주고 싶은데 무슨 좋은 생각 없소? 맨날 똑같은 내용으로 되풀이하다 보니까 사람들도 식상해하는 것 같고, 갈수록 호응도 줄어들고, 그나마 있던 관중들도 엿을 내놓으면 슬그머니 자리를 떠버리니 이건 우리들에게 문제가 있는 것 아니겠소?」

「어디 그게 꼭 우리 문제겠소? 그놈의 중국 기예단인지 서커스단인지, 그 사람들만 아니었으면 이렇게까지 손해는 안 봤을 거요. 서유긴지 뭔지 장난질하듯 까닥까닥 움직여 보이는 그놈의 성의 없는 몸동작하며 허술하기 짝이 없는 불 쇼 때문에 사람들 다 놓친 거지.」

태식이 불퉁스럽게 대답했다. 그랬다. 빛의 축제라는 이름으로 벌어진 축제 판에서 자신들보다 앞서 무대에 올랐던 중국 기예단들의 형편없는 공연에 실망해 사람들은 일찌감치 자리를 뜨고 만 것이다. 한 번 실망한 사람들은 되돌아오지 않았다.

「차라리 잘된 일인지 모르요. 이 기회에 우리도 반성 좀 해보고, 공연 내용도 다시 짜봅시다.」

동현은 안주를 지분거리는 일 없이 술로 입을 다시며 말했다. 하지만 다들 아무런 대답이 없었다. 정도는 술만 홀짝거렸고, 유석은 두 손을 양반 다리로 틀고 앉은 다리 가운데에 찔러 넣고 방바닥만 내려다보고 있었으며, 애자는 졸린 눈으로 간간이 터져 나오는 하품을 참아 내고 있었고, 순미는 저고리만 만지작거리고 있었다.

「뭐든 좋으니까, 이렇다 할 생각이 있으면 기탄없이 말해 보시오.」

동현의 채근에 말을 꺼낸 사람은 정도였다.

「각설이 남매를 만드는 거야. 유석이를 선화와 순미 중에 한 명과 짝 지워서 놀게 하는 거지. 일찌감치 부모를 잃고 장터를 떠도는 불쌍한 남매 이야기야. 오빠는 깡통을 두들기며 품바타령을 외고 동생은 가위춤을 추는 거야. 코끝이 시큰거릴 정도로 청승맞으면 더 좋겠지.」

「사람들의 동정심을 자극하자는 거요?」

「그래. 가위 장단을 치는 누이가 더 짠해 보이면 낫겠지.」

동현과 정도의 대화에 애자가 끼어들었다.

「그러면 순미가 제격이네. 가만 있어도 금방 눈물이 흘러내릴 것 같은 얼굴인데 순미로 해요.」

애자의 말에 선화의 표정이 시무룩하게 죽었다. 누구보다 공연 욕심이 많은 사람이 선화였다. 그녀는 이어지는 공연에도 힘들어한다거나 싫증을 내지 않았다. 제 차례가 오면 오히려 설레는 얼굴로 무대에 나가서는 눈 살포시 내리깔고 사뿐사뿐 춤을 추었다. 치맛자락을 휘날리며 몸을 한 번 뒤틀고 다시 사뿐히 걸어 나가서는 쨍그랑 창창, 가위를 찰강거리며 어깨춤을 추는 그 표정과 자세가 사뭇 도도하기까지 했다.

「각설이 남매라…… 형님 생각은 어떻소?」

동현이 태식을 바라보며 물었다.

「괜찮을 것 같은데.」

순미의 얼굴이 붉어졌다. 선화와 달리 순미는 수줍음을 잘 탔다. 벌써 10년째 장터를 돌고 있지만 순미는 아직 사람들의 시선이 익숙지 않은 모양이었다.

「유석이 너는 어떠냐?」

「해보죠.」

유석이 마지못해 대답했다. 오북에 파이어 댄스에다 품바타령, 그리고 각설이 남매까지, 자신이 맡아야 할 공연이 너무 많다 싶었는지 낮게 한숨을 내쉬었다.

「그리고 유석이의 오북 소리가 너무 작아. 사람들이 적을 때는 괜찮은데 사람들이 많이 모일 때는 소리가 묻혀 버리고 말아. 그러니 소리를 좀 더 힘차게 내도록 하고. 손목에 힘이 너무 들어가는 것 같아. 그러니 소리가 자꾸만 끊기지. 그리고 맨 마지막 회 공연에만 했던 파이어 댄스를 당분간 매회 공연마다 하면 어떨까.」

동현의 소리에 유석은 미간을 구기며 대답했다.

「그건 좀 무리예요. 그렇잖아도 불에 덴 입이 성치 않은데 매회 공연은 힘들어요.」

「그래, 그렇기도 할 거야. 그럼, 파이어 댄스는 종전대로 마지막 공연에만 하는 걸로 하지.」

동현은 고개를 끄덕이며 말했다.

「좀 더 신 나는 노래를 집어넣으면 어떨까요. 요즘 관중들을 보면 나이 든 사람보다 젊은 사람들이 더 많잖아요. 나이 든 사람들은 아무리 흥이 나도 자기 주머니 속에서 돈 꺼낼 생각을 않는데 젊은 사람들은 기분 나면 한 개도 사고, 두 개도 사고, 만 원어치도 사고, 팁도 내놓고 그러잖아. 그들 위주로 가는 거예요. 좀 더 템포도 빠르고, 누구나 다 좋아하는 그런 노래로. 그리고 흥이 오르면 춤을 추라고 그러는 거예요. 누구 한 명 무대 위로 불러 올려서 춤을 추게 하고 부상으로 테이프와 엿을 주는 거예요. 왜? 요즘 사람들은 예전 같지 않게 시키면 잘 따라오잖아요. 오히려 그걸 더 재미있어하고. 그리고, 테크노 각설이라고 이름을 붙이는 거예요.」

애자가 긴 하품 끝에 빼문 말이었다.

그녀의 말대로 하자면 정도의 공연 시간이 줄어들 터였다. 동동구루무 북을 등에 짊어지고 중간 중간 목에 건 하모니카를 불며 〈오빠 생각〉이나 〈굳세어라 금순아〉 같은 흘러간 뽕짝들을 연주하던 정도의 공연 시간이 크게 줄어들고, 대신 애자나 태식이나 유석이나 순미의 시간이 늘어날 터였다. 동현은 슬쩍 정도의 얼굴을 훔쳐보았다. 그의 얼굴에는 불콰하게 술기운만 비쳐들 뿐 아무 표정도 들어 있지 않았다.

「그럼, 노래는 라이브로 하자는 거요? 아니면 테이프를 틀어 놓고 입만 맞추자는 거요?」

동현은 정도에게서 시선을 거두어 애자를 바라보며 물었다.

「어떻게 생으로 다 불러요? 당연히 신 나는 노래 몇 곡 골라 메들리로 나가면서 입만 맞춰야지. 그래야 흥도 깨지 않고 신 나지. 그때 돌면서 엿을 파는 거예요. 엿을 팔면서도 그냥 파는 게 아니라 익살스러운 몸짓과 교태 섞인 몸짓을 보여 주는 거예요. 징그러울 정도로.」

「그럼, 그 시간을 누가 진행하면 좋겠소?」

「젊은 사람이 나을 거야.」

애자와 동현의 이야기를 말없이 듣고 있던 정도가 오징어 다리를 입에 넣으며 대답했다. 이가 좋지 않아 씹는다기보다는 그냥 문 채로 빨아 먹고 있다는 게 더 적합할 터였다.

「내가 할게요. 립싱크라면 자신 있어요.」

　모두의 시선이 선화에게로 모아졌다. 한복 속치마 같은 검은색 원피스에 하얀 면 티셔츠를 받쳐 입은 선화는 사뭇 들뜬 표정으로 사람들을 돌아보았다. 선화의 자청에 다들 내키지 않는 표정을 지었지만 이내 그러자는 쪽으로 의견이 모아졌다. 할 만한 사람이 없었다. 정도와 태식은 나이가 너무 들었고, 유석과 순미는 새롭게 각설이 남매를 해야 했으며, 애자는 그때 엿판을 메고 사람들 틈새를 비집고 돌아다녀야 했다.

「그 시간에 다른 의상을 입으면 어때? 각설이가 최고로 멋을 부리면 이 정도라는 것을 보여 주는 거야. 누더기에 반짝이 장식을 달아 준다거나 아니면 기운 조각을 별 모양으로 오려 붙이는 거지. 반짝이 붙일 때는 어딘가 엉성하게 붙이고, 기왕이면 양쪽 유두를 겨냥해 붙이면 더 재밌잖아. 아무래도 옷 갈아입기가 불편할 테니 조끼나 망토 식으로 그냥 껴입는 것으로 만들고.」

「거 좋은 생각이오.」

정도의 말에 동현이 반색을 했다.

「신발도 하이힐로 신는 거야. 그것도 짝이 맞지 않는 걸로. 노래 중간 중간에 어쩌다 발이 뒤집어지면서 넘어지기도 하는 거야. 거지 주제에 한껏 멋을 내긴 했지만 어딘지 영 어색하고 우습게 보이도록 말이야. 그래야 사람들이 웃기도 할 테고 때로는 안쓰럽기도 할 게 아니야?」

그렇게, 말해 놓고 나니 선화가 제격이었다. 지금 사람들 앞에 미소 띤 얼굴로 앉아서 행복해하는 선화만큼 또 어울리는 사람이 있을까. 그녀라면 굳이 많은 분장도 필요치 않을 것이다. 그녀 자체가 어딘지 우스꽝스럽고 불쌍해 보였으므로.

「그럼, 유석의 오북 공연이 끝나고 바로 들어가도록 하지. 정도 형님 공연 끝나고, 유석이 오북 공연 다음에. 테크노 각설이 한 다음에 각설이 남매, 그리고 정도 형님의 코미디에 이어 태식 형님 쌍장구로 넘어가면 되겠네. 순미와 선화와 유석은 어떤 노래를 할 건지 생각해 보고. 오늘은 늦었으니 내일 오전에 테이프 틀어 놓고 가사 외우는 거 잊지 말고, 그리고 입도 맞춰 보고 안무도 짜 봐.」

선화의 얼굴에 발그레 물이 들었다. 그녀가 주인공이 되기는 아마도 이번이 처음일 것이다. 살면서 평범치 않은 외모 때문에 사람들의 주목이야 많이 받아 왔겠지만 다음에 있을 공연에서 받게 될 관심과는 차원이 달랐으리라. 그녀는 누가 시키지도 않았는데 단원들의 종이컵에 술을 따랐다. 순미도 들고 있던 저고리를 방바닥에 내려놓고 당겨 앉아 선화가 따라 주는 술을 받았다. 내내 굳은 얼굴로 앉아 있던 유석 또한 말없이 술을 받았다. 내일을 위하여 건배! 정도였다. 정도의 선창에 다들 건배, 하고 소리를 보탰지만 유석의 얼굴은 여전히 어두웠다.

별 하나 보이지 않는 하늘은 진한 먹빛으로 사위에 닿아 있었다. 별 없는 밤에 달빛마저 없어 세상은 더욱 어둡고 쓸쓸했다. 술판은 진작 끝이 나고 모두들 내일을 위해 눅눅한 이불에 몸을 묻고서 옹색한 꿈들을 꾸었지만 유석은 잠을 이루지 못했다. 벽에 코를 박고 모로 누워 억지 잠을 청했지만 시간이 갈수록 잠은 오지 않고 먹먹하니 불면의 고통만 찾아들 뿐이었다. 조금 전 트럭 안에서 잤던 곤한 잠이 남은 잠마저 걷어 간 것은 아니었다. 스물여섯의 젊은 몸은 잠보다도 다른 것을 원하며 자꾸만 불안한 상상 속으로 의식을 내몰았다. 3시. 신산스러운 유랑의 삶에서 그래도 잠이 가장 큰 위안일 정도와 동현의 발을 밟지 않기 위해 유석은 발밑을 조심하며 복도로 나왔다. 정도와 동현이 잠들어 있는 방에서 날아오는 코 고는 소리가 밤의 적막을 뒤흔들어 놓았다. 거푸 소주잔을 비워 내던 정도의 소리였다. 틀틀틀틀 푸우, 틀틀틀틀 푸우. 들숨과 날숨이 교차할 때마다 소리도 달라졌다. 어느 순간 정지되는가 싶다가도 푸우, 다시 이어지는 소리에는 제법 리듬까지 실려 있었다. 어느 한 많은 사내의 유장한 신세타령처럼 소리는 질기고도 신산했다.

벌써 며칠째 형숙과 연락이 닿지 않았다. 전화를 걸면 없는 번호라는, 여자의 무미건조한 음성 안내만 되풀이돼 흘러나올 뿐이었다. 유석이 듣고 싶은 음성은 이 여자의 결이 느껴지지 않는 정제된 음성이 아니라 형숙의 지르퉁한 목소리였다. 분명 며칠 전까지, 번호가 바뀌기 전까지, 유석은 형숙과 통화를 했었다. 질금질금 비가 내리는 날, 북이며 스피커를 아예 무대에서 떼어 내 비가 들이치지 않는 곳에 건사해 놓고 불순한 일기를 원망하며 모두들 게으름을 피우던 날, 유석은 그들이 안 보이는 곳으로 가서 형숙에게 전화를 넣었었다.

뚜ㅡ. 신호가 가기 무섭게 형숙은 수화기 끝에 나타났다. 누군가의 전화를 기다리고 있었던 사람마냥 재깍 나타났고, 신호가 가자마자 목청을 다듬을 새도 없이 들려온 형숙의 음성에 놀란 쪽은 오히려 유석이었다. 그녀의 음성이 어딘가 미심쩍었다. 번번이 늦게 나타나 짜증을 사던 그녀는 변명도 다양하게 했다. 방금 똥 누고 오느라 밑도 아직 덜 닦았다거나 급히 밥알을 삼키다 쥐를 삼킨 뱀처럼 식도가 팽만해져서 아프다거나, 머리를 감다가 전화를 받느라 비눗물이 자꾸만 눈으로 흘러든다는 식으로, 그녀는 유석의 책망을 일시에 반전시켜 놓았었다. 한데 그런 그녀가 비음 섞인 목소리로 불쑥 나타나서는 한 번도 유석에게는 부리지 않던 애교까지 떨었다. 유석이 아닌 다른 누구를 기다렸던 게 분명했다. 그런 사실을 확인시켜 주기라도 하듯 유석의 음성을 알아챈 형숙의 음성에서 단박에 비음이 걷혔다.

「누구 전화 기다렸냐? 설마 나는 아닐 테고.」

「전화는 무슨.」

「다른 때 같지 않게 불쑥 받는 게 이상하잖아?」

「그래서? 별걸 가지고 다 시비네.」

「아니면 말고.」

「할 말 없으면 끊어.」

그녀의 음성이 자못 신경질적이었다.

「넌 언제나 내가 전화를 해야만 통화가 되는구나. 네가 먼저 하면
어디 덧나냐?」

「언제나 네가 한발 빠르니까 그렇지.」

「말로는 무슨 소리를 못할까. 그나저나 보고 싶다. 여기 K시인데
내일 다녀가지 않을래?」

「내일?」

되묻는 형숙의 음성이 심드렁했다.

「그래. 내일.」

「어렵겠어.」

「왜? 빼지 말고 한 번 다녀가라. 네가 그렇게 빼지 않아도 너에게
목 매달고 있다는 거 알잖아. 다녀가라 응?」

「글쎄…….」

형숙은 뒷말을 흐렸다. 언제부턴가 유석이 묻는 말에 형숙은 짧게
대답을 했고 마지못해 전화를 받는 듯했다. 형숙의 대답이 짧아지면
짧아질수록 유석은 불안했다. 눈 앞에 임이라고 했는데, 눈에서 멀어
지면 마음도 멀어진다고 했는데, 벌써 눈에서 멀어진 지가 2년이 넘
었다. 형숙도 그 시간만큼 유석에게서 멀어진 모양이었다. 여기저기
공연을 다니다 보면 속없고 몸 헤픈 여자들이 무대 뒤로 찾아와 모

종의 관계를 요구해 올 때도 있었지만 유석은 그때마다 형숙이 아른
거려 그런 여자들에게 전화번호 하나 건네준 일이 없었다. 한데 형
숙은 그런 줄도 모르고 영 데면데면했다.

「그러지 말고 한 번 다녀가라. 너 본 지도 벌써 한 달이 넘었잖냐.」

「너는 앞길이 구만 리 같은 애가 언제까지 엿이나 팔고 다닐래?」

「왜? 내가 돈 벌어 너 호강만 시켜 주면 될 거 아냐?」

「엿장수가 돈 벌었다는 소리 한 번도 들어 보지 못했다.」

「그래도 판판이 놀고 있는 거보다는 낫잖냐.」

형숙은 여느 때처럼 쌀쌀맞게 굴었다. 하긴 생의 빛나는 20대에
떠돌이 엿장수 애인을 두었다는 사실은 어떤 치레의 말로도 위로가
되지 않을 터이다.

「암튼 돈 많이 벌어서 호강시켜 줄게.」

「어느 세월에. 자기 입 하나 해결하기도 어려우면서 언제 돈 벌어
호강시켜 줄까. 이제 그런 것도 싫다. 전화하지 마.」

형숙은 일방적으로 전화를 끊어 버렸다. 그러고는 두 번 다시 전
화를 받지 않았다. 급작스럽게 끊긴 수화기 속의 무음이 유석의 명
치를 둔중하게 내리눌렀다. 팅기는 여자 앞에서 맹렬히 타올라야 할
전의나 투지 같은 건 없었다. 발로 밟고 뒤꿈치로 뭉개 버리는 형숙
의 뎅뎅한 언동에 일찌감치 그럴 싹마저 제거된 채 그저 씁쓸한 자
괴감만 곱씹고 있을 뿐. '그래, 나 엿장수다. 그러니 어쩌라고. 돈 벌
어 호강만 시켜 주면 될 거 아니야.' 독백에 강단진 결기는 들어 있지
않았다. 다만 무력하고 비루한 자신에게 부리는 투정이었고 책망이
었다.

그 통화를 한 지가 며칠 전이었다.

복도 끝 쪽에 위치한 태식의 방에서 희미한 불빛이 문틈으로 새어 나오고 있었다. 왜 이 시간까지 잠들지 못하고 불을 밝히고 있는지. 한 사내와 두 여자가 든 방은 잠도 아까운 모양이었다. 유석은 그들에게 자신의 기척을 들키지 않으려고 발끝으로 살금살금 걸어 복도를 빠져나와 옥상으로 올라갔다. 훅, 하고 습한 대기가 얼굴에 끼쳐 왔다. 그 대기에 비가 묻어 있었다.

유석은 행여 받을까 하는 마음으로 형숙의 휴대폰 번호를 눌러 보았다. 결번이라는 안내 음성은 엽렵하지 못한 자신의 손끝이 빚어 낸 오접 때문이려니 생각하며 이번에는 숫자를 하나하나 신중하게 눌렀다. 삑. 삑. 삑. 숫자 한 개에 저마다 높이가 다른 버튼 음이 흘러나오고 유석은 휴대폰의 문자창에 찍힌 숫자들을 또다시 확인했다. 정확히, 형숙에게 부여된 암호들이었다. 이제 통화 버튼만 누르면 됐다. 그러면 여느 때처럼 수화기 끝에서 그녀가 살아나야 한다. 여보세요. 자다 깨서는 사뭇 짜증스러운 음성으로 자신을 불러낸 사람이 누구인지 확인하고, 퉁명스럽게 내쏘면서도 사이사이, 자신에게 일어났던 그간의 일들을 조단조단 이야기해야 한다. 때론 격한 음성으로, 때론 탄식하듯 뇌까리고는 서로의 안녕을 당부하며 여느 때처럼 통화는 끝이 나야 한다. 그러면 자신은 단잠을 보장받을 수 있다.

유석은 통화 버튼을 눌렀다. 띠-. 길게 신호가 울리고, 이내 누군가의 음성이 흘러나왔다. '이 번호는 없는 번호이거나 사용자의 요청에 의해 당분간 통화 정지된 번호입니다…….' 그녀는 감쪽같이 사라지고 없었다.

유석은 쓰라린 마음으로 휴대폰의 플립을 닫았다. 악몽이 아닌 엄연한 현실이었다. 그녀가 첫정은 아니었지만 그래도 다른 여자 아이들보다 더 마음속 깊이 들였던 가시나였던 것이다. 그녀가 들어와 있던 자리의 깊이만큼 유석은 마음이 아팠다. 아무 준비도 없이, 그야말로 느닷없이 자신에게서 멀어져 간 그녀는 이 밤, 자신과는 전혀 다른 꿈을 꾸고 있을 것이다. 살짝 들린 콧방울에다 두툼한 입술을 가진 그녀는 유석의 영역 밖으로 달아난 암고양이였다. 이제 그녀는 다른 사람의 전화를 기다리고, 다른 사람과 함께 시간을 보내며 미래를 설계하는 모양이었다. 암호는 바뀌었다. 그러므로 이제 그녀와의 접속은 불가능하다. 휴대폰으로 그녀에게 가 닿지 못한다면 몸으로라도 가야 했다. 날이 밝는 대로, 찻길이 열리는 대로 당장 그녀에게 가리라.

유석은 목이 탔다. 물을 마시기 위해서는 코 고는 소리가 들려 오는 방으로 돌아가야 했지만 유석은 방으로 들어가기가 싫었다. 사내 둘이 널브러진 방 안에 떠도는 푹 삭힌 멸치젓 같은 냄새는 생각만 해도 머리를 아프게 만들었다. 씻는다고 씻었지만 어느 구석인가엔 남아 있을 체취가 조금 전 마신 술 냄새와 버무려져 고리고리한 냄새로 방 안에 눅진히 퍼져 있을 터였다. 이상하게도 길 위에서 사는 사람들은 냄새마저도 고약했다. 생이, 육신이 햇볕에 부식되고 바람에 풍화되는 냄새인지도 모른다. 하지만 그악스러운 갈증은 기어이 유석의 등을 떠밀었다.

유석이 마른 목을 축이기 위해 복도로 들어서자 방문 하나가 열리더니 순미가 나왔다. 복도에 켜둔 흐릿한 불빛 속에서도 순미의 얼굴이 일그러져 보였다. 가쁜 숨을 토해 내며 상대의 몸을 더듬는 태식과 선화의 수작을 자는 척하며 돌아 누워 참아 내다 기어이 일어서서 나온 모양이었다.

유석은 모른 체했다. 때로는 무심하게 상대하는 것이 타인에게는 더 큰 위로가 될 때가 있다는 사실을 알고 있었기 때문이었다. 그녀는 고개를 푹 숙이고는 복도 밖으로 나갔다. 사시사철 거의 하나로 버티다시피 하는 순미의 물 빠진 낡은 트레이닝복은 그 늦은 밤에도 그녀의 육신 위에서 겉돌고 있었다.

유석은 냉장고에서 물병을 꺼내 들고 다시 밖으로 나왔다. 순미는 어디에도 보이지 않았다. 서른넷의 떠돌이 엿장수를 별빛 한 점 없는 어둠은 잘도 감추고 있었다. 유석은 다시 옥상으로 올라갔다. 그곳에 순미는 버려진 작은 짐짝처럼 앉아 있었다. 유석이 슬그머니 발길을 돌려 옥상을 내려오는데 어둠 속에서 그녀의 음성이 낮게 들려 왔다.

「안 자고 왜 나왔어?」

늘 그렇듯 목소리도 작고 가냘팠다.

「또 쫓겨 나왔어요?」

말하고 나니 좀 씁쓸했다. 형숙에게 차인 주제에 남을 위로한다는 게 가당키나 할까.

「우리 술 한잔 할까요? 찾아보면 마시다 남은 술이 어딘가에 있을 거예요.」

순미는 대답이 없었다. 유석은 그 말없음을 임의로 동의의 뜻으로 받아들였다. 유석은 술이 필요했다. 마음속에 사금파리처럼 박혀서는 자꾸만 아프게 만드는 형숙을 잊기 위해서라도. 순미에게도 태식의 품을 선화에게 내주고 혼자 지새워야 할 이 길고 긴 밤에 필요한 것은 어쩌면 어쭙잖은 위로보다는 술이라는 생각이 들었다. 그것도 통각까지 마비시켜 줄 독한 술.

「그래. 마시자. 이럴 때 안 마시고 언제 마시겠냐.」

뒤늦은 대답 끝에 순미는 푸욱, 한숨을 내쉬었다.

「내가 가지고 올게요. 잠깐 기다려요.」

「아냐. 내가 가져올게.」

말을 마치기도 전에 그녀는 자리에서 일어나 어둠 속으로 사라졌다. 어둠 속에서 조용히, 그리고 민첩하게 움직이는 작은 몸뚱이가 영락없이 도둑고양이의 몸짓과 닮아 있었다.

훔쳐 내듯 가져온 술이라 컵이나 변변한 안주 따위가 있을 리 없었다. 그저 병 시울에 묻은 서로의 타액을 안주 삼아 돌아가며 병을 빨고, 또 빨았다. 한 모금이 두 모금이 되고, 두 모금이 세 모금이 되면서 순미는 취해 갔고, 유석의 취기가 오르려고 할 즈음 술이 바닥나 버렸다. 그동안 옥상에는 흔한 도둑고양이 한 마리 보이지 않았고 여관이 들어서 있는 도시의 후미진 길엔 어칠비칠 걸어가는 취객 하나 없었다.

「넌 이 생활이 좋으니?」

뜬금없이 순미가 물었다. 그녀의 몸속에서 피돌기를 따라 도는 알코올이 먼저 그녀의 혀부터 굳게 만들었는지 어둠에 섞이는 그녀의 발음이 분명치 않았다.

「누나는요?」

「나? 내가 할 수 있는 일이 세상에 어디 있겠니. 내가 무얼 하겠어. 그래서 하는 수 없이 붙어 있는 거지. 너는? 너는 여기가 좋아?」

다시 순미가 물었다.

「글쎄 처음에는 좋은 것 같았는데 지금은 모르겠어요.」

「그래, 조금 더 있으면 도망치고 싶을지도 몰라.」

그녀는 말끝에 두 무릎을 가슴팍으로 끌어당겨 안았다. 유석은 문득 어둠 속에서 들려오는 순미의 음성이 낮에 듣는 소리보다 더 좋다는 생각이 들었다. 그리고 잠시 침묵이 흘렀다.

「내가 떠나도 우리 공연단은 그대로겠지?」

먼저 입을 뗀 건 순미였다.

「무슨 소리예요?」

「그냥 한 번 해본 소리야. 내가 어떻게 여길 나가겠어. 갈 곳도 없는데. 저 어둠 속으로 한 발짝 내딛기만 해도 금방 누구에겐가 잡아 먹혀 버릴 것만 같은데 어떻게 나 혼자 저 세상 속으로 걸어 들어가겠니? 그래. 세상은 순한 노루의 눈빛으로 나를 유인해서는 나를 잡아먹어 버릴 거야.」

「왜 그런 생각을 해요?」

「글쎄.」

말끝에 그녀가 낮게 한숨을 내쉬었다. 그리고 다시 말을 이었다.

「언젠가 말이다, 밤길을 혼자 걷고 있었지. 갈 데가 없었어. 손에는 가방 하나 달랑 들려 있었지. 생각보다 시간은 그리 오래되지 않았는데 이상하게 거리에는 사람들이 일찍 사라져 버리고 없었어. 택시들만 요란하게 질주해 갈 뿐이었지. 그날따라 밤은 유난히 어두웠어. 아니, 어둡기는 여느 날과 같았는지 몰라. 내가 그렇게 느꼈는지도 모르지. 난 걷고 또 걸었어. 어딘가를 들어가야 했는데, 어디로 들어가야 될지를 몰랐어. 한데 그때 누군가가 나를 불렀어. 처음엔 그 소리가 나를 부르는 소리인줄 몰랐지. 서너 번 소리를 흘려듣고서야 마침내 나를 부르는 소리인줄 알고 돌아보았지. 웬 남자가 내 뒤를 급히 따라오고 있었어. 이상하게도 무섭지가 않았어. 도망가야 했는데 그때만큼은 나를 불러 주는 남자가 무섭지가 않았어. 아니 오히려 반가웠는지도 모르지. 캄캄한 밤에 그저 막막하기만 했는데 누군가 나를 불러 주어서 반가웠는지도 몰라. 그 사내를 따라 여인숙으로 들어갔지. 낯선 사내에 대한 두려움은 없지 않았지만 그보다는 하룻밤 잠자리를 얻었다는 사실이 나에게는 더 큰 안도감으로 다가왔었어.」

「그래도 어떻게 처음 본 사람하고 같이 여인숙에 들어갈 수 있어요?」

「그래. 그렇게 생각할 거야. 하지만 난 그때 그랬어. 밤은 깊은데 갈 곳이 없다는 사실보다 더 큰 두려움은 없었지. 한데 그 남자는 커다란 짐을 갖고 있었어. 유난히 작고 말라 보이는 그 남자의 몸피만큼이나 짐은 컸지. 자꾸만 내 시선이 그곳으로 날아가는 것을 본 남자가 그 짐을 풀어 보여 줬어. 장구였지. 한 번도, 단 한 번도 나는 그 보퉁이에서 장구가 나오리라고는 생각해 보지 않았어. 남자는 가만히 장구를 두드렸어. 그 소리가 어떻게나 애처롭던지. 그때 나는 생각했어. 이 남자를 따라가야겠구나,라고. 그리고 지금 이곳에 있어.」

「지금은 후회 안 해요?」

「후회는 안 해.」

「그런데 왜 그런 말을 해요?」

「그냥.」

「선화 누나 때문이에요?」

순미는 긍정도 부정도 하지 않았다. 하지만 유석은 순미의 침묵을 긍정으로 받아들였다.

「한데 너는 왜 나왔니?」

「그냥요.」

「그냥 나온 게 아닌 것 같은데?」

유석은 마지못해 형숙과의 사이에서 빚어진 일을 이야기했다. 그러면서 얼마쯤 욕설도 빼물었다.

「그래, 누가 우리 같은 사람들을 좋아하겠니. 그 여자 너무 미워하지 마라.」

순미는 너무나 차분했다. 그 차분함이 오히려 유석에게 불편함을 안겨 줬다. 밤의 한기가 뼛속으로 스며드는지 그녀가 문득 가볍게 몸을 떨었다.

「그만 내려가요. 감기 들겠어요.」

유석이 먼저 엉덩이를 탈탈 털고 일어났다. 잦은 비에 물기를 품은 시멘트의 눅눅한 기운이 스며들었는지 엉덩이 부근이 축축했다. 순미도 마지못해 자리에서 일어났다.

「맘 상해하지 말고 자요.」

유석은 순미의 조붓한 등이 안쓰러웠다. 하지만 당장에 유석은 순미에게 해줄 수 있는 일이 없었다.

하지만 문제는 예기치 않은 곳에서 발생했다. 취한 순미가 아래층으로 내려가더니 기어이 일을 벌인 것이다. 느닷없이 적막한 사위를 뒤흔들며 쨍그랑 소리가 울려 오더니 날카롭게 찢어지는 여자의 음성이 밤을 갈랐다.

「언니, 왜 그래요?」

다급하게 날아오는 소리는 선화의 것이었다. 순미를 먼저 내려 보내고 느릿느릿 옥상을 내려와서 소리를 죽여 가며 복도를 걸어오던 유석은 일시에 취기가 가셔 버렸다. 그리고 재빨리 소리가 날아오는 쪽으로 고개를 돌렸다. 복도 끝, 빠끔히 열린 문틈에서 그악스러운 소리가 날아오고 있었다.

「이게 무슨 짓이야.」

태식의 새된 목소리에 이어 선화의 소리가 날아왔다.

「아이고, 언니. 왜 이래요. 제발 손 좀 놓고 말해요.」

「언니? 언니 좋아하네. 왜 내가 니 언니야?」

서로 몸태질을 벌이는지 말끝에 쿵쿵 벽을 찧는 소리가 날아왔다. 점점 소리가 커지고 사나워지는 게 금방 그칠 싸움이 아니었다. 유석은 그 순간 제 속이 다 후련했다. 아무리 사이좋은 베갯동서라지만 한방, 한 이불 속에서 벌이는 그 행위에는 무심해질 수 없으리라. 부처도 시앗을 보면 돌아앉는다지 않던가.

그 소리에 깼는지 부스스한 얼굴로 정도와 동현이 방문을 열고 태식의 방 앞으로 왔다. 간밤에 마신 술 탓인지 그들의 얼굴이 여느 때보다도 더 푸석거려 보였다.

그들은 한동안 태식의 방문 앞에서 머뭇거리며 사태의 동정을 살피다가 안 되겠다 싶었는지 방 안으로 들어갔다. 그들 뒤에 다붙어 따라 들어간 유석은 방 안의 광경에 잠시 주춤했다. 파르르 떨리는 형광등 불빛 아래서 순미와 선화가 함께 엉클어져 바닥을 구르고 있었다. 장구채를 쥐거나 가위를 든 채 짤깍짤깍 장단을 쳐 대던 그녀들의 손은 올올이 바람의 기미가 서려 있는 윤기 잃은 머리카락을 그러잡은 채 금방이라도 서로를 찢어 놓을 듯 사박스럽게 굴고 있었다. 태식은 싸움을 말릴 생각은 하지 않고 한편에서 쩝쩝 입맛을 다시며 곤혹스러운 표정으로 천장만 쳐다보고 있었다. 저녁에 빨아 두었는지 머리맡에 펴둔 태식의 진남색 줄무늬 트렁크 팬티가 누렇게 바랜 브래지어와 한데 뒤섞여 그녀들의 몸태질에 무참히 짓밟히고 있었다. 가슴과 등에 혹이 나 있는 선화는 그런 브래지어를 착용할 수 없었다. 그녀는 가슴 선을 살려 주느라 와이어가 들어 있고, 정교한 레이스가 달린 브래지어 대신 아기들 기저귀 같은 기다란 천으로 가슴을 동여맬 뿐이다.

「이 나쁜 년. 어디서 굴러먹다 들어와 태식 씨를 뺏어 가?」

「아이고 언니. 왜 이래요? 제발 이 손 좀 놓고 말로 해요.」

「너부터 놔. 이 나쁜 년아.」

평소 순미의 음성이 아니었다. 술이 그녀를 변화시켜 놓은 모양이었다. 유석은 단단하게 엉겨 붙어 있는 여자들에게 다가가 틈새에 손을 쑤셔 넣고 갈라놓아 보려 했지만 힘을 쓰면 쓸수록 여자들은 기세 좋게 더 들러붙었다.

「왜 안 하던 짓을 하고 그래?」

애자가 순미의 뒤에서 그녀의 등을 감싸 안으며 둘을 떼어 놓으려 용을 썼지만 갈라놓을 수 없었다. 애자는 그만 낮게 소리를 질렀다.

「이게 무슨 짓이야. 그만하지 못해?」

「네가 먹였냐? 우리 순미한테 술 먹인 게 너냐?」

태식이 자리에서 일어나 꼿꼿한 눈으로 유석을 노려보았다.

「아? 예. 저랑 한 모금 했는데요.」

유석은 여자들에게서 손을 떼어 내며 미안한 표정으로 태식을 바라보았다.

「이 자식이 순진한 여자 데리고 무슨 지랄을 했기에 우리 순미가
생전 안 하던 짓을 하는 거야?」

뭔가가 날아왔다. 유석을 향해 태식은 그 왜소한 몸집을 날렸다.
장구를 두드리면서 단련이 된 태식의 팔 힘은 생각보다 셌다. 살이라
곤 없는, 그저 기다랄 뿐인 그 대살진 팔 어디에 그렇게 강단진 힘이
숨어 있었는지. 태식의 일격에 유석은 뒤로 나가떨어졌다. 입속으로
찝찔한 액체가 고였다. 그제야 바라보고만 있던 정도와 동현이 달려
들어 순미와 선화를 뜯어 놓고, 태식과 유석을 말리기 시작했다.

「이거 뭐하는 짓이오? 손님들 잠 다 깨놓을 참이오?」

싸움은 3층 여관 주인이 험악한 얼굴로 올라오고 난 뒤에야 끝이
났다. 키가 작고 늙수그레한 남자는 바지춤을 끌어 잡고 올라와서는
마뜩찮은 표정으로 방 안을 휘둘러보며 목소리를 깔았다.

「지금이 몇 신데 이 소란이오?」

「아, 예. 죄송하게 됐습니다. 조용히 할 겁니다.」

동현은 송구한 표정을 지으며 주인 남자에게 연방 머리를 조아렸
다. 그 틈에도 태식은 유석을 향해 헛손질을 해댔고, 선화는 한쪽에
서 산발한 머리카락을 손가락으로 빗어 내리고 있었다. 한 번씩 훑
어 내릴 때마다 그녀의 손가락 사이에서 뭉텅이로 머리카락이 딸려
나왔고, 그녀의 무릎 앞에는 뽑힌 머리카락이 수북이 쌓여 있었다.
하지만 순미는 잔뜩 헝클어져 있는 머리카락을 단속하거나 사나운
눈빛을 거두려 하지도 않고 시위하듯 머리카락을 뽑아내는 선화를
노려보고만 있었다.

「도대체 이게 무슨 일이래? 왜 이랬어?」

애자의 나무람은 선화에게 모아졌다. 알게 모르게 애자는 순미 편

이었다. 남편 뺏긴 여자의 심정이 어떠리라는 것을 아는지 일이 있을 때마다 애자는 순미보다 선화를 야단쳤다.

「아유, 몰라요. 느닷없이 들어와 머리채를 잡는데 낸들 어떡해요.」

억울하다는 듯 선화가 입을 삐죽이며 금방이라도 울음을 쏟을 것처럼 말했다. 누구의 손톱이 긋고 지나갔는지 유석의 손등에 깊게 팬 상처가 나 있었다. 그것도 네 군데나. 빨갛게 속살이 드러난 상처는 쓰리고도 아팠으며 태식의 주먹을 정면으로 받은 광대뼈도 입을 불근거릴 때마다 얼얼하니 동통이 일었다.

동현은 여관 주인에게 어쩌다 보니 시끄럽게 굴었다며 두 번 다시 이런 일이 없을 거라고 또다시 사과를 했다. 물이 빠진 푸른색 트레이닝 바지를 입은 주인 남자는 그제서야 방 안의 기물들이 무사한지 뱀 같은 눈으로 낡은 옷장과 냉장고와 텔레비전 따위를 찬찬히 휘둘러본 뒤 끙, 하고는 마지못한 듯 돌아섰다. 주인이 돌아가고 나자 동현은 눈꼬리를 치켜뜨고 험한 몰골로 앉아 있는 사람들을 향해 이를 악문 소리를 냈다.

「뭐하는 거요, 지금. 이래야 되겠소? 어려운 때일수록 서로 이해해주고 다독거려야지 애들처럼 꼭 이렇게 난리를 쳐야 되겠소?」

구릿빛으로 그을린 동현의 굵은 목이 움찔거렸다. 마치 살아 꿈틀대는 환형의 벌레처럼 목의 핏줄들이 불끈불끈 돋아났다. 누렇게 때가 찌든 소매 없는 메리야스와 진회색 반바지를 걸친 동현의 몸은 운동으로 단련된 근육질 사내의 몸처럼 단단해 보였다. 틈만 나면 맨땅에 손바닥을 짚고 엎드려 팔굽혀펴기를 하거나 얼룩만 안 묻는 바닥이면 드러누워 윗몸일으키기를 해댄 탓이었다.

동현은 무슨 말인가를 더 하려다 그만 입을 다물었다. 이미 제 안에, 세월에 묵은 뭉근 짐들을 가지고 있는 사람들에게 듣기 싫은 소리를 한두 마디 더 한다 해서 그 짱짱한 짐이 눅지 않는다는 사실을 그는 알았던 것이다. 칭찬은 길게, 야단은 짧게 하라는 말도 있지 않은가. 대신 동현은 유석을 향해 낮게 소리쳤다.

「너는 뭐해? 방으로 가지 않고!」

동현의 말에 유석은 어기적대며 일어섰다.

「너 한 번만 더 우리 순미에게 술 먹였다간 가만히 안 둘 테니까 명심해.」

태식의 으름장이 등 뒤에서 날아왔다. 유석은 순미를 훔쳐보았다. 선화의 드센 손길에 잡혀 얼마나 휘둘림을 당했는지 순미의 머리는 까치집으로 변해 있었고, 그 때문에 작은 얼굴이 더 작아 보였다. 그 옆에서 선화는 뽑힌 머리카락을 한데 모아 놓고는 가슴팍에서 뜯겨 나간 옷섶을 손으로 여며 잡은 채 눈을 내리깔고 앉아 있었다. 몸태 질 뒤끝의 난동을 수습하는 그녀의 몸짓과 손짓 하나하나가 젠체하는 어느 담 높은 집의 마나님의 그것과 똑 닮아 있었다.

유석의 눈이 문득 순미의 시선과 마주쳤다. 이때까지와는 다른 그 무엇, 순하디 순한 눈매에 희열 같은 게 서려 있었다. 그랬다. 유석의 시선에 잡힌 그녀의 눈빛은 생기가 있었고, 반짝였으며 승리한 자만이 가질 수 있는 느긋한 웃음기까지 서려 있었다. 그녀는 작은 몸뚱이에 난 상처 따위야 얼마든지 흥감스러운 승리의 쾌감으로 치환시킬 수 있다는 듯, 여유까지 있어 보였다.

유석은 자신과 나누어 마신 몇 모금의 술이 그녀를 전혀 다른 사람으로 변모시켰다고는 생각하지 않았다. 아마도 그녀는 오래전부터 이러한 순간을 꿈꾸며 착실히 기다려 왔는지 모른다. 오늘은 언제 끝날지 모를 시앗 싸움의 시작일지도 모른다. 드잡이하는 사람들에게 함부로 밟혀 걸레 조각처럼 뭉쳐져서는 아직도 방바닥에 방치돼 있는 태식의 낡은 진남색 줄무늬 트렁크 팬티가 그 순간 애잔해 보였다. 이제 너의 영화도 끝나는구나. 유석은 그 팬티를 발로 걸어차고 밖으로 나왔다.

「저, 자식이, 저! 아직도 정신이 들지 않은 모양이네.」

등 뒤에서 동현의 가시 돋친 음성이 날아왔다.

해는 지금쯤 어느 구멍에선가 나갈 채비를 하느라 부산을 떨고 있을 터이다. 그럼 또 하루가 시작될 것이다. 신산하기 그지없는 하루가. 방으로 돌아온 유석은 동틀 때까지만 누워 있자며 베개를 끌어당겨서는 모로 누운 채 눈을 붙였다.

4

시꺼먼 구름장이 하늘을 뒤덮고 있었다. 동현은 창문을 열고 금방이라도 비를 퍼부을 것처럼 잔뜩 응그린 하늘을 원망스럽게 올려다보았다. 그간의 손해를 좀 만회해 보려 했더니 아예 짐도 부리지 못하게 날씨가 방해를 놓고 있었다. 언제쯤 날이 좋아질지 모를 일이었다. 장마철도 지난 이 늦여름에도 비는 지루하게 내렸다. 구석구석 습하게 엉겨 있는 물기 때문에 몸에 곰팡이가 다 필 지경이었다. 아니 샅이나 겨드랑이 부근에는 이미 곰팡이들이 거뭇거뭇하게 작은 원으로 피어서는 긁을 때마다 하얀 각질로 떨어져 내렸다. 번번이 약국에서 연고를 사다 바른다면서도 아프지 않으면 금세 잊는 게 떠돌이들의 병이었다.

비가 뿌리기 전에 북이며 스피커, 조명 기구와 엿판 따위들이 들어 있는 짐칸에 물이 들지 않도록 비 단속을 꼼꼼히 해놓아야 했다. 무엇보다 물기 먹은 북은 아무리 두드려도 맑고 공명 깊은 소리를 내지 못하고 둔탁한 소리만 내기 때문이다. 대기 중에 떠 있는 습기야 어쩔 수 없다지만 빗물이 들이쳐서는 안 될 일이었다. 가랑비에 옷 젖는다고, 가죽에 기름을 먹이고 나무에 니스 칠을 해도 시나브로 스며드는 습기에 어쩔 수 없이 좋은 소리를 잃는 게 북이었다. 소리를 잃으면 공연도 그만큼 힘이 들었다. 조금만 건드려도 흥감스럽게 신음을 내지르는 여자처럼 북은 그렇게 둥둥 울려 줘야 두드리는 사람도 신명이 나고 듣는 사람도 흥이 더한 법이었다.

정도는 그새 주차장의 자갈들을 밟으며 차로 다가가고 있었다. 하긴 30년 넘는 세월을 북과 살아온 인생이었으니 사람보다도 북이 더 애틋하고 믿음직스러울 터였다. 그의 말대로 북은 거짓말을 할 줄 모른다. 얼굴 표정을 조절하고 음성을 변조해 진심을 숨기는 사람들과는 달리 북은 두드리는 대로 소리를 낸다. 때론 교태 섞인 창부의 소리를 내기도 하고, 어떤 때는 천하를 호령하는 장군처럼 우렁찬 소리를 내기도 하며, 어떤 때는 졸졸졸 돌 틈 사이를 흐르는 시냇물 소리를 내고, 어떤 땐 바람 소리와 천둥소리를 내기도 했다. 신기하게도 두드리는 사람의 마음까지 고스란히 담아내서 타인의 마음속으로 파고드는 게 북소리였다.

「사람은 배신해도 북은 배신하는 법이 없지.」

언젠가 정도는 공연에 앞서 잠시 북을 쓰다듬으며 말했었다. 보험 회사 설계사인 부인이 바람났단 사실을 알았을 때 그는 뭐라고 했던가. 처음엔 금방이라도 쫓아 올라가 숨줄을 끊어 놓을 것처럼 이악스럽게 굴더니 얼마 지나지 않아 말 마디마디에 송곳처럼 박혀 있는 독기를 풀어내며 자조 섞인 음성으로 중얼거렸다.

「하긴 남편이라는 작자가 허구한 날 밖으로만 도니 혼자 자는 이

불 속이 헛헛하기도 했을 거야. 저도 여잔데 왜 남자 생각이 안 나겠어? 어쩌겠어. 맨날 객지로만 떠도는 주제에 만나지 말라고 할 수도 없잖아. 알 만큼은 알 텐데. 내가 만나지 말란다고 안 만나겠냐? 알면서도 모르는 척 그냥 넘어가는 게 상수다. 인생은 그런 거 아니겠냐. 알면서도 속고, 모르면서도 속고, 그러다 보면 호호백발 죽음에 가까워지겠지. 반 귀신으로 살다 진짜 귀신 되면 인생 쫑이지. 죽고 나면 그게 무슨 대수겠냐. 그냥 살아 있을 때, 즐길 수 있을 때, 즐기라고 해야지.」

그러나 정도는 그날 저녁 공연에서 유난히 구슬프게 노래를 불렀다. '내 맘대로 온 건 아니지만 이 가슴에 꿈도 많았지. 내 손에 없는 내 것을 찾아 낮이나 밤이나 뒤 볼 새 없이 나는 뛰었지. 이제 와서 생각하니 꿈만 같은데 두 번 살 수 없는 인생 후회도 많아 스쳐 간 세월 아쉬워한들 돌릴 수 없으니 남은 세월이나 잘해 봐야지……' 사람 몇 없는 데서 발뒤축에 연결된 끈을 잡아당겨 둥둥 북을 울리며 목이 쉬도록 부르고 또 불렀다. 1절이 끝나고 간주가 흐를 때 목에 건 하모니카를 불며 발을 쭉쭉 뻗어 북 위에 달린 심벌즈의 금속 소리까지 내며 노래를 불렀다.

정도가 부르는 〈인생〉은 그 어느 때보다도 서글프게 들렸다. 그랬다. 동현은. 정도가 가쁜 숨을 몰아쉬며 무대 한쪽에 동동구루무 북을 내려놓고 무대를 내려왔을 때 그의 눈가에 고인 물기를 보았었다. 하긴 정도는 꼭 철진 엄마가 아니더라도 마음 둘 여자가 여럿 있지 않은가. 오다 가다 만났다고는 하지만 정도의 노랫가락에 반했다거나, 다리의 움직임이 만들어 낸 북장단이 심금을 울렸다거나, 아니면 콧수염에 반했다는 여자들이 찾아와 정도의 뼈 마디마디에 스며 있는 노독을 시원하게 풀어 주고 가지 않았던가. 어쩌면 정도의 자위는, 정도의 관대함은, 그 여자들에게서 나오는지도 모를 일이다.

동현은 벽에 붙은 자바라 모양의 원목 옷걸이에서 진곤색 잠바를 집어 들었다. 유석은 아직 세상모르게 자고 있었다. 사람의 발에 밟혀 짓이겨지거나 바람에 허리 휘며 눕고, 희뿌옇게 먼지 뒤집어쓴 채 억세게 살아가는 잡초처럼, 스물여섯 유석의 얼굴에도 어느 틈에 거친 세월의 그림자가 자리하고 있었다. 희미하게 생겨나 있는 눈가의 주름과, 딱딱한 바게트 빵의 표면처럼 꺼칠해 보이는 피부와, 갈색으로 그을린 얼굴은 발가락 사이에 앉은 까만 때처럼 그를 볼품없고 초라하게 만들었다. 그저 힘든 노정에 지친 한 젊은 사내의 딱한 모습이었다.

동현은 유석이 깨지 않도록 소리를 죽여 가며 복도로 나왔다. 태식의 방에서 쿵짝쿵짝 템포 빠른 노래들이 흘러나왔다. 선화는 테이프에 담겨 있는 노래를 따라 입만 벙긋거리고 순미는 짤깍짤깍 가위장단을 연습하는 모양이었다. 새벽녘의 소란은 새카맣게 잊은 듯 천연덕스러운 태도에 동현은 입맛이 썼다. 왜소한 몸집에도 불구하고 두 여자를 거느리고 사는 태식을 보면 그저 놀라울 따름이었다. 그것도 한방에서. 돈이라도 여투어 두었으면 모를까, 사내다운 매력도 없고 강단도 없는 태식에게 고분고분한 두 여자의 존재는 다른 사람들에게 있어 언제나 이해할 수 없는 일이었다.

동현은 눈을 흘기며 지나치다 다시 돌아와 태식의 방문을 열었다.
「주인 남자 또 올라올지 모르니까 녹음기 볼륨 좀 낮춰. 그리고 가위 소리 안 나게 하고.」
왜 조금 전에는 선화의 눈꼬리 부근에 번져 있는 푸른 멍을 보지 못했을까. 심화에 벌겋게 얼굴이 달아올라서는 사람들의 시선을 피해 고개를 숙이고 있어서 보이지 않았을까. 선화의 얼굴에 얼룩처럼 번져 있는 푸른 멍과는 대조적으로 순미의 얼굴은 말짱했다. 눈 바로 밑, 움푹 꺼진 반월형의 공간에 나 있는 선화의 손톱자국 말고는. 작은 꽃잎처럼 찍혀 있는 빨간 상처에도 불구하고 은연중에 순미는 의기양양한 표정을 지었다. 태식은 방바닥에 벌렁 드러누워 굽혀 세운 무릎 한쪽에 다른 발을 올려놓고는 둘의 장단과 입 모양을 쳐다보다 게으르게 일어나 앉았다. 아직 씻지도 않았는지 자다 막 일어난 모습이었다.

「오늘 아침은 또 엿 조각으로 때우는 거요? 날이 궂어서 그런지 어째 속이 더 허해.」

「기다려 보쇼. 집사람한테 돈 가져오라고 했으니까 조금 있다 봅시다.」

태식의 기름한 얼굴에 걸쳐져 있던 안경이 금방이라도 낮은 콧대를 타고 흘러내릴 것만 같았다. 태식의 말처럼 조금 전 애자를 시켜 돌린 엿이 아침의 전부였다. 차에 가면 냄비나 수저, 야외용 가스버너들이 자질구레한 짐짝들 사이에 처박혀 있을 테지만 박스로 사서 싣고 다니던 라면은 어제 점심으로 바닥나고 말았다. 그렇다고 어디 떼로 끌어가 밥 고봉으로 달라고 해서 불기 들인 기름진 국물에다 갖은 반찬으로 주린 배를 채우려니 주머니 사정이 신통치 않았다.

무대에 오를 때 입는 흰 무명 바지저고리를 일상복으로 걸치고 다니는 태식의 무 꽁다리 같은 옷고름이 느슨하게 풀려서는 앙상한 가슴이 들여다보였다. 언뜻 보이는 건포도 같은 젖꼭지가 볼품없었다. 그런 마른 몸을 가진 태식의 먹성이 단원들 가운데에는 으뜸이었다.

삼겹살을 구우면 다른 사람의 두 배는 먹어야 배가 부르다고 했고, 밥도 다른 사람은 그릇에서 절반도 비워 내지 못했을 때 뚝딱 해치우고 순미와 선화의 밥을 덜어 가거나 추가로 더 시키곤 했다. 그래도 살이 찌지 않는 양을 보면 얄미웠다. 동현은 조금이라도 과식을 하게 되면 개구리 배처럼 불룩 튀어나와 고민스러운데 그는 게걸스럽기까지 한 식탐으로도 전혀 살이 찌지 않는 것이다.

「속이 쓰려서 더는 못 참겠는데.」

태식이 쩝, 하고 입맛을 다셨다.

「뭐 좀 입맛 다실 거 있나 찾아봐요?」

선화가 녹음기 볼륨을 줄이며 물었다.

「그래, 속이 비어서 그런지 눈앞이 다 어지러워.」

동현은 그들이 눈치 채지 못하게 가볍게 눈을 흘기며 방문을 닫고 돌아섰다.

어느새 정도는 푸른색 비닐로 짐칸을 덮은 뒤 비닐 자락을 단속하고 비닐이 흩날리지 않도록 밧줄로 꼼꼼히 잡아매고 있었다. 윤기라고는 찾아볼 수 없는 그의 팔은 강단지고도 매기단하는 솜씨가 능숙했다.

「내가 하려고 했는데 형님이 다 해놓으셨네.」

「가만 있으면 뭐해? 몸이라도 움직여야지. 게다가 언제 비가 쏟아질지도 모르고.」

「이놈의 비. 정말 하늘에 구멍이라도 뚫렸나.」

하늘이 꾸무럭한 데도 그는 챙이 긴 베이지 색 운동모를 눌러쓰고 있었다. 하긴 운동모는 이제 그에게는 또 다른 두피나 마찬가지였다. 공연할 때와 잘 때를 제외하고 더울 때나 추울 때나 밥 먹을 때나 쉴 때나 운동모는 그의 두피를 덮고 있었다. 이젠 벗을 때보다 오히려 쓰고 있을 때가 훨씬 그다워 보였다. 40대 중반부터 빠지기 시작한 그의 머리카락은 이제 두피가 훤히 드러나 보일 정도로 많지 않았다. 숱이 적은 머리카락은 그의 얼굴을 더 지치고 늙어 보이게 만들었다. 모자를 쓰면 한 10년은 어려 보였다가도 모자를 벗으면 제 나이 그대로 오십 줄의 추레한 얼굴이었다. 정도 역시 그 사실을 모르지는 않을 터. 그래서인지 그는 여간해서는 모자를 벗지 않았고, 없으면 허전한지 자꾸만 손바닥으로 머리를 쓸어 올렸다.

「그나저나 돈 좀 있으면 차 좀 바꾸자.」

정도가 트럭의 바퀴를 발로 톡톡 차며 말했다. 바퀴는 짐의 무게로 납작 눌려 있었고, 나사가 탱탱 녹슬어 있는 것이 금방이라도 부서질 듯 위태로워 보였다.

「그래야죠. 한데 시장하지라?」

「한두 번 굶어 봤냐? 이젠 굶는 데도 이력이 나 괜찮다.」

「애들 엄마한테 돈 좀 가져오라 그랬소. 오늘 저녁에는 오랜만에 고기로 배를 채워 봅시다.」

「제수씨한테 미안하게 왜 그래? 생활비도 부족할 텐데. 없으면 없는 대로 꾸려 나가야지, 그럴 때마다 집어다 쓰면 금방 거덜 난다.」

「이럴 때일수록 잘 먹어야지라. 그래야 판 벌일 때 힘이 나서 하지라.」

「그도 그렇다만, 세상이 하 수상하니 무조건 모아 놔. 나중에 그러다 무슨 일 당하면 어쩌려고.」

「언젠간 좋아지겠지라.」

「어디 이게 금방 좋아질 경기냐. 더 나빠졌으면 나빠졌지 절대 좋아질 경기가 아냐.」

정도의 말에 동현의 얼굴이 굳어졌다.

「옛날이 좋았지. 어디 옛날이야기냐? 재작년만 해도 수입이 솔찮았잖냐. 한 번 공연에 칠백만 원은 거뜬히 벌었었는데 지금은 경비 대기도 빠듯하니, 원.」

「어디 우리뿐이겠소. 여기저기 다들 죽는 소리뿐인데, 그래도 우리는 밑천이라도 작으니까 낫소. 모갯돈 쑤셔 박고 손 털고 앉은 사람들 보면 간담이 다 서늘해지요.」

「하긴 그렇다만, 우리 같은 엿장수들도 경기를 타니 정말 큰일이야.」

「그러게 말이라. 정치 하는 놈들이 차떼기다 책 떼기다 뭐다 해서 싹쓸이로 걷어 가니 어디 우리 같은 서민들은 돈 구경이나 해보겠소?」

「그러니 어떡하든지 국회의원 배지 달려고 하지. 먹을 게 없어 봐라, 그렇게 사생결단하고 덤벼드나. 옛날부터 그랬어. 돈이 있는 곳에 쉬파리가 몰려든다고.」

탁탁. 일을 마친 정도는 손을 털고 주머니에서 담뱃갑을 꺼내 들었다. 그러고는 몇 개비 위로 밀어 올려서는 동현에게 내밀었다.

「난 안 피울라요. 끊긴 끊어야겠는데 끊지는 못하겠고 줄이기라도 해야지라.」

「이 난세에 담배라도 안 피우면 무슨 낙으로 사냐?」

정도는 한 개비 빼 물고 불을 붙이더니 볼우물이 패도록 빨았다. 들숨이 깊은 만큼 날숨도 무거웠다. 그 날숨 속에 담배 연기가 뭉텅이로 뿜어져 나왔다.

「너 후회 안 하냐?」

「뭘요?」

동현은 의아한 얼굴로 정도를 쳐다보았다. 언제 봐도 정도는 운동모에 콧수염이 잘 어울려 보였다.

「엿 장사 하는 거 말이다.」

「왜요? 형님 때문에 빚도 갚고, 집도 사고, 애들 공부도 시키고, 사람 노릇하면서 사는데요.」

「그렇다면 다행이고.」

그제야 정도의 음성 속에서 무거움이 가셨다.

「왜 뜬금없이 그런 소리를 하는 거요?」

「나야 원래 바람처럼 떠도는 놈이라 그렇다지만 젊은 놈한테 시킬 일이 아니다 싶어서 그런다. 젊고 이쁜 제수씨 혼자 놔두는 것도 그렇고. 더구나 요즘같이 맨날 까먹기만 할 때는 그런 생각이 더 들기도 하고……..」

「이런 날도 있고 저런 날도 있지. 벌기만 한다면 이 세상에 어디 거지 아닌 사람 있다요?」

「우리가 거지지 뭐냐? 품바 각설이.」

「형님도 참. 형님이 어떻게 거지요? 맨날 예인이라면서. 거지가 무대에 오르는 거 봤느냐고 그러시면서.」

동현은 그렇게 대답했지만 내심 집사람이 마음에 걸리기는 했다. 나이 차가 여섯 살이나 지는 집사람은 아직 젊었고, 얼굴도 그만하면 어디서도 빠지지 않을 터라 눈 한번 까닥 잘못 팔면 영락없이 여자에 걸신들린 사내들의 먹잇감이 될 위험도 있었다. 사람들을 쫓아 이곳저곳을 떠돌다가 간간이 낯선 땅에서 이름도 모르는 여자를 품고 뼈 마디마디에 스민 신산한 객고를 풀어내며 단잠을 얻을 때, 집사람은 기나긴 밤을 홀로 몸 뒤치며 보내거나 일찌감치 사우나에 들러 고온에 자학하는 일로 설레는 아랫도리를 달래는 게 고작이었다. 하지만 그것도 모를 일이다. 은밀한 곳에 여섯 살이나 아래인 힘 좋은 사내를 숨겨 놓고 자신의 아랫도리를 즐기고 있는지도. 정도가 말한 것처럼 절대, 타인의 삶을 엿보려 해서는 안 된다는 사실을 알고 있었으므로 동현은 캐묻지 않았다. 자신이 없는 동안 아내가 살아온 내력이나 만나 온 사람들에 대해. 그저 아내가 보여 주는 것만큼만 보고 알려 주는 것만 알려 했을 뿐이다. 그런 고의적인 방기로 행복은, 아니 행복이라고 하는 그 추상적인 세상을 어느 정도는 지킬 수 있는 것이다. 하여, 생의 상처도 적다.

기어이 비가 내렸다. 한두 방울 이슬로 내리는가 싶더니 이내 우박처럼 굵어져서는 두두두두 사선으로 내려 꽂혔다. 어제부터 잔뜩 으등그러져 있더니 기어이 하늘이 몸을 풀고 있었다. 동현은 정도와 함께 황급히 여관 현관으로 몸을 간수했다. 그나마 비설거지가 끝난 뒤에 내려 다행이라면 다행이었다. 동현은 여관 입구에 서서 근심 어린 표정으로 하늘을 쳐다보았다. 저 빗속을 뚫고 예까지 찾아올 아내가 걱정됐다. 동현은 손차양으로 얼굴을 가리며 빗속을 뚫고 주차장으로 달려갔다.

「어디 가냐?」

등 뒤에서 날아오는 정도의 음성이 빗소리에 묻히면서 단속적으로 끊겼다.

「차부에 나가 볼라요. 집사람 데리러.」

동현은 태식이 몰고 온 낡은 탑차로 뛰어갔다. 현관에서 차가 있는 곳까지 5미터도 안 되는 거리였지만 그새 진곤색 잠바는 흥건히 젖어 살갗에 들러붙고 빗물이 입 안에 흘러들었다.

양동이로 쏟아 붓듯 내리는 비는 와이퍼의 가쁜 움직임에도 사물들의 경계를 흐릿하게 흩트려 놓았다. 더욱이 차체에 부딪치는 빗방울들이 희뿌연 물보라까지 만들어 내는 통에 시계는 채 1미터도 되지 않았다.

동현은 깜박등을 점멸시키며 부옇게 떠 있는 세상 속으로 잠입해 들어갔다. 속도계는 30을 가리키고 있었지만 물 위를 달리는 바퀴는 금방이라도 도로를 벗어나 어디론가 곤두박질칠 것만 같았다. 생의 동아줄이라도 되는 양 저도 모르게 핸들을 움켜쥔 손에 힘이 들어갔다. 길 양편 2, 3층 높이의 고만고만한 가게들 안에서 사람들이 나와 근심스러운 얼굴로 싸게 불어나는 물마를 지켜보고 있었다. 미처 하수구로 빨려 들어가지 못하고 남실남실 인도 턱을 넘나드는 물은 당장에라도 가게 안으로 쳐들어갈 듯 힘을 모으고 있었다. '수림반점'이라고 간판을 단 가게는 부지런하게도 벌써 가게 입구에 모래주머니를 쌓아 놓고 있었고, 그 옆 구멍 가게의 몸피 좋은 여자는 젖무덤을 환히 보여 주면서 바가지로 물을 퍼내고 있었다. 왈칵 덤버들 비에 나름대로 요령을 부려 단속하는 폼이 아마도 이곳이 상습 침수 지역인 모양이었다. 여자나 남자나 모두 넌더리가 난다는 표정들이었다. 역류하는 하수도 물에 번번이 점령당하면서도 이곳을 뜨지 못하는 열패감이 그들의 얼굴에 벌건 열기로 드러나 있었다.

츠츠츠츠. 물 고랑을 만들며 달려가는 앞차를 따라 동현은 그 지역을 빠져나왔다. 마음은 벌써 아내에게 가 있었다.

5

애자는 창턱에 바투 붙어 서서 비에 젖어 우중충하게 웅크리고 있
는 세상을 내려다보았다. 3층 여관 주차장 너머로 낮게 엎드려 있는
낡은 한옥의 기와와 그 옆, 골이 잔 슬레이트 지붕과 담장들이 물을
먹어 칙칙한 빛을 띠고 있었고, 올올이 잎을 매단 나무들은 아예 검
은빛으로 웅크리고 있었다. 하늘이 조금이라도 번하면 수레를 밀고
나가 가위 장단 치며 혼자 길놀이라도 벌여 볼 텐데 애자는 하늘이
원망스러웠다.

애자는 길게 한숨을 내쉬었다. 성채의 안주인은 아니더라도 그냥
평범한 여자로 늙어 가고 싶었는데 거리의 여자라니. 그녀의 손에
들린 휴대폰의 배터리가 뜨뜻하듯 아직도 딸 안나의 징징거림은 애
자의 귀에 이명처럼 남아 있었다.

「어떡하니? 조금만 더 기다려 봐. 글쎄 돈 되는 대로 바로 보내 줄

게. 그동안 비가 와서 일을 제대로 못했어. 그러니 조금만 더 참아
라, 응? 이번에는 어떡하든지 보내 줄 테니까.」

애자는 목소리를 낮추며 수화기 속의 딸을 달랬다.

「아직까지 등록금을 안 낸 사람은 나밖에 없단 말이야. 창피해 죽
겠어. 나 학교 그만두고 돈 벌래.」

「쓸데없는 소리 말고 조금만 더 기다려 봐.」

「다음 주까지 내지 않으면 출석 정지 시킨다고 했단 말이야.」

「그 학교는 왜 그런다니? 누가 등록금 떼어먹는다니?」

「몰라. 암튼 나 학교 가기 싫어.」

「그런 소리 말고 좀 참아 봐.」

손에 맞춤하게 들어오는 작은 휴대폰 속에서 안나의 목소리가 크게
왕왕거렸다. 애자를 닮아 나날이 엉덩이가 푸짐해지는 안나는 이제
고 2였다. 통통한 볼과 실한 허리에다 엉덩이, 그리고 자꾸만 굵어지
는 종아리까지, 그것은 아이가 위로는 크지 않고 옆으로만 자란다는
증거였다. 어미가 그러니 딸인들 별 수 없었다.

「나 돈 벌면 엄마도 고생 덜하고 좋잖아.」

「요즘 세상에 고등학교도 안 나온 여자를 누가 써주기나 한대?」

「왜? 찾아보면 얼마든지 있어.」

「쓸데없는 소리 말고 조금 기다려 봐.」

「기다리라는 말이 벌써 몇 번째야?」

안나는 포달을 부렸다.

어쩌다 만나는 딸년에게서 수상쩍은 냄새가 났었다. 학생 신분에
머리를 염색하고 길게 다듬어진 손톱에는 분홍색 매니큐어가 발려
있거나 사 주지도 않은 고가의 구두와 핸드백들을 제 방 안에 감추

어 놓고 가끔씩 이용하는 눈치였다. 어디서 난 거냐고 호통을 쳐봤지만 이미 거짓말에 능숙해진 아이가 사실대로 말할 리 없었다. 그저 짐작이나 할 수밖에. 한창 공부해야 할 나이에 안나는 이미 공부 이외의 세상 재미에 빠져든 것 같았다.

다른 엄마들처럼 새벽에 일어나 밥 챙겨 주고 간식을 만들어 주며 짜증도 받아 주지 못하고 혼자 내버려 둔 채 돈 번다는 핑계로 이리저리 떠돌아다니니 아이인들 제 삶의 뿌리를 굳건히 내릴 수 있었을까. 그래도 다 저 할 요량이라는데 어찌 된 게 안나는 트로트를 흥얼거리며 엉덩이를 흔들고 걷는 모양새마저도 어미를 쏙 빼닮았을까. 하긴 안나가 어렸을 때부터 밤이슬 맞으며 노래 부르러 다니던 어미에게서 배울 점이라고는 진한 화장이나 사내 갈아 치우는 일, 또는 사내에게 버림받고는 섭게 우는 리듬뿐이었는지 모른다. 비록 버는 족족 사내들의 주머니 속으로 들어가긴 했지만 야속하게도 안나는 제 어미가 목이 아파 건건이도 제대로 삼키지 못한 채 소금물로 목을 헹궈 내며 또다시 불빛이 창날처럼 날아오는 나이트클럽이나 술집으로 달려가 흐흥, 하고 콧소리를 내며 노래를 불러야 하는 고통은 알지 못했다. 그러니 안나에게 조신하게 있다가 시집가라는 소리가 맵게 나오지 않았다. 공부 열심히 해 좋은 학교엘 가고, 졸업해 모두들 선망하는 직장에 들어가서 부러워하는 신랑감을 만나 여우처럼 살라는 주문이 입가에 맴돌았지만 애자는 하지 못했다.

보증금 오백만 원에 월 삼십만 원씩 들어가는 집세도 힘에 겨운데 딸 등록금에다 소소한 용돈까지, 가위 장단 두들기며 벌어들이는 수입으로는 감당하기가 벅찼다. 그냥저냥 다른 아이들 틈에 꺼묻어 학교 다니다가, 갈 수 있다면 2년제 대학이나 기웃거리며 대학생 시늉이나 해보고는 후딱 독립했으면 하는 게 애자의 솔직한 바람이었다. 대학 등록금이라는 것도 처음 입학금만 마련하면 그다음은 근로 장학생이니 뭐니 해서 제 요령에 따라 얼마든지 돈 없어도 다닐 수 있을 터였다. 시작이 반이라는데, 어떻게든 처음만 잡아 주면 뭔가 해결책이 있으리라 생각했다. 하지만 안나는 공부에는 도무지 마음이 붙지 않는 모양이었다. 공부 얘기만 나오면 체머리부터 흔들고는 잔뜩 얼굴을 일그러뜨리는 것이. 한편으로는 안나의 그런 행동에 마음이 가벼우면서도 또 서운함도 없지 않았다. 행여 딸년 덕 볼까 하고 벌써부터 이 지랄이라니.

「그나저나 할머니는 좀 어떠시냐. 네가 잘 좀 보살펴 드려라. 반찬도 좀 챙겨 드리고. 이도 변변치 않으신데 네 먹을 것만 챙기지 말고 고기 좀 푹 삶거나 고아서 따로 반찬 만들어 드리고. 미안하다. 어쩌겠니.」

애자는 멀거니 벽에 마른 등을 붙이고 앉아 흐릿해진 눈으로 세상을 살아갈 노인네가 떠올랐다. 어디 한곳 실팍한 살이 없이, 툭툭 불거져 나온 몸 안의 뼈들이 그나마도 부러질 듯 위태로워 보이는 노인은 그래도 딸 안나보다도 자신을 더 걱정해 주었다. 애자는 그랬다. 내리사랑이라는 말 그대로 산송장처럼 하얗게 센 머리로 말조차 잃은 채 골방에서 남은 생을 살고 있는 노인보다는 딸 안나가 안됐고, 내내 눈에 밟혔다.

「지겨워.」

「미안하다. 할 수 없잖니. 네가 고생 좀 해야지.」

「나처럼 사는 애도 없단 말이야.」

「그래. 조금만 고생하자.」

「얼마나 더?」

「글쎄. 언제까지 이러고 살겠니? 뭐가 달라져도 달라지겠지.」

「지겨워.」

그래, 자신도 이 빈한한 삶이 지겨운데 안나인들 지겹지 않을 리 없었다. 하긴 지겹지 않은 삶이 있을까? 1년 365일, 불혹을 지나고 지천명을 넘겨 환갑 진갑 다 지내다 보면 삶이 지겨울 터이다.

「등록금은 곧 보내 주마. 며칠만 참아.」

「줄 때까지 학교 안 갈 거야.」

「그러지 말고, 가. 이 에미 말 안 들으면 너도 에미처럼 산다. 에미 꼴이 보기 좋으냐?」

그즈음 해서 애자의 명치끝에 불온한 기운이 뭉쳐지고 있었다. 안나가 더 징징거리면 애자는 기다렸다는 듯 수화기 속으로 욕을 퍼부으며 학교고 뭐고 다 때려치우라고 할 참이었다. 못 배워 이렇게 길 위에서 사는 어미처럼 평생을 남 뒤꽁무니만 바라보며 살라고 독설을 퍼부어 댈 참이었다. 하지만 안나는 애자의 속내를 읽었던 모양인지 불퉁스러운 숨소리만 거칠게 낼 뿐 아무 말 없이 있었다. 그리고 이내 수화기 속에서 사라져 버렸다.

「다 지 년을 위한 일인데……」

그녀는 혼자 중얼거리며 창턱에서 떨어져 나와 분장용 화장 도구들을 가방 속에서 꺼내어 방바닥에 줄줄이 펼쳐 놓았다. 손가락에 묻히거나 크기가 맞지 않은 퍼프로 분을 덜어 내는 바람에 둥글고 각진 화장품들 겉으로 가루가 서로 섞여 지저분해져 있었다. 애자는 신경질적으로 티슈를 뽑아 들고 화장품 용기 주변에 묻어 있는 더러움을 닦아 냈다. 둥그런 검은색 용기 안의 분가루는 바닥을 드러낸 채 돈을 요구하고 있었고 오래된 분첩은 기름기로 번들거려 제대로 발리지 않았다.

애자는 작은 손거울 속에 어지럽게 나 있는 손때를 입김을 불어 닦아 내고는 얼굴에 바투 갖다 댔다. 타원형의 한 귀퉁이가 물을 먹어 까맣게 썩어 들어가는 거울 속에 한 지친 중년의 얼굴이 들어 있었다. 이제 40대 초반의 나이인 만큼 만개한 꽃으로 피어 있어야 하는데 벌써 꽃 떨어지고 잎 시들어 볼품이라고는 찾아볼 수 없는 한해살이풀 모양이었다.

애자는 그 얼굴에 분칠을 하고 양 볼에 하나씩 연지처럼 작은 개망초 꽃 같은 그림을 그려 넣었다. 값싼 분장용 화장품의 독이 올라 색이 거뭇하게 변해 버린 입술 색을 파운데이션으로 지우고 앵두처럼 작고 앙증맞은 가짜 입술을 붉은 립스틱으로 그려 넣었다. 그리고 짧은 인조 머리 가발을 탈탈 털어 머리에 뒤집어썼다. 그때 빠끔히 문이 열리며 순미의 얼굴이 나타났다.

그녀는 방 안에 늘어져 있는 화장 도구들과 분장을 마친 애자를 번갈아 쳐다보며 물었다.

「뭐해요?」

「응? 잘 왔네. 그렇잖아도 얘기하려던 참이었는데.」

애자는 가발이 머리에 맞춤하게 들어맞도록 이리저리 끌어당기며 옆 눈으로 순미를 바라보았다.

「뭐하시게요?」

곧 일 나갈 사람처럼 얼굴 단장을 하고 있는 애자를 바라보며 순미가 재차 물었다.

「놀면 뭐해? 일 나가려구. 그냥 놀자니 심심하기도 하고 길놀이나 다녀올까 해서.」

「이 빗속에요?」

순미의 눈이 동그래졌다.

「비가 오면 입이 더 궁금하잖아. 지금 당장 나갈 건 아니고, 비가 좀 더 그치면 나갈 거야. 아까 보니까 빗줄기가 많이 가늘어졌던데?」

「그래도…….」

「멀리는 안 갈 거야. 어때? 같이 가지 않을래?」

「글쎄…….」

순미는 자신 없어 했다. 애자는 순미에게 안나의 등록금이라도 벌어야겠다는 소리는 하지 못했다. 벌써 몇 년째 같은 지붕 아래서 잠을 자고 한솥밥을 먹으며 살아온 터라 자존심 같은 건 없었지만 그래도 왠지 오늘은 궁색을 떨고 싶지 않았다. 한참 나이 어린 여자에게 자신의 초라함을 이야기해야 한다는 게 오늘따라 더 싫었다.

「한데 어젯밤엔 왜 그런 거야?」

순미의 표정을 살피며 묻는 애자의 어조가 은근했다.

「그냥요.」

「그냥은 무슨 그냥. 머리카락 쥐어뜯고 싸우는 것도 그냥 싸우나? 싸운 이유가 있었을 거 아냐?」

「그냥요.」

꼼꼼히 훑어 내는 애자의 눈길을 피해 순미는 고개를 숙여 버렸다. 하긴 그간 싸우지 않은 게 더 이상했다. 결판이 나도 진작 났어야 할 일이었지만 워낙 순미의 성정이 순해 그나마 예까지 온 터였다.

「암튼 열 여자 마다하는 남자 없다. 한 번 정 뺏기면 영영 뺏겨. 다

가기 전에 붙잡아. 그냥 쫓겨 나오지 말고 끝까지 방을 지키란 말
이야.」

애자는 순미 귀에 입을 갖다 대며 소리를 낮춰 얘기하고는 무슨
말인가를 더 하려다 이내 입을 다물어 버렸다. 말이 푸지면 그만큼
실수도 많은 법. 말을 아끼면 그만큼 책임질 일도 적은 게 세상 이치
였다. 게다가 선화 또한 한 식구로 지내온 지 3년이나 됐고 태식이
알면 좋을 게 없었기 때문이었다. 아무리 입단속을 시켜도 발 없는
말이 천 리를 가고 벽에도 귀가 있는 법. 그래도 순미는 너무 착해
빠졌다.

「한데 아이는 안 생기는 거야?」

애자는 홀쭉한 순미의 배를 쳐다보았다. 축 처진 붉은 나일론 추리
닝에 빨아도 지지 않는 얼룩이 검은빛으로 앉아 있었다. 애자의 물음
에 순미는 수줍은 듯 얼굴을 붉혔다. 남사당패에 아직 저리 순한 표
정이라니. 쯧! 애자는 순미에게 들리지 않도록 속으로 혀를 찼다.

「더 늦기 전에 아이부터 가질 궁리해. 아이 생기면 떠났던 정이 돌
아오기도 하니까 말이야. 왜? 그런 이야기 많이 들어 봤잖아?」

「암튼 고기 먹자고 오시래요.」

「무슨 고기?」

「단장님 사모님이 가지고 오셨어요.」

「단장 사모 왔어?」

「네.」

「알았어. 금방 갈게.」

갑자기 시장기가 느껴졌다. 애자는 작은 오얏 꽃 문양이 프린트
된 분홍빛 손수건을 머리띠처럼 접어 가발을 쓴 머리에 두르고 끝을

나비 모양으로 묶었다. 이마 위로 내린 애교머리에 무스를 발라 사선으로 빗어 내린 탓에 애자의 얼굴은 한층 앙증맞고 어려 보였다. 그런대로 아직 화장발은 좋았다. 워낙 좋은 피부를 물려받은 터라 얼굴에 콜드크림 묻혀 가며 마사지를 하지 않아도 화장이 잘 먹었다. 아니, 20년이 넘게 무대 화장을 해온 터라 피부는 맨얼굴로 있을 때보다 진한 화장을 할 때라야 더 편했다. 그러니 이때껏 다른 얼굴로 살아온 터였다.

애자가 분장을 한 얼굴로 들어서자 방 안에 둘러앉아 있던 사람들의 시선이 일제히 그녀의 얼굴로 쏠렸다. 그들이 만들어 놓은 제법 큰 원 안에는 여기저기 귀퉁이가 눌린 조그마한 종이 상자 몇 개가 뚜껑이 열린 채 놓여 있었다. 정도와 동현은 플라스틱 일회용 접시에 상자 안의 음식을 푸짐히 덜어 내 한입 가득 물고 있었다. 통닭 튀김과 속을 든든하게 해줄 찰밥, 열무로 시원하게 담근 물김치 따위들이었다.

한걸음 앞서 간 순미가 그새 통닭 조각을 집어 들고 무릎걸음으로 몇 걸음 물러나 애자에게 자리를 만들어 주었다. 그녀의 가느다랗고 작은 손에 흰 속살이 들여다보이는 큼지막한 통닭 조각이 들려 있고, 그녀의 입 주변으로는 기름기와 함께 닭의 살점이 작은 알갱이로 묻어 있었다.

「왔어요?」

애자는 동현의 집사람에게 말인사를 건넸다. 머리를 틀어 올려 큐빅 핀으로 고정시키고 허벅지가 딱 들러붙은 나팔 청바지에 기장이 짧은 청 재킷을 입은 그녀는 나이보다 훨씬 앳돼 보였다.

「뭐하시려구요?」

입 안에 든 음식물을 저작하며 동현이 분장을 한 채 나타난 애자를 향해 물었다.

「어째 가만 있으려니 온몸이 쑤시기도 하고 그래서, 천천히 길놀이나 다녀올까 하고.」

속마음을 감추느라 애자는 말끝에 쑥스럽게 웃었다. 떠돌이 엿장수에게 아직 부끄러움이 남아 있던가. 당장에 돈이 궁해 가만히 손 놓고 있을 수 없다는 말은 나오지 않았다.

「그냥 오늘은 쉬어요. 비도 오는데 이 빗속에 무슨 장사를 해요?」

「그래요. 오다 보니까 사람들도 많이 없던데, 공연히 헛수고만 할 거예요.」

동현의 말을 그의 아내가 거들었다.

「그래도…….」

「오늘까지만 쉽시다. 설마 하니 내일도 비가 올랍디여?」

동현은 콜콜콜, 종이컵에 맥주를 따라 애자에게 건네며 그녀의 계획을 저지시켰다. 공동으로 일을 하고, 들어온 수입은 일과 경력에 따라 차등 분배하는 것을 원칙으로 삼는 이 모듬살이에서 그 원칙은 꼭 지켜져야 할 법이자 규율임을 알고 있었지만 애자는 마음 편하게 손 놓고 앉아 있을 수가 없었다.

목에 줄이 걸려 있는 고기 낚는 가마우지마냥 애자는 삼킨 음식물들이 차곡차곡 목에 쌓이는 듯했다. 방세에다 딸년 등록금, 밀린 외상값과 대출금의 이자에 원금까지, 돈 들어갈 데는 많은데 오늘 하루도 그냥 보내야 하다니. 애자의 얼굴이 굳어졌다. 진하게 그려 넣은 가선의 입술과 아랫눈썹이 음식을 씹는 애자의 굳은 얼굴 위에서 움질움질 움직였다. 될 대로 되라는 심정으로 애자는 제법 큰 닭 튀김

조각을 입 안으로 쑤셔 넣었다. 다른 사람들은 열심히 음식들을 지분거리며 그간의 부실했던 영양분을 충실히 채워 가고 있었고, 모처럼 맛보는 기름기에 눈들을 빛내며 말을 아꼈다.

애자는 자신의 접시 위로 통닭 튀김과 찰밥을 한 무더기 덜어 냈다. 허심한 거, 허전한 거, 마뜩찮은 거, 대신이었다. 앵두 같은 입술이 뭉개져도 상관하지 않고 우적우적 음식을 씹고 있는데 동현이 봉투 하나를 내밀었다.

「…….」

애자가 고개를 들어 눈으로 물었다.

「그간 일당도 못 챙겼는데 우선 급한 데 쓰라고 오만 원 담았소. 나중에 수당에서 제할 테니까 당장 필요한 데 쓰쇼.」

가불이었다. 돈을 보니 불기운이 시뻘겋게 살아 있는 찜질방에라도 가서 이곳저곳 뻐근하게 땅기고 뭉쳐 있는 몸을 노곤하게 지지고 싶어졌다. 뼈 마디마디에 스며 있을 바람의 기운들을 그 불기운에 말끔히 증발시키고 다시 힘차게 내일을 기다리고 싶어졌다.

「우리 오늘 찜찔방에라도 갈까?」

애자는 순미를 돌아보며 물었다. 그 말에 정도의 미간이 희미하게 구겨지는 것을 애자는 보지 못했다.

「오랜만에 불구경 좀 해보자.」

하지만 순미는 아무 대답 없이 들고 있던 닭 조각을 알뜰히 발겨먹는 데만 열중했다.

「어째 꼭 쓸 생각부터 먼저 해.」

기어이 정도가 낮게 중얼거렸다. 시무룩하게 애자의 표정이 죽었지만 그 말끝에 대꾸는 하지 않았다.

비는 아직도 기운차게 내리고 있었다. 창문에 엉겨 붙은 빗방울들
이 제 무게를 이기지 못해 아래로 흘러내렸고 세상을 흐릿하게 지우
던 잿빛 먼지들이 그 비에 말끔히 씻겨 가고 있었다.

6

이마를 간질이는 햇볕에 정도는 눈을 떴다. 방 안 깊숙이 햇빛이 밀려 들어와 있었다. 정도는 눈이 부신 듯 미간을 찡그리며 일어나 햇빛이 투과해 들어오는 창가로 다가갔다. 비가 그쳐 있었다. 모처럼 하늘이 투명하게 드러나 있었고, 대지 위의 풍경들은 축축히 스며 있는 제 몸속의 습한 기운들을 말간 햇빛에 말리며 환한 모습으로 서 있었다. 오랜만에 보는 햇빛이었다. 대기 중에 섞여 있던 먼지들이 씻겨 나간 탓인지 슬금슬금 창문을 넘어온 햇빛들은 방 안의 작은 티끌까지도 놓치지 않고 보여 주었다.

배가 부르니 잠도 더불어 깊고 달았다. 그 햇빛에 정도는 마음이 바빠졌다. 한데 유석이 보이지 않았다. 방금 빠져나온 이부자리 옆에는 꼬질꼬질해 보이는 요 하나만 깔려 있을 뿐 사람이 뒹군 흔적은 보이지 않았다. 동현이야 어젯밤 멀리서 달려온 제 마누라와 새로 얻은 방에서 오붓하니 그간에 못 나눈 운우지정을 나눴을 테고,

분명 유석과 둘이 남아 이불 속에 들었는데 언제 일어나 나갔는지 이불에는 녀석의 체온마저 남아 있지 않았다. 젊은 몸은 잠도 달아 늘 늦게 일어나고, 일어나서도 한동안 졸음에 붙들려 있었는데 오늘은 어쩐 일인지 녀석이 먼저 부지런을 떤 것이다.

정도는 하품을 입에 물며 목욕탕 안을 살폈다. 녀석은 그 안에도 없었다. 구석구석 물 곰팡이가 피어 있는 목욕탕엔 물때 냄새만이 비릿하고도 쿠릿하게 떠돌 뿐이었다. 모처럼 난 햇볕에 이것저것 손 볼 것이 많은데 녀석이 보이지 않았다. 그러고 보니 간밤에 아무렇게나 던져 놓은 녀석의 옷도 눈에 띄지 않았다.

정도는 행여 하는 마음으로 문을 열고 복도로 나왔다. 동현이 든 방에서 나직나직 이야기가 새어 나오고, 한방에서 함께 얼크러진 채 두 여자와 부부 연을 맺고 사는 태식의 방에서도 달그락거리는 소리가 들려왔다. 모두들 수런거리는 햇빛에 일찌감치 깨어나서는 하루를 준비하고 있는 모양이었다. 굳이 햇빛 때문이 아니라도 오늘은 해야 할 일이 많았다. 팔도 풍물 장터가 열리는 행사장 위치를 파악하고, 사람 통행 많은 곳을 미리 선점해서 서둘러 무대를 설치해야 했으며, 엿을 깨고, 악기도 손봐야 했다. 그러자면 지금 나서도 결코 이른 시각이 아니었다. 그러나 어디에도 유석은 없었다.

「일어나셨소?」

벌집들처럼 줄줄이 나 있는 방문 가운데 하나가 열리더니 불쑥 동현의 얼굴이 나타났다.

「그래. 서둘러야지. 걱정했는데 비가 이 정도로 그쳐서 다행이다.」

「그러게 말이오. 죽으란 법은 없는 모양이오.」

감기 기운이 있는지 말끝에 동현이 낮게 잔기침을 해댔다.

「한데 유석이 봤냐?」

「왜요?」

「녀석이 안 보여.」

「글쎄요. 어제 같이 안 잤어요?」

동현이 되려 의아한 표정으로 물었다.

「몰라. 자고 일어나 보니까 녀석이 안 보여. 이부자리에도 잔 흔적
이 없고.」

「어디 있겠죠.」

둘의 목소리가 게으름에 잠겨 있던 복도에 울려 퍼지고, 작업 개
시를 알리는 신호처럼 그 말소리에 다른 소리들이 살아나며 방문 하
나가 열리더니 애자의 부스스한 얼굴이 나타났다. 그녀의 한쪽 뺨엔
베개에 눌린 자국이 깊은 흉터처럼 나 있었다.

「유석이 어젯밤에 나가는 것 같던데요?」

오랫동안 말을 하지 않은 탓인지 그녀의 음성 끝이 해수기를 앓는
사람처럼 낮게 갈라졌다.

「밖에요?」

「물어보지 않아서 정확한 건 모르겠지만 암튼 나가는 눈치였어
요.」

「이런 정신 빠진 놈이 있나. 말도 안 하고 제멋대로 나가다니.」

쩡, 하고 정도의 새된 음성이 복도를 울렸다. 밖의 소란이 여느 때
같지 않았는지 태식의 방문이 열리고 이어 세 사람의 얼굴이 드러났
다. 그새 선화와 순미는 나갈 준비를 마쳤는지 얼굴에 물 기운이 비
쳐 보였다.

조명을 설치할 철골 구조물을 조립하고, 무대를 만들고, 무거운

스피커를 들어 제자리에 놓기 위해서는 무엇보다 젊은 유석의 힘이 필요했다. 녀석 말고도 생때같은 남자들이 셋이나 있었지만 아무래도 녀석의 힘이 제일 보탬이 됐다. 스물여섯의 그 강단진 힘이 요모조모로 긴히 쓰일 일이 많을 텐데 하필이면 이때 말도 없이 팀을 이탈한 것이다.

정도는 사람들을 복도에 남겨 두고 황급히 방 안으로 되돌아왔다. 유석의 베이지 색 체크무늬 가방은 방구석에 그대로 놓여 있었다. 자크가 다물리지 않은 채 벌어진 틈새로 러닝셔츠와 낡은 팬티 몇 장, 갈아입을 옷 서너 벌이 돌돌 말린 채 들어 있는 게 보였다. 안의 내용물만큼이나 추레한 녀석의 가방이 버림받은 물건처럼 청승맞아 보였다. 아예 짐 챙겨 떠나지 않은 것만으로도 다행한 일이었다.

정도는 휴대폰의 폴더를 열고 유석의 전화번호를 눌렀다. 띠띠띠띠. 높낮이가 다른 버튼 음 뒤에 길게 신호가 울렸지만 녀석은 받지 않았다. 아마도 녀석은 휴대폰의 조그마한 창에 드러나는 숫자들을 곤혹스럽게 들여다보다가 제 풀에 멈추기만을 기다리고 있는지도 모른다. 하긴 시키는 대로 말없이 고분고분 일을 해내던 녀석이 갑자기 묻는 말에 대답도 하지 않고 엇나갈 때부터 눈치를 챘어야 했다.

정도는 마뜩찮은 표정으로 휴대폰의 폴더를 닫았다. 도대체 녀석은 어디로 간 것일까? 일이 많은 줄 빤히 알면서도 말 한마디 없이 다녀와야 할 곳이란 어디일까?

팔도 풍물 대잔치. 장터에는 언제 큰비가 내렸냐 싶게 입점 업체들이 상품 진열을 마친 채 사람들을 기다리고 있었다. 어제 내린 비로 질척해진 바닥에는 두터운 부직포가 깔려 있었고 하늘에 두둥실

떠 있는 노란색 대형 애드벌룬이 하릴없이 배회하는 사람들을 유혹
하고 있었다. 만물상처럼 이곳 장터엔 없는 게 없었다. 아치형으로
서 있는 '팔도 풍물 대잔치'라고 씌어진 풍선 밑을 지나치면 멧돼지
한 마리가 통째로 쇠꼬챙이에 꿰인 채 장작불 위에서 빙글빙글 돌아
가고 있었고, 그 맞은편에는 재질이나 품질이 한눈에도 조악해 보이
는 중국산 완구가 쉼 없이 움직이고 있었다. 먹을 것, 입을 것, 신을
것, 도박에 가까운 놀이판이며 고만고만한 중소기업 제품들이 한데
뒤섞여 사람들을 기다리고 있었다.

　정도는 한쪽에 차를 세워 두고 무대를 꾸밀 맞춤한 자리를 찾아
나섰다. 발전기를 놓고, 조명 탑을 세우고, 무대를 설치하고, 객석도
만들 수 있는, 제법 큰 공간이 필요했다. 동현도 차에서 내려 쓸 만한
데를 찾아 연신 두리번거렸다. 움푹 팬 곳이나 경사진 곳, 업체들이
물건을 부려 놓고 있는 천막 가까이는 피해야 했다. 그러고 보니 하
천 고수부지에 들어선 장터에는 자투리 공간만이 버짐처럼 나 있을
뿐 마땅한 자리가 없었다.

「형님, 아무래도 무대 세우기가 어려울 것 같은데 어떻게 이번에
　는 무대 없이 그냥 조명만 세우고 하면 어떻겠소?」

동현은 이쪽저쪽 빈 터의 크기를 가늠하며 물었다.

「무슨 소리냐? 무대를 안 세우겠다니.」

「글쎄, 무대를 세우고 조명 탑을 설치할 만한 장소가 아무리 봐도
　없소.」

「그래도 무대 없이 어떻게 한다니?」

「그냥, 적당히 악기만 내려놓고 뒤로 조명 몇 개만 세우고 하면 안
　될게라?」

「그게 무슨 말이냐? 너도 날 그렇고 그런 엿장수로 생각하나? 난 엿장수가 아니다. 예인이다. 전국을 떠돌며 길 위에서 늙어 왔다만 그래도 나는 자부심이 있다. 지금껏 그래 왔지만 앞으로도 나는 무대를 고집할 거다. 무대 아래로 내려와 하는 장단은 영락없이 각설이 거지들이나 하는 게지, 어디 그게 공연이냐? 싫다.」

정도가 벌컥 화를 내자 동현은 무안했다. 사실 동현은 그런 정도의 고집을 모르지 않았지만 딱히 짐을 부려 놓을 만한 장소가 없을 때는 완고한 그의 고집이 한편으로는 답답하기도 했다. 좋은 게 좋은 거라고, 무대야 어떻든 공연만 좋으면 사람들이 몰려들 게 아닌가. 그러나 동현은 내심을 숨겼다.

「알았소. 형님. 역정 내지 마시오. 그냥 한번 해본 소리요.」

「그래도 그렇지. 행여나 그런 소리 두 번 다시 하지 마라. 무명이라고 니까지도 나를 싸구려 취급하지 마라.」

「잘못했소.」

그때였다. 먹이를 찾듯 주변을 둘러보는 그들의 찬찬한 시선에 청빛 제복을 입은 사내 둘이 따라붙었다. 기다란 경광 등을 손에 들고 호루라기를 목에 건 사내들은 자못 험악한 표정을 지으며 어깨를 세운 채 빠른 걸음으로 쫓아왔다.

「뭡니까?」

장터 입구에 대놓은 트럭을 일별하며 그들 중 한 명이 눈꼬리를 세운 채 동현에게 따지듯 물었다.

「품바 각설이입니다.」

「우리는 부른 적 없는데.」

「행사장 안으로는 안 들어가고 이 주변에서 좀 놀아 볼랍니다.」

「안 돼요.」

　정도의 말이 채 끝나기도 전에 그들은 개천가에서 물고기를 몰 듯 정도와 동현을 내쫓았다. 지역 축제와 더불어 열리는 풍물 시장의 주최 측에 입점 신청도 하지 않았거니와, 그에 상응한 자릿세 또한 지불하지 않았다는 게 그들의 거부 이유였다. 그들의 저지는 완강하고도 거칠었다. 그들은 말하자면 축제의 주관 기관인 지방자치단체에 일정액의 수수료를 지불하고 행사권을 따온 주최 측이었다. 하지만 품바 각설이 공연은 그들이 쳐놓은 천막 밑으로 들어가 하려는 게 아니었다. 처음부터 끝까지 동현이 이끄는 품바 패의 장비와, 수고와, 방법으로 무대를 가설하고, 구경꾼을 끌어 모으고, 장사를 하려는 것이었다. 그들이 임시로 사용 허가를 받은 구역으로 들어가는 것도 아니고, 그 옆, 어디 낡은 공터에 무대를 가설하려는 것뿐인데 그들의 주머니를 부풀려 줄 이유가 없었다.

　「왜 그러십니까? 이곳에서 저희들이 공연을 하면 호기심에 사람들이 더 많이 올 테고, 그러면 또 그 사람들이 물건도 구경할 텐데, 두루두루 좋지 않습니까?」

　「글쎄, 안 된다면 안 된다니까. 어서 차 빼요.」

　동현의 말에도 사내들은 막무가내였다. 그들의 손에 떠밀려 뒷걸음치는 동현의 발이 서로 엉키면서 뒤로 넘어질 뻔했지만 용케 몸의 중심을 잡고 다시 꼿꼿이 섰다. 그래도 그들은 틈을 주지 않고 동현과 정도를 내몰았다. 어깨가 넓고 눈빛이 날카로운 사내들은 지역에서 이름깨나 날리는 주먹들인 모양이었다. 주차 요원. 그들이 팔에 차고 있는 노란 완장에서 검은 글자가 선명했다. 하긴 공연을 해보면 사람들은 걸판지게 풀어지는 각설이 공연만 구경했지, 물건을 구경하는 것은 아니기 때문에 정작 입점 업체들은 한가하게 앉아 왕왕거리는 스피커 소리만 들어야 했다. 사내들도 그러한 사실을 모르지는 않을 터.

「장사 방해 안 되게 삼십 분 공연하고 삼십 분 쉬고, 또 삼십 분 공연하고 삼십 분 쉴 테니까 봐주세요.」

「이 사람들이 귀가 먹었나, 어쨌나? 차 빼라는데 웬 말이 이리 많아?」

사각 진 턱에 입술이 두툼한 사내가 얼굴을 일그러뜨리며 반말을 내질렀다. 울컥, 동현의 얼굴에 분기가 돌았다. 정도는 팔꿈치로 슬쩍 동현의 옆구리를 건드리며 그를 제지했다. 젊은 혈기에 참지 못하고 그들과 싸워 봤자 손해만 볼 게 뻔했다. 정도는 동현을 제 뒤로 밀쳐 내며 도끼눈을 뜨고 있는 사내들 앞으로 다가섰다.

「나 오십이 넘은 사람이오. 이날 이때까지 무대 위에서 살아온 사람이오. 잘났으면 텔레비전에도 나오고 여기저기 불려 다니느라 이런 고생 안 했을 테지만 무명이라 이렇듯 나이 들어서도 장돌뱅이 남사당패 신세를 면치 못하고 있소. 자네들도 형님이 있을 텐데 그 형님을 생각해서라도 봐주소.」

그들의 소란에 장터에 나란히 들어선 천막들에서 호기심 어린 시선들이 날아왔다. 머리를 노랗게 물들이고 화장을 진하게 한 여자의 시선에서부터 비슷하게 살이 찐 초로의 사내와 얼굴에 주름 하나 들지 않은 젊은 청년의 시선까지. 전국을 돌며 변변치 않은 물건들을 부렸다가 또다시 짐을 꾸려 길을 떠나는 저들의 눈빛에 지난함이 엿보였다. 저들의 여로에 남는 것은 어쩌면 지금보다 더 지독한 지난함일지 모른다. 뫼비우스 띠처럼 저들의 여로는 끝이 없어 보인다.

길 위에서 맞고 보내는 하루하루의 삶이라는 게 얼마나 쓸쓸한 것인
지 정도는 잘 알고 있다.

「이 양반아. 그건 당신 사정이고 차나 얼른 빼!」

사내의 완강한 몸짓에 정도는 주춤하더니 이내 두어 걸음 뒤로 밀
려났다.

「어따 대고 함부로 이 양반 저 양반 하는 거요? 완장 차고 힘깨나
쓴다고 눈에 뵈는 게 없는 모양인데 이게 당신네들 땅이오? 왜 들
어오라 들어오지 마라, 막는 거요? 당신네들 땅이면 좋다 이거야.
어디 등기부 등본 갖고 와봐. 당신네들 땅이 맞다면 두말 않고 물
러날 테니까. 그렇지 않다면 우리 상관하지 말고 당신네들 할 일
이나 해.」

문득 뒤에서 여자의 째진 음성이 날아왔다. 선화 것이었다. 어린아
이처럼 작은 키에 큰 얼굴, 가슴과 등에 돌올하게 솟아오른 혹을 지
닌 선화가 벌겋게 달아오른 얼굴로 다가오고 있었다. 마치 잔뜩 독이
오른 짐승처럼 그녀의 걸음걸이가 사나웠다. 치덕치덕 고무신에 흙
덩이가 붙었다가 떨어져 나가고, 그녀는 벗겨지려는 신발을 용케 꿰
신고서 물먹어 질척이는 땅을 곧장 가로질러 왔다.

완장을 찬 사내들은 더 험악하게 얼굴이 굳어져서는 소리를 지르
며 다가오는 그녀를 훑어 내렸다. 그녀의 표독스러운 얼굴 뒤로 순
미와 태식의 순한 얼굴이 보였다.

「나라 땅인데 당신들이 무슨 권한으로 나가라 마라 하는 거요? 할
말 있으면 해보시오. 당신네들 땅이라는 증거를 대보란 말이오.」

완장을 찬 사내들은 가소롭다는 듯 그녀의 위아래를 매서운 눈초
리로 훑어 내렸다. 그녀의 음성은 사나웠지만 발음은 분명했다. 숨을

쉴 때마다 혹처럼 솟은 그녀의 가슴이 거칠게 오르내렸다. 기형의 몸에 엉겨 붙는 사람들의 시선이나 완장을 찬 사내들의 위협적인 태도에도 굴하지 않고 꼿꼿이 고개를 들고 대드는 그녀의 모습에 오기 같은 게 배어 있었다. 돌출된 광대뼈에 얇은 입술, 구릿빛으로 그을린 거친 피부를 가진 그녀는 사박스러워지지 않으면 세상 어디 한군데, 자신이 설 자리가 없다는 사실을 오래전에 알아 버린 모양이었다.

그녀의 악다구니에 다른 사내들이 다가왔다. 설명하지 않아도 알겠다는 듯 사내들은 호루라기를 불어 대며 그새 모여든 사람들을 쫓아냈다.

「내놔 봐. 내놓지도 못하면서 어디서 나가라 마라 하는 게야. 대한민국 국민으로서 나도 엄연히 이 땅에 대한 권리가 있는 사람이야.」

선화의 얼굴이 붉어지더니 음성이 더욱 쨍쨍하게 벼려졌다.

사내들은 말없이 선화의 겨드랑이에 팔을 찔러 넣고 그녀를 불끈 들었다. 그게 사내들의 방식인 모양이었다. 고무신은 질퍽한 땅에 그대로 다붙어 있는데 선화의 몸만 달랑 들려서는 마치 줄에 매달린 인형처럼 대책 없이 바동거렸다.

「그 손 놓지 못해?」

정도가 기어이 소리를 질렀다. 깊숙이 눌러쓴 청빛 모자챙의 그늘에 묻힌 눈에서 형형한 빛이 뿜어져 나왔다. 붉은색 체크 남방에 꽉 낀 일자형 청바지를 입은 정도는 금방이라도 사내들을 덮칠 듯 다가갔지만 이내 멈춰 섰다. 주먹을 쥔 정도의 손이 파르르 떨렸다. 여자의 그것처럼 길고 가느다란 정도의 손이 제법 강단져 보이는 주먹을 만들었다.

「이 새끼가 좋은 말 할 때 고분고분 말을 들을 일이지 눈에 뵈는
게 없나?」

각진 턱을 지닌 사내 한 명이 선화의 팔을 놓더니 정도를 향해 이
를 물었다. 선화는 맨발로 비칠거렸다.

「오냐. 때려 봐라. 요즘에는 주먹도 잘 맞으면 돈 번다더라. 씨팔.
때려 봐. 이 새끼야.」

정도의 코에 닿을 듯 가까이 다가선 사내는 정도의 멱살을 그러잡
았다. 동현이 황급히 사내의 팔을 붙잡고, 구경만 하고 있던 애자와
태식이 잰걸음으로 다가와서는 각기 한마디씩 말을 보탰다. 그중 한
사람, 순미만 어쩔 줄 몰라 하며 발을 동동 구르고 있었다. 완장을 두
른 다른 한 사내가 동현의 어깨를 잡고 돌려 세우려 할 때 맨발로 서
있던 선화가 달려들어 사내의 팔을 물어뜯었다. 느닷없는 공격에 사
내는 얼굴을 일그러뜨리며 짧게 신음 소리를 내질렀다. 그때 동현은
다른 사내가 내지른 주먹에 얼굴을 맞고 바닥으로 나동그라졌다. 바
닥에 철퍼덕 주저앉은 동현이 고개를 돌려 잇새로 침을 내쏘고 이를
악문 채 일어서려는데 사내의 구둣발이 또 날아왔다. 억, 하고 동현
의 입에서 비명 같은 신음이 터져 나왔다. 선화가 이번에는 동현에
게 구둣발을 날린 사내를 향해 덤벼들었다. 하지만 선화는 사내의
주먹을 맞고 뒤로 나가떨어졌다. 애써 참고 있던 정도가 그들을 향
해 몸을 날릴 때 후루루룩, 후루루룩 누가 신고했는지 경찰들이 들이
닥쳤다.

「아, 저희들도 돈을 지불했다니까요. 땅 임자한테. 요즘 세상에 어
디 공짜 있는 거 봤습니까? 그러니 당연히 입점 비를 내야죠. 다른

가게들은 다 냈습니다. 형평상 누군 봐주고, 누군 안 봐주고가 어디 있습니까? 경찰 아저씨들도 마찬가지 아닙니까?」

사내들은 파출소에 끌려가서도 굽히지 않았다. 각진 턱의 사내가 말할 때마다 그의 팔목에서 굵은 십팔금의 체인 팔찌가 부담스럽게 흔들렸다.

「서류 보여 드릴까요? 땅 임대 계약서 말입니다. 저희도 돈 지불하고 하는 사업인데 공짜라뇨. 우리가 공짜로 돈 벌겠다는 것도 아닌데 암튼 손해 볼 수는 없지 않습니까?」

「없는 사람들끼리 서로 좀 양보하고 도와주며 살지 꼭 이렇게까지 해야겠어? 막말로 사람들이 북적이면 낫잖아?」

「좋다 그겁니다. 저희도 없는 사람 도와주면서 살고 싶어요. 사실 그러기도 하고요. 하지만 이건 어디까지나 사업이란 말입니다.」

경찰의 말에 사내는 책상에 바투 다가앉으며 불만 섞인 음성으로 말했다.

「거 좀 좋잖아. 구경꾼도 모여들고. 그럼 장사하는 사람들도 나을 텐데. 굳이 막을 필요가 없잖소.」

경찰은 그런 일로 시끄럽게 하지 말고 알아서들 합의를 보고 해결하라는 태도였다.

「그게 생각 같지 않다 그겁니다. 사람들은 많이 모여들지만 그게 매상으로 연결이 안 되니까 문제죠. 각설이 공연만 보고는 다 가버린다 그겁니다. 그 시간 동안 업체들은 손님 빼앗기고요. 그러니 사람들이 좋아하겠어요? 파리만 날리고 있는데? 더욱이 지지리 물건을 고르다가도 공연만 시작하면 서둘러 그리로 가버리는데 항의가 이만저만이 아녜요. 그 사람들은 돈 내놓고 장사하는데 저희들은 어디까지나 그 사람들을 보호해야 할 의무가 있단 말입니다.」

하긴 사내의 말도 맞았다. 천막을 치고 아치형의 조형물과 여러 시설을 설치하느라 사내들도 밑천깨나 들었을 것이었다.

좋은 게 좋은 거라고 처음부터 힘 뺄 필요는 없다. 이들에게 지불한 만큼 이곳에서 벌어 가면 되는 일이다. 세상 이치가 그러하지 않은가. 좋을 때가 있으면 나쁠 때도 있고, 손해 볼 때가 있으면 이득을 볼 때도 있지 않은가.

「좋소. 그럼, 얼마면 되겠소?」

동현이 몸을 틀어 사내를 바라보며 물었다.

「여기까지 왔으니 서로 양보해서 내 특별히 봐드리리다. 다른 사람은 보증금 명목으로 자리 당 백만 원 받았지만 형씨한테는 하루치로 계산해 드리리다.」

사내의 말에 경찰은 귀찮은 일 하나를 해결했다는 표정이었다.

「대신 다른 입점 업체 방해 안 되게 조금 전에 말씀하셨던 삼십 분 공연에 삼십 분 휴식 조건은 지켜 주셔야 해요. 그래야 저희들도 그 사람들한테 할 말이 있다 아닙니까.」

사내는 어정쩡하게 자리에서 일어나 손을 내밀었다. 동현 또한 어정쩡한 태도로 사내가 내민 손을 잡았다. 껄끄러운 동업이었다. 하긴 세상은 그렇게 사는 것이다. 서로 물고 물리면서. 혼자 중뿔나게 살 수는 없는 일이다.

7

「부탁이야. 나를 보내 줘.」

형숙은 종업원이 가져다준 커피는 입도 대지 않은 채 울먹이며 말했다. 애써 표정을 단속하고 있었지만 언뜻언뜻 그녀의 얼굴에 불쾌감과 지루함이 깃들다 사라졌다. 형숙은 예전과 달라 보였다. 저를 대하는 태도나 말끔하니 멋을 부린 게 지금까지 유석이 알던 형숙이 아니었다. 살이 이전보다 더 내린 것 같기도 하고, 자글자글 넣었던 파마머리도 일자로 반듯하게 풀려서는 민틋한 어깨 위에서 출렁거렸다. 그리고 약지에는 못 보던 반지 하나가 끼워져 있었다. 한중앙에 새 눈알 같은 큐빅이 박혀 있는 반지는 그녀가 머리를 쓸어 넘길 때마다 차가운 빛을 내쏘며 유석의 눈길을 잡아끌었다. 유석은 그녀의 팔을 비틀어 잡고 손에서 반지를 빼내고 싶었다. 하지만 애써 모른 체하고 있었다. 섣부른 행동은 돌이킬 수 없는 결과를 낳는다는 사실을 모르지 않았으므로.

　푸른색 블라우스에 하얀색 치마를 입고 양 무릎을 단정히 모은 채 눈을 내리깔고 앉아 있는 여자는 분명 형숙이지만, 유석이 알고 있는 여자는 아니었다. 지금까지 유석이 알고 있던 형숙은 납작하게 콧대가 눌린 코에 콧방울이 동그랗게 뭉쳐진 귀여운 얼굴이었지만 지금 앞에 있는 여자에겐 귀여움보다는 나이 든 여자의 닳고 닳은 세련미가 느껴졌다. 그 생경함이 유석을 난감하게 만들었다. 만나면 달라질 줄 알았는데 다른 여자를 앞에 두고 있는 것 같아 유석은 편하지가 못했다.

「정말 미안해.」

그녀는 애써 유석의 시선을 피하며 말을 이었다.

「나는 네가 이러는 이유를 알 수 없다. 왜 이러는데? 이유를 알아야 놓아주든 말든 할 게 아니야?」

「글쎄, 이대로는 있을 수 없잖아. 너는 맨날 떠돌아다니고 나는 나이를 먹어 가는데 너만 바라보고 살 순 없잖냔 말이야.」

「그럼 그간에는 빈말이었냐? 심심해서 추억이나 하나 만들자고 나를 만났냐?」

「아니라는 거 네가 더 잘 알잖아.」

「몰라. 모르겠어. 그러니 내가 납득할 수 있도록 설명해 봐.」

　유석은 버럭 소리를 질렀다. 습한 냉기가 떠돌던 다방에 유석의 소리가 공명을 만들며 사방으로 퍼져 나갔다. 다방 안의 시선들이 유석에게로 모아졌다. 배달을 나가기 위해 커피 잔과 보온병이 놓인 쟁반을 보자기에 싸던 20대 초반의 다방 종업원과, 구석진 탁자에 죽치고 앉아 지난 프로그램을 방영하는 유선 방송을 보던 노인 하나가 유석의 고함에 눈을 동그랗게 뜨고 둘을 지켜보았다.

「왜 이래?」

형숙은 미간을 좁히며 불안한 듯 사방을 살폈다.

「너야말로 왜 이러는데?」

유석의 음성은 눅지 않고 오히려 등등하게 살아났다. 8년간의 연애. 그 긴 세월을 이렇듯 허망하게 끝낼 수는 없었다.

「꼭 내 입으로 말해야겠어? 그래, 말할게. 넌 엿장수야. 난 엿장수의 여자라는 게 싫어. 어떻게 한 번뿐인 인생을 엿장수에게 탕진하니? 너라면 그럴 수 있니? 내가 전국 팔도를 돌아다니며 구걸해 온 돈으로 생활한다면 나를 네 여자로 맞을 수 있냐고?」

「그게 어떻게 구걸해 오는 거야? 공연하고 당당히 벌어 오는 거지.」

「구걸이 아니고 뭐야? 구걸이나 마찬가지지.」

「구걸 구걸 하지 마라.」

「사실이잖아.」

 형숙은 한 마디도 지지 않았다.

「아무튼 너도 처음에 동의한 일이었잖냐.」

「좋아서 그런 것은 아니었어. 어쩔 수 없었으니까 마지못해 동의한 거였지.」

「이제 와서 말이 달라지는군.」

「약속을 지키지 못한 건 너야. 그때 넌 그곳에서 일을 배워 다른 곳으로 나간댔어. 한데 지금 네 꼴을 봐. 영락없는 엿장수야.」

「이제 겨우 2년이야. 조금 더 있으면 꼭 그렇게 할 거라고. 그새를 못 기다려 주냐?」

「아니, 넌 못해. 지금 너는 모르겠지만 너는 그렇게 길 위를 떠돌다 죽을 거야.」

매몰찬 형숙의 말에 유석은 불끈 분노가 치솟았다. 순간 눈치를 챘는지 형숙은 돌연 음색을 바꾸어 사정했다.

「부탁이야. 지난날은 지난날이고 날 보내 줘. 너도 이제 새롭게 시작하면 좋잖아? 그런다며? 널 쫓아다니는 여자 애들도 많다며? 그 애들 만나 봐. 혹시 알아? 진정으로 널 이해해 주는 여자 만날지.」

「너 남자 생겼냐?」

「그런 건 아니고…….」

형숙의 얼굴이 단박 붉어지며 음성에 자신감이 없어졌다.

「바른말 해.」

「아니라니까.」

유석의 채근에 형숙은 슬그머니 입을 다물었다. 그런 형숙의 모습에 유석의 마음은 갈수록 칼끝처럼 벼리어져 갔다.

「죽자. 나랑.」

물 컵을 들어 한입에 들이켜고는 단숨에 내뱉는 유석의 음성이 자못 비장했다.

「왜 이래? 응?」

그녀는 단박 시르죽은 표정으로 두 손을 모아 비벼 댔다. 그사이 유석의 호주머니에서 끊임없이 휴대폰이 울렸다. 휴대폰이 지칠 줄을 모르고 울리고 또 울렸다. 확인하지 않아도 누구에게 걸려 온 전화라는 것쯤은 알았다. 울리면 울릴수록 말없이 팀을 떠난 죄가 더 깊어지고 더 용서받기 어렵다는 사실을 알지만 지금 당장 유석을 힘들게 하는 것은 앞에 앉아 헤어지자고 요구하는 형숙이었다.

「너 예전에 한 맹세 잊었어? 먼저 변심한 사람이 죽기로 한 거 말이야.」

「네가 엿장수 하기 전이었어. 언제 한번 집에 와본 적이 있어? 그러니 나보고 어쩌라고?」

형숙은 앙칼진 소리로 대들었다. 지금까지 자신 없는 눈빛으로 시선을 비껴 낸 것과는 달리 독 오른 뱀처럼 고개 빳빳이 쳐들고 외려 유석의 시선을 강단지게 맞받아치며 되물었다.

「이제라도 엿장수 그만두고 번듯한 직장 구해 봐. 그럼 기다릴 테니.」

못을 박듯 잘라 말하는 형숙의 태도에 유석은 도리어 할 말이 없었다. 북 두들기고 노래 부르고 병신 흉내 내며 엿을 팔러 다니는 일 외에 지금 당장 유석이 할 수 있는 일이란 없었다.

처음 북을 두드리며 노래하는 정도와 그 일행들을 봤을 때 유석은 몸 안의 터럭들이 곤두서는 느낌을 받았다. 둥둥둥, 두둥두둥 둥둥둥. 대기를 흔들며 사방으로 퍼져 나가는 북의 진동은 마냥 게을러지던 자신을 깨워 놓았다. 자신을 부추기던 정체를 알 수 없는 설렘. 북소리는 그 설렘을 자극하며 자신을 내몰았다. 하지만 그게 전부가 아닐 것이다. 이 땅 어디, 젊은 몸 하나 부려 놓을 마땅한 곳이 있었다면 이런 거지 차림으로 전국을 떠돌지는 않았을 터. 몸 안의 피는 뜨겁고 힘은 주체할 수 없는데 무위의 삶은 그 뜨거운 피와 주체할 수 없는 힘으로 인해 오히려 망가져 가지 않던가. 때문에 선택한 삶이었다. 하릴없이 가만히 앉아 세월만 보낼 수는 없고 무언가 해야 했으므로.

「한 달간 시간을 주겠어. 그때까지 딴 일 찾지 않으면 날 붙잡지 마. 그 안에는 전화도 받지 않을 거야.」

형숙은 발딱 일어섰다. 그리고 총총히 밖으로 나갔다. 그녀의 단호한 뒷모습에는 유석에 대한 경멸 같은 게 서려 있었다. 유석은 알았다. 한 달 뒤, 각설이패를 그만두고 와도 결코 예전의 그녀로 돌아오지 않으리라는 사실을. 이제 그녀는 유석의 추억 속에서나 존재할 뿐이며 그 추억마저도 시간이 지날수록 희미하게 퇴색돼 버릴 거라는 것을. 그마저도 시간과 정황이 약간씩 뒤틀리며 반추되다가 종내는 잊혀지게 되리라는 사실을.

유석은 매몰차게 등을 보이며 나가는 그녀를 어디로든 끌고 가 제 여자로 만들고 싶었지만 끝내 붙잡지 못했다. 사람들 앞에서 거지 흉내를 내며 구걸하다시피 엿을 파는 애인의 누추한 모습을 보는 젊은 연인의 심정이야 오죽할까 싶어. 유석의 마음속에 고이는 것은 분노도, 상실감도 아닌 열패감이었다.

유석은 계산을 치르고 터벅터벅 '만남 다방'을 나왔다. 돈을 주고 거스름돈을 넘겨받을 때 다방의 나이 든 주인 여자는 삶이 지겨운 얼굴로 유석을 일별했다. 순간 유석은 그 여자의 팔을 그러잡고 어디론가 달려가고 싶었다. 달리고 또 달리다가 숨이 가빠 더 이상 달릴 수 없을 때, 그때 여자를 풀어 주고 나서, 여자의 가슴팍에 얼굴을 묻은 채 그렇게 한동안 울고 싶었다. 할 수만 있다면 여자의 닳고 닳은 성기에 자신의 성기를 박아 넣고 그렇게 미친 듯 정사를 나누고 싶었다. 그러다 보면 그녀가 자신 같고, 자신이 그녀 같지 않을까. 연리지처럼 그렇게 하나로 나뒹군다면 혼자라는 이 끔찍한 외로움이, 버림받았다는 상실감이 조금은 묽어지지 않을까.

지상으로 향하는 조붓한 계단을 오를 때 오금에 힘을 줄 수 없었다. 수직에 가까운 계단 중간쯤에서 유석은 숨을 몰아쉬며 잠시 걸음을 멈추었다. 발 한 번 잘못 디디면 금방이라도 굴러 떨어질 것만 같은 그 위험천만한 계단은 다방의 후문으로 통하는 계단이었다. 주방의 맞은편, 계단참을 끼고 돌아 나가야 하는 번거로움이 싫어 재깍 쟁반 들고 배달 나가는 다방의 종업원들이 이용하는 비상구였다. 위험해 보이는 것만큼이나 오르내리기도 쉽지 않은 그 계단 중간쯤에서 유석은 처음 형숙의 입술을 가졌었다. 형숙은 기습적으로 덮쳐 오는 유석의 입술을 대책 없이 받아들이며 수줍게 얼굴을 붉혔었다. 그녀 또한 싫지 않았음이다. 스물한 살에 타인의 육신 일부와 타액을 몸 안에 들이면서 그녀는 가볍게 몸을 떨기까지 했다.

아무에게도 말하지 않고 몰래 여기까지 달려올 때는 해야 할 일들이 분명히 머릿속에 정리돼 있었는데 이제는 무얼 해야 할지 알 수 없었다. 유석은 망설였다. 오랜만에 돌아온 고향, 부모님 계신 곳으로 돌아가 인생을 다시 설계할 것인지, 아니면 사당패로 돌아가 전국을 유랑하며 살아갈 것인지. 청춘의 선택은 그만큼 갈등이 깊었다. 지금쯤 부모님은 그늘진 가게 구석에 앉아 먼지만 쌓여 가는 물건들을 하릴없이 바라보고 계실 거다. 5년 전만 해도 제법 손님이 많은 잡화점이었는데 인근에 대형 쇼핑몰이 들어서면서 부모님은 하루아침에 코 묻은 돈이나 거둬들이는 늙은이들로 전락해 버리고 말았다. 끔벅끔벅, 내일에 대한 기대라고는 없는 무력한 눈빛으로 가게에 딸린 쪽방에 한쪽 무릎을 세우고 앉아 담배를 사러 오거나 제 부모한테 떼를 써 타낸 돈으로 과자 부스러기를 사러 오는 동네 조무래기들을 맞고 보내는 노인들은 아들의 직업을 요즘 잘나간다는 연예인으로만 알고 있었다.

「언제쯤 텔레비전에서 널 볼 수 있는 거냐? 아무리 채널을 돌려도 너는 보이지 않더라.」

가끔 유석이 넣은 안부 전화에 노인들은 생기 있게 살아나곤 했다. 얼마나 남아 있을지 모를 자신들의 여생에 연예인이라는 아들은 유일한 자랑거리이자 낙이었다.

「예전엔 말이다. '딴따라'라 해서 쳐다도 안 봤는데 세상이 참 많이 달라졌다. 암튼 그 되기 어렵다는 연예인이 됐으니까 열심히 해라. 몸 상하지 말고.」

안부 전화의 끝에 노인들은 매번 같은 말을 했다. 누군가가 가게 안에서 물건을 고르고 있을 때는 그 소리가 반복되며 더욱 크고 우렁차게 들렸다. 우리 아들이 누군데, 장차 우리나라 최고의 연예인이 될 텐데. 들으란 듯 필요 이상으로 커지는 그 음성에 유석은 얼굴이 홧홧했다. 어쩌다 연예인이라는 소리를 듣게 됐는지. 엿장수를 따라가겠다는 소리 대신 그냥 연예인이라고 둘러댔는데 그 말이 자꾸만 노인들의 머릿속에서 뿌리를 내리고 가지를 쳐서는 새로운 씨들을 만들어 내는가 보다.

유석은 힘없이 발길을 돌렸다. 추레한 엿장수의 모습으로 노인들에게 갈 수는 없었다. 정말, 노인들의 기대대로 밤무대 연예인이라도 되던지, 아니면 돈이라도 벌어 가야 했다.

8

동현은 잇새로 침을 쏘아 버렸다. 경찰들이 보는 앞에서 사내들에게 몇 가지 약속을 하고 나서야 겨우 기물들을 부릴 수 있게 됐지만 썩 내키지 않았다. 길바닥에서 벌이는 판이 꼭 먹고사는 문제 때문에 벌이는 것은 아니더라도 상당 부분은 생존의 방편으로 이용되어 온 게 사실일 터였다. 그 사내들도 마찬가지였다. 품바 가족들의 생존이 오늘 벌여야 하는 판에 달려 있듯 그들도 풍물 장터가 사업장이라는 데에는 더 이상 할 말이 없었다.

하지만 자릿세를 내고 공연을 하는 것은 아무래도 부당했다. 사람들을 불러 모아 공연을 하다가 간간이 휴식 시간을 가짐으로써 자연스럽게 그 사람들을 장터로 내몰아 매상을 올려 주는 게 지금까지 관례였는데 이들은 한사코 자릿세를 요구하는 것이다.

「어떻게 됐나?」

정도와 태식이 기다렸다는 듯 동현을 보고 다가왔다.

「하루 삼만 원씩 내기로 했죠, 뭐. 대신 조명 기구나 스피커들을
야간에 지켜 준다나 뭐라나.」

「하루에 삼만 원씩이나? 저들이 쳐 놓은 천막 안으로 들어가는 것
도 아닌데?」

「예.」

동현은 얼굴을 일그러뜨리며 불만에 찬 소리로 대답했다. 청바지에
검은색 면티를 받쳐 입은 그의 얼굴이 심화 탓인지 연신 실룩였다.

「니미럴. 완전 봉이 김선달이군. 땅 주인도 아닌 주제에 자릿세 받
아먹다니.」

정도였다. 군살 없이 날렵한 몸매에 민첩하게 움직이는 뒷모습에서
는 아직 젊음이 느껴졌지만 얼굴에는 어쩔 수 없이 살아온 시간들이
육화되어 내려 앉아 있었다. 선화 역시 조금 전에 벌인 실랑이 때문에
분이 덜 풀렸는지 지르퉁한 표정으로 질척한 땅만 내려다보았다.

「그나저나 빨리 장소부터 잡아야지.」

동현은 담배를 빼물며 주위를 휘둘러보았다. 저쪽, 하천에 가까운
쪽 천막 귀퉁이 부근에서 완장을 찬 사내 한 명이 경광 등을 흔들며
다가왔다. 오라는 신호였다. 까짓 완장 하나로 녀석은 쥐꼬리만 한
권력을 누리고 있었다. 또 뭔데, 하는 심정으로 동현은 그에게 다가
갔다. 부푼 찐빵처럼 얼굴이 동그랗고, 피둥피둥 올라 있는 살에 이
목구비가 파묻힌 사내는 입가에 웃음을 만들며 동현을 기다리고 있
었다.

「형님, 이리 오십쇼.」

완장을 찬 사내는 하루 삼만 원이라는 돈에 적의를 거두고는 동현
을 형님으로 불렀다. 돈 몇 푼에 금세 안색과 음색을 바꾸는 사내의

태도가 동현은 내심 비위에 거슬렸지만 내색하지 않고 성큼성큼 앞서 걸어가는 사내의 뒤를 따랐다.

「그래도 자릿세를 내셨으니 아무 데서나 공연하시라 그러겠습니까? 주차장으로 사용하는 공터가 있는데 그곳이 안성맞춤일 겁니다. 자갈도 깔려 있으니 구경하는 사람들도 땅 때문에 불편하지 않을 테고, 무엇보다 파장한 밤에 스피커랑 값나가는 악기를 지키기도 훨씬 쉬울 테고 말입니다.」

하루 삼만 원의 배려였다. 비록 금전 거래 이후였지만 처음과는 달리 그래도 남의 사정 살펴 주는 사내가 새삼 고마웠다. 그래, 서로가 좋은 게 좋은 거 아니던가. 세상 얼마나, 또 영화롭게 살겠다고 남들 해코지하고 살까. 타인을 비방하고 욕되게 하는 자, 부메랑처럼 그 욕됨과 비방이 언젠가는 자신에게로 돌아올 터. 설령 자신에게 아니 오면 그 욕됨과 비방은 저주의 뿌리가 되어 자신의 다음 세대에 미칠 터, 동현은 가급적이면 사람들과 두루뭉술하게 살고 싶었다. 지난날 한때 주먹만을 믿고 주먹으로 세상을 살아가려 했지만 지금에라도 깨닫게 된 게 얼마나 다행스러운 일인지.

사내가 인도한 곳은 풍물 장터 안 깊숙한 곳이었다. 사내의 말처럼 바닥이 편편한 데다 자갈이 깔려 있어 질척한 땅보다 걷기도 한결 쉬웠다. 무대와 조명 탑을 세우고 발전기를 놓고도 공터는 여유가 있어 보였다. 더욱이 이곳으로 오자면 장터 안을 통과해야만 하므로 입점 업체들로서도 좋은 일이었다. 이만하면 삼만 원이 아깝지 않았다. 하긴 요즘 세상에 공짜가 어디 있을까. 더욱이 그들은 전국을 돌며 풍물 장터만 여는 전문 이벤트 업자들이었다. 행여 다른 곳에서 또 마주칠 수 있지 않은가.

「어떻습니까? 괜찮지요?」

사내는 언죽이 좋았다.

「고맙소.」

「저희가 고맙지요. 암튼 돈 많이 벌어 가세요. 물건 도난 걱정은
마시구요. 저희들이 확실히 지켜 드릴 테니까요.」

사내는 오랜 지기처럼 친근하게 굴었다. 금전 몇 푼에 단박 안면
을 바꾸는 그 반전이 동현에게 약간의 씁쓸함을 안겨 주기도 했다.

사내가 가고, 단원들은 바쁘게 차에서 기물들을 내리기 시작했다.
차곡차곡 솜씨 좋게 쟁여져 있던 온갖 물건들이 단원들의 손에 하나
하나 끌려 내려지고 있었다. 빨강, 파랑, 검정, 흰색과 녹색으로 용 문
양이 그려진 북들과, 사과 궤짝의 네 배만 한 크기의 스피커와 조명
기구들. 분리돼 있는 철제 조명 탑과 엿목판, 무대 휘장과 장구, 앰프
들……. 어떻게 저 모든 것들이 작은 차 안에 다 들어갈 수 있었는
지. 빈틈없이 포개 넣은 단원들의 솜씨가 새삼 놀라울 뿐이었다.

「어제 제수씨와 무슨 일 있었냐?」

정도가 이마의 땀을 훔치며 상기된 얼굴로 동현에게 다가왔다.

「왜요?」

「제수씨가 묻더라. 너 경찰서 갔을 때 너 여자 있느냐고.」

쯧. 동현은 미간을 구기며 낮게 혀를 찼다. 소갈머리 없는 여자가
밤새 갖은 상상에 시달리다 기어이 확인 작업에 들어간 모양이었다.

「꽤 심각하더라. 왜 무슨 일이냐?」

「일은 무슨 일요.」

「말해 봐. 싸웠어?」

정도는 쉽게 물러날 눈치가 아니었다. 아예 이참에 쉬려고 생각했

는지 상의 주머니에서 담배를 꺼내 동현에게 한 개비 권하고는 자신도 한 개비 입에 빼물었다.

「어젯밤 못했소.」

「못하다니?」

「관계요. 어찌 된 게 아랫도리 물건이 안 서요. 여러 번 시도해 봤는데 번번이 힘없이 죽어 버리는 통에 못했어요.」

「그래서 너한테 여자가 있는 것으로 알았구나.」

정도가 길게 담배 연기를 내뱉으며 중얼거리듯 말했다.

「하긴 장사는 안 되지, 몸은 고달프지, 그래서 안 됐을 거야. 부담 갖지 말고 오늘밤에 재도전해 봐라. 그래도 안 서면 겁먹지 말고 병원에 가보고. 요새는 젊은 사람 중에도 그런 사람 꽤 있다더라. 그러니 공연히 기죽지 말고.」

정도의 말에 힘이 없었다.

「혹시 모르니까 비아그라 좀 구해 줘?」

장난처럼 묻는 정도의 말에 동현은 머쓱하게 대답했다.

「됐어요.」

「또 모르잖아.」

웃음기를 거두는 정도의 눈빛이 쓸쓸했다.

「잘해 드려라. 제수씨한테. 제수씨 괜찮은 여자다. 내 꼴 나지 말고.」

정도는 끙, 하고 일어서더니 엄지와 검지로 담배꽁초를 튕겨 내버리고는 일에 손을 붙이러 트럭 쪽으로 갔다.

동현은 아내 숙경을 눈으로 찾았다. 저를 따라 살면서 무던히 마음고생 하는 숙경은 아까부터 보이지 않았다. 이제 마흔인 그녀는 힘든 살림살이 속에서도 무르익은 꽃으로 피어나 있었다. 여섯 살

차이. 다른 것은 별 문제 되지 않았지만 잠자리에서 만큼은 숙경의 나이가 부담스러웠다. 막 결혼해서는 멋모르고 살았는데 세월이 흐를수록 6년의 격차가 아찔하게 다가왔다. 이상하게 늙는 일에는 가속도가 붙는 듯 한 해 한 해가 달랐다. 40대 중반에 힘 못 쓸 일이 어디 있겠느냐 싶지만 강단진 근력들은 언제 어느 틈에 헐거워졌는지 하룻밤 질펀하게 힘을 써 볼래도 이내 힘에 부치곤 했다.

동현은 휴대폰의 플립을 열다 그만 닫아 버렸다. 숙경을 불러 놓고 딱히 변명할 말이 없었다. 일이 힘들어 그런다고, 몸이 고되 그런다고 하면 아무래도 맥 풀리지 않겠는가. 그 말끝에 아내는 장어에다 가물치에다 몸에 좋다는 보약들을 줄줄이 해 나를 테지만 하루해를 길 위에서 맞고 하루해를 길 위에서 보내는 처지로서는 놓치지 않고 꼬박꼬박 챙겨 먹는 것도 번거로운 일이었다.

「빨리빨리 합시다. 얼른 일 끝내야 한 회 공연이라도 더 하지.」

쩡, 하고 동현의 소리가 커졌다. 사는 것은 전쟁이었다. 어쨌든 그 전쟁에서 살아남기 위해서는 일을 해야 했다. 단원들은 모처럼 난 햇빛 아래 모두들 바지런을 떨고 있었다. 몸무게가 가벼운 태식은 유석을 대신해 막대로 분리된 조명 탑을 하나씩 하나씩 조립해 가며 위로 높이를 더해 가고 있었고, 그 아래에서 선화가 제 팔 길이보다 더 긴 철제 막대를 태식에게 올려 주고 있었다. 순미는 수레 옆에서 엿목판을 가져와 엿을 깨고, 정도는 스피커의 위치를 잡고 앰프를 설치하고 있었으며, 애자는 차 안에서 자질구레한 기물들을 끌어내리고 있었다.

하지만 아내 숙경은 어디에도 보이지 않았다.

9

영 몸이 풀리지 않았다. 사십을 넘어서면서부터 관절 마디마디들이 삐거덕거리고 뻑뻑하니 움직이는 게 쉽지 않아 애자는 자신이 꼭 폐기 처분을 기다리는 녹슨 로봇 같다는 느낌이 들었다. 그녀는 기물들을 하나씩 무대 쪽으로 옮겨 놓으면서 저도 모르게 어구구, 하고 신음을 빼물었다. 그러고는 팔을 돌리거나 허리를 짚은 채 몸을 뒤로 젖히며 근육에 남아 있는 통증들을 풀어냈다. 정말 오늘밤에는 무슨 일이 있어도 찜질방에 가서 몸속 마디마디에 스며 있는 노독을 빼내리라 다짐했다. 이마에 흘러내린 땀을 손등으로 쓱 닦고 차가 있는 쪽으로 가기 위해 한 발을 떼려는 순간 애자는 짧은 비명을 입에 문 채 한쪽 무릎을 꺾고 푹 주저앉았다. 갑자기 줄 톱으로 무릎을 끊어 내는 듯한 통증이 찾아들었던 것이다.

「왜 그래요?」

순미가 먼저 달려왔다. 그 모양이 꼭 바람에 허리 꺾으며 흔들리는 코스모스 같았다.

「무릎이 아파.」

애자의 눈가에 그렁그렁 눈물까지 맺혔다.

「어떡해요. 잠깐만 쉬어요.」

「쉬긴, 빨리 해야지.」

「아프다면서요.」

순미는 걱정스러운 낯빛이었다. 애자는 오히려 그런 순미가 안쓰러웠다. 건드리면 금방이라도 부러져 버릴 것 같은 연약한 육신에 순하디 순한 성정까지, 그악스러운 데라고는 찾아볼 수 없는 순미를 보고 있노라면 어떨 땐 공연히 짜증이 나기도 했다. 좀 더 되바라지고 이악스러워져야 살아남을 수 있을 텐데 저런 무른 심성으로 어떻게 세상을 살아가겠나 싶어 무쇠처럼 담금질을 시키고 싶었지만 그 또한 생각뿐이었다.

「이게 어디 한두 번 겪는 일이야? 아프다 말겠지.」

애자는 순미의 부축을 받으며 일어섰다. 처음처럼 심하진 않았지만 통증은 여전히 남아 움직일 때마다 불편했다. 한쪽 다리에 힘을 싣지 못하고 절뚝절뚝거리며 애자는 자질구레한 일에 손을 보탰다.

유석이 없는 탓에 애자의 손을 필요로 하는 곳이 평소 같지 않게 많았다. 늘 해오던 일이라 새삼스럽지는 않았지만 한 사람의 빈 몫이 생각보다는 컸다. 그리고 보니 유석이 숨은 일꾼이었다. 사람이 든 자리는 몰라도 난 자리는 금방 표가 난다는데 유석이 없고 보니 그가 큰 일꾼이었음을 확인할 수 있었다. 다들 유석 없이 하는 일이 힘에 부치는지 굳은 표정들이었다.

조명 탑 위에 올라가 구조물의 연결 나사를 죄고 있는 태식이 마치 원숭이처럼 보였다. 기름한 얼굴에 유난히 까만 낯빛이 꼭 원숭이였다. 평소 유석이 하던 일을 몸무게가 가벼운 태식이 대신하고 있었던 것이다. 함께 떠도는 작은 집단에서 내 일 네 일이 따로 있을까마는 언제부턴가 젊은 사람이 힘들고 고된 일을 맡아 하는 게 당연시되어 버렸다. 유석이 시키는 대로 고분고분 따라하지만 않았어도 힘든 일을 적당히 나누어 했을 텐데, 그의 약빠르지 않은 성정이 외려 그의 일상을 더욱 고단하게 만들었다.

애자는 엿이 든 목판을 가져다 놓고 가위와 조각칼을 집어 들었다. 한 덩이로 굳어 있는 엿을 쪼개는 데도 기술이 필요했다. 밥집에서 막 지은 밥을 그릇에 퍼 담을 때도 밥만 전문적으로 푸는 고수들은 밥알이 세로로 서게 담는다고 했다. 그래야 작은 양으로도 푸짐하게 보일 수 있고, 그만큼 그릇 수도 더 나온다고 했다. 엿을 깨고 엿을 담는 데도 그런 기술이 필요했다. 반듯반듯한 사각형은 여차하면 네 면이 빈틈없이 맞아 많은 양이 들어가도 적게 보였으므로 될 수 있으면 모양은 제각각으로 끊어 내야 했다. 삼각으로, 혹은 일그러진 사각이나 규정 지을 수 없는 모양으로 끊어 내서 공간이 많이 생기도록, 또 푸짐하게 보이도록 담아 내야 했다.

애자는 넓적한 조각도를 엿덩이에 들이대고 가위로 창창 두들겼다. 한 덩이로 굳어져 있던 엿들이 애자의 손길에 조각조각 잘려져서는 목판에 가득 찼다. 한 판에 이만칠천 원. 엿 공장에서 도매로 떼어 온 금액이었다. 이것을 잘게 쪼개 비닐 용기에 담아 파는 금액은 개당 이천 원에서 삼천 원. 그때그때 관객들의 수준을 따져 이천 원도 받고 삼천 원도 받았다. 네 배에서 다섯 배 장사였다. 한 번 공연에 대여섯 판만 나가 준다면 그런대로 괜찮은 수확이었지만 요즘

들어서는 서너 판 나가기도 쉽지 않았다.

태식을 돕던 순미가 다시 애자에게로 와서 조각난 엿들을 툭툭 털어 투명한 비닐 도시락에 담았다.

「그래, 언제까지 이러고 살 거야?」

창창. 애자는 엿을 끊어 내며 낮은 소리로 순미에게 물었다. 가위 소리는 엿뿐만이 아니라 애자의 말까지도 끊어 냈다.

「선생님이 일당 제대로 챙겨 주기나 해?」

순미 몫으로 건네지는 돈들은 받는 즉시 모두 태식의 주머니로 들어가는 눈치였다. 물론 선화의 수당 또한 태식의 수중으로 들어가는 듯했고, 그녀들은 일이천 원, 필요한 대로 태식에게 타 쓰는 모양이었다. 신기하게도 선화와 순미는 그것에 대해 불만이 없었다. 태식이 여투어 놓고 있는 돈을 확인해 보잔다거나 제 돈 달라며 떼 쓰는 것을 애자는 한 번도 본 적이 없었다.

「목돈으로 받아야지요. 그냥 은행에 모아 둔다 생각하고 선생님에게 맡겨 두고 있어요.」

「누가 푼돈 받고 목돈 주고 싶을까.」

「선생님은 그럴 분이 아녜요.」

「믿는 도끼에 발등 찍혀.」

「선생님은 그럴 분이 아녜요. 설령 선생님이 안 주신다 해도 괜찮아요.」

애자는 어이가 없었다.

자신도 한때 그런 적이 있었다. 한 번 속고, 두 번 속고, 세 번 속았을 때, 자꾸만 자신을 속이는 사랑에 대해 한 번쯤 의혹을 품었어야 했지만 어리석게도 그 사랑에 목숨을 걸며 지키려 한 때가 있었다. 누군가 곁에서 보다 못해 에둘러 언질을 주었을 때 애자도 순미처럼 한 점 의심 없이 자신의 사랑을 옹호하고 더 근사한 말로 치장하지 못해 안달을 부렸었다. 그러다 위장의 꺼풀이 벗겨지고 사랑의 정체가 드러났을 때 애자는 아픈 속을 어쩌지도 못한 채 다만 자신의 어리석음을 스스로 비웃으며 다음을 기약했었다. 허나 세상의 이치가 한 번 속은 사람 두 번 속기 쉽고, 두 번 속은 사람 세 번 속아 넘어가기 쉽듯 애자는 혹독한 대가를 치르고 나서야 그 사랑의 환상으로부터 벗어났다.

그 어리석은 사랑의 대가는 지독했다. 변명 같지만 지금 집 한 칸 없이 남의 집 문간방으로만 떠돌며 딸년 등록금 걱정해야 하는 이 빈한하고 신산한 삶도 거짓된 사랑에 속은 결과였다.

「사랑은 말이야. 좀 매정하게 들릴지 모르지만 이기적이어야 성공할 수 있어. 헌신적이면 십중팔구 실패하게 돼 있지. 사람들은 다 자기가 세상에서 가장 잘난 줄 알거든. 상대가 자신에게 헌신하면 더 나은 사람을 꿈꾸는 게 인간이야. 지가 잘난 줄 알고 말이야. 조심해.」

순미는 그게 무슨 소리냐는 듯 고개를 돌려 눈으로 물었다.

「상대에게 더 이상 기대가 없는데 무슨 환상이 있겠나. 상대의 정복욕이라도 자극해야 눈에 불을 켜고 달려들지. 이게 다 인생 선배가 비싼 수업료 바치고 배운 결론이니까 허투루 듣지 말라고.」

창창. 엿을 끊어 내는 애자의 손에 힘이 들어갔다. 그 힘을 증명이라도 하듯 손길 한 번에 엿은 조각칼 끝에서 덩어리로부터 무력하게 분리됐다. 하지만 순미는 제 사랑을 믿었다. 다른 여자와 나누어 가진 절반의 사랑을 그녀는 하나가 더 많아 넘치는 사랑이라고 여겼다. 애자는 혼자 중얼거렸다. 조만간 후회하게 될 거라고. 그때는 이미 늦었다고.

으마낫! 그때 칼끝 같은 비명이 날아왔다. 애자는 날카로운 비명이 날아오는 쪽으로 고개를 돌렸다. 조명 탑에 매달려 있던 태식이 무대 나무판자 위에 고꾸라져 있었고 선화가 울상을 지은 채 그의 등을 팔로 받치며 일으켜 세우고 있었다. 선화의 가슴에 솟아 있는 혹 때문에 그녀는 태식의 얼굴을 제대로 안지 못했다. 세상에! 순미가 담던 엿을 놓고 황급히 그들에게로 달려갔다. 정도와 동현도 황망히 무대로 뛰어들었다.

태식의 얼굴은 고통으로 일그러져 있었다. 무대로 깔아 놓은 나무판자가 태식의 몸을 받아 내면서 크게 다치지는 않아 보이는데 태식은 오른쪽 팔목을 들어 보이며 통증을 호소했다.

「손목이, 손목이 아파.」

「한번 돌려 봐요.」

동현이 태식의 팔을 거들며 다그쳤다. 태식은 팔을 움직여 보였다. 그의 작고 볼품없는 얼굴이 구겨진 종이처럼 잔뜩 일그러지더니 어구구, 하고 신음을 내질렀다.

「다행히 부러지지는 않은 것 같은데 그래도 병원에는 가보셔야죠.」

「제가 모시고 갈게요.」

선화기 동헌의 말을 냉큼 받았다.

「아냐. 조금 더 지켜보고. 파스나 좀 발라 보다가 안 되면 가야지.」

태식이 여전히 구겨진 얼굴로 대답했다. 태식의 팔이 부러지면 큰일이었다. 태식의 쌍장구 기교는 누구도 흉내 낼 수 없을 만큼 현란했다. 처음에 그가 나풀거리며 무대로 올라올 때면 사람들은 시큰둥해하다가도 두 개의 장구를 두드리는 그의 솜씨를 보고는 이내 박수를 치고 어깨를 들썩였다.

「덧나면 어떡해요. 그러지 말고 저랑 병원에 가요.」

선화가 울상을 지으며 태식을 바라보았다.

「공연해야지. 당장에 프로그램 하나가 빌 텐데 너까지 비우면 어떡하라고? 더구나 테크노 메들리 하기로 했잖아.」

태식은 한쪽 손으로 오른쪽 팔목을 받치며 몸을 일으켰다.

「정말 괜찮겠어요? 공연히 호미로 막을 거 가래로 막는 거 아니요? 괜찮겠지 하고 방치했다가 나중에 일 나면 어쩌려고.」

다시 동현이었다.

「정 뭣하면 조금 있다 갔다 올게.」

태식은 움직일 때마다 신음을 빼물었다. 순미는 그 옆에서 걱정스러운 표정으로 지켜보고 있었고, 선화는 병원에 가자며 연신 태식을 졸라 댔다. 하지만 태식의 고집을 꺾지 못했다.

「자, 어서 일들 해야지. 유석이가 없으니 각설이 남매는 다음으로 미루기로 하고 선화는 오늘부터 테크노 메들리 하는 거 잊지 말고. 자, 어서 일들 합시다.」

동현의 채근에 단원들은 조금 전까지 각자 하던 일들로 돌아갔다. 하지만 선화만은 고집스럽게 제자리로 돌아가지 않고 태식의 다친 팔을 미심쩍은 얼굴로 지켜보고 있었다.

공연 시작 전부터 불상사라니. 애자는 희미하게 혀를 찼다.

10

　세상에 올 때 내 맘대로 온 건 아니지만 이 가슴에 꿈도 많았지. 내 손에 없는 내 것을 찾아 낮이나 밤이나 뒤돌아볼 새 없이 나는 뛰었지. 이제 와서 생각하니 꿈만 같은데 두 번 살 수 없는 인생 후회도 많아 스쳐 간 세월 아쉬워한들 돌릴 수 없으니 나머지 인생 잘해 봐야지. 돌아본 인생 부끄러워도 지울 수 없으니 나머지 인생 잘해 봐야지…….

　정도는 숨이 가빴다. 둥둥둥둥. 노래 부르랴 북 두드리랴 오십 넘은 숨은 왜 이리 짧기만 한지. 유석이 없는 데다 태식마저 팔을 다치는 바람에 남은 일정은 온전히 정도가 책임져야 했다. 선화가 잘린 노래 중간 중간에 장구 장단으로 리듬을 이어 주고는 있었지만 북이 내지르는 힘에는 미치지 못했다. 여기저기 흩어져 있는 사람들을 잡으려면 아무래도 동동구루무 북의 구성진 소리보다는 오북의 우렁찬 소리가 필요한데 혼자서 북을 치고 노래를 부르며 사람들의 웃음을 이끌어 낼 우스갯소리까지 하려니 힘에 부쳤다.

「자, 팔도 각설이 품바 오늘 이렇게 여러분을 찾아왔습니다. 언니 오빠, 아줌마 아저씨, 할아버지 할머니, 오늘 기분 안 좋으셨다구요? 기분이 너무 좋다구요? 암튼 좋아요. 좋거나 나쁘거나 싹 잊고 지금부터 우리 한판 걸판지게 놀아 봅시다. 이래도 한평생 저래도 한평생, 별거 아닌 인생, 그저 신 나게 노는 게 제일이지라.」

사람들이 모여들었다. 비 온 뒤끝이라 사람들이 나오랴 싶었는데 풍파에 찌그러진 얼굴들이 하나 둘 무대 주변으로 모여들더니 금세 겹을 만들며 원을 이루었다. 차림새 허술한 나이 든 여자도 있었고, 호기심에 얼굴 내민 젊은 축도 보였고, 할 일 없이 얼쩡대는 룸펜도 보였다. 어쨌든 그들이 있어야 흥이 났다. 빈 자리 앞에서 해야 하는 공연이란 화장실 벽을 마주하고 하는 수음과 다를 게 없었다. 정도는 무대 한편에 세워 둔 동동구루무 북을 무대 앞으로 가져오며 말했다.

「이것이 무엇인지 다들 알 거야. 동동구루무 북. 옛날에 우리 어머니, 언니, 이모들이 이뻐지려고 바르던 구루무 알지? 장터에서 팔던 구루무 말이야. 그 장사들이 쓰던 물건이야. 옛날에는 이걸 짊어지고 전국 장터를 누비며 구루무 팔고 다녔지. 이젠 아무도 팔러 다니지 않아. 이 동동구루무 북도 누가 안 메. 이젠 나만 남았어. 내가 안 메면 영영 기억 속으로 묻히고 말 거야. 내가 죽는 날까지 이걸 지킬 거야. 동동구루무 북. 자, 오늘 여기 모이신 여러 어르신들을 위해 동동구루무 북을 연주할 테니까 박수나 많이 보내 줘. 박수가 많으면 더 힘이 나서 잘할 거야.」

정도는 동동구루무 북을 메고 마이크를 뽑아 들었다. 머리에 손수건을 둘러 나비 모양으로 묶은 애자는 눈치껏 사람들을 향해 애교 있는 웃음을 흘리고 있었고, 진달래 색 저고리에 하얀 치마를 입은 선화는 장구 북채를 쥔 채 정도를 지켜보고 있었다. 조금 전 그녀는 새초롬히 눈을 깔고 사람들의 시선을 외투처럼 걸친 채 둥기당 둥당 어깨춤을 추며 장단을 넣었었다. ‘누가 나를 봐주겠어요. 사람들은 나를 볼 때 나는 보지 않고 내 혹만 바라봐요. 앞뒤로 솟은 혹. 한데 장구채를 쥐면서부터는 안 그래요. 나는 이 생활이 너무 행복해요. 전 죽을 때까지 선생님을 따라다닐 거예요.’ 어느 날 저녁 한두 모금 홀짝이던 술에 얼근히 취한 그녀가 헤살거리며 말했다.

밤늦게 공연을 끝내고 칼칼한 목을 달래기 위해 숙소 주변 식당에서 감자탕에 소주 시켜 놓고 주거니 받거니 할 때 태식의 옆에서 잔 심부름을 하던 그녀가 언제 마셨는지 얼근히 취해 내뱉은 말이었다. 광대뼈 도드라진 뺨에 불콰하게 비친 술기운이 그녀를 꿈꾸는 듯한 표정으로 만들었다. 그녀는 잔 시울에 묻은 찌꺼기를 화장지로 닦아 내고 공손히 태식에게 빈 잔을 내밀더니 그 잔에 술을 쳤다. 노란 치마에 붉은 진달래 색 저고리를 입은 그녀는 꼭 시골 논다니의 자태였지만 생각만큼은 야무지고도 조신했다.

선화가 행복하다고 말할 때 순미는 우울한 표정으로 그녀에게 얼음 동동 띄운 물을 건네주거나 치마폭에 쏟아져 검은색으로 젖어드는 술을 닦아 주며 그녀를 돌봐 주었다. 선화가 검은 아이라이너로 눈가를 그리고 붉은색으로 입술을 칠해 진한 화장을 한 데 반해 순미는 민낯의 얼굴로 저보다 나이 많은 그녀를 동생처럼 보살펴 주고 있었다. 선화가 몽환적인 표정으로 있을 때 순미는 언제나 그렇듯 시름겨운 표정으로 말수를 줄이고 없는 듯 있었다.

그런 순미가 지금, 애자 옆에서 엿이 든 바구니를 팔에 끼고 언제든 정도의 말만 떨어지면 사람들 속을 헤집고 다닐 태세였다.

「우리야 나쁜 짓 안 하고 발 품 말 품 팔아먹고 살지만 이 세상에는 나쁜 사람도 있어. 여러분들 가운데 그런 사람이 없으란 법 없으니까 주머니 조심하고. 그리고 남의 호주머니를 제 호주머니처럼 여기는 사람, 우리도 먹고살아야 하니까 엿 값은 남겨 둬. 우리가 엿장수는 아니지만 암튼 공연을 재밌게 보려면 엿부터 먹어. 금강산도 식후경이라, 입이 재밌어야 눈이 재밌지. 그러면 공연이 더 재밌어. 나도 흥이 나거든. 자, 그럼 시작한다.」

이름표를 붙여 내 가슴에 확실한 사랑에 도장을 찍어 이 세상 끝까지 나만 사랑한다면 확실하게 붙잡아 멈추면 깨어지는 유리알같이 사랑도 아픔인 거야 정주고 마음 주고 사랑도 주고 이제는 더 이상 남남일 수 없잖아 너만 사랑하는 내 가슴에 이름표를 붙여 줘……. 쿵쿵, 짤강짤강, 창창 쿵따당 쿵땅. 정도의 노래에 섞이는 가위 소리와 장구 소리가 명쾌하고 흥겹다가도 이내 구성지고 애잔했다.

연거푸 노래 다섯 곡을 메들리로 부르고 나서 언제 벗었는지 동동 구루무 북을 벗고는 정도가 가쁘게 말을 했다.

「아이고, 숨차다. 한데 왜 이렇게 박수가 약하냐. 에이, 나 못하겠다. 오늘 인심이 박한 게 공연할 맛이 영 안 나네.」

그 말끝에 사람들이 박수를 보냈다. 휫휫. 사람들 틈에서 휘파람 소리도 새어 나왔다.

「아따 그래도 부족해. 지난 월드컵 때는 그렇게 박수를 잘 치던 사람들이 오늘은 왜 이런다냐. 그새 약발이 떨어졌나 봐. 그나저나

나도 처자식 먹여 살려야 되니까 내 노래 부르는 것만 구경하지
말고 엿 좀 사 줘.」

애자와 순미가 정도의 말을 신호로 재빠르게 엉덩이춤을 추며 사
람들 속으로 들어갔다. 펑퍼짐한 애자의 엉덩이가 치마폭에 감싸여
둥싯둥싯 움직이는 게 픽이나 탐스러웠다. 남들은 저 엉덩이에 묻히
면 살아남기 힘들 거라고 고개 흔들어 댔지만 정도는 여자가 푸짐할
수록 좋았다. 예로부터 여자는 두둑이 살이 올라 있어야 부잣집 맏
며느리감이라 해서 좋아하지 않던가.

한 개에 이천 원. 오늘도 삼천 원 장사는 하지 못하고 이천 원 장사
였다. 다행히 여기저기 돈을 든 손들이 보였다. 구깃구깃 구겨진 천
원 짜리 두 장을 펄럭이며 애자와 순미를 부르는 나이 든 남자의 가
는 손목이 말갛게 씻긴 햇볕에 애처롭게 드러나 보이고, 흙빛보다도
더 진한 손으로 주머니 속의 돈을 세는 늙은 여자의 눈빛은 지난해
보였다.

「야, 야, 저기다. 저기. 사람 보지 말고 돈 보고 쫓아가. 야, 그렇게
말해도 모르겠냐.」

정도는 돈을 검지와 중지 사이에 끼우고 살랑살랑 흔들어 대는 건
장한 사내 앞으로 엉덩이를 뒤로 쭉 뺀 채 펭귄 걸음으로 나아갔다.

「아따, 사장님은 하나 사지 말고 세 개 사서 옆 사람에게 좀 나눠
주지. 달랑 하나만 살 게 뭐요. 세 개 사면 깎아 줄 텐데.」

정도의 말에 사내는 주머니에서 오천 원짜리 한 장을 꺼내 정도
앞으로 내밀었다. 그는 한량임이 틀림없었다. 잘 먹어 살이 오른 얼
굴은 동그랗고, 검은 선글라스 안에 들어 있는 눈은 가늠할 수 없었
다. 그새 다가온 애자가 엿이 든 도시락 세 개를 사내 앞으로 내밀고

정도는 주머니에서 길쭉한 푸른색 풍선을 꺼내 죽 불었다. 그리고 하트 모양으로 만들어 사내에게 수줍은 몸짓으로 내밀었다. 아잉, 자기 받아 줘. 사람들의 폭소가 터졌다. 사내는 호기 있게 받아 들고 정도는 감사의 몸짓으로 제 엉덩이를 까 보여 줬다.

「이건 보너스야. 여자들한테만 보여 주는 건데 이번만 특별이야. 오빠가 하도 멋져 보이니까 인심 쓰는 거야.」

옷을 추스르려는데 옆에 있는 누군가가 정도의 엉덩이를 찰싹 때렸다. 푸짐하게 살이 오른 40대 중반의 여자였다. 작달막한 키에 턱이 세 개. 가슴보다 배가 더 불룩한 여자가 낄낄거리며 정도의 엉덩이를 때린 손을 의기양양 흔들어 보였다. 손가락이 나무토막처럼 굵었다. 더욱이 돈쭝깨나 나가는 금반지 때문에 약지는 밑뿌리가 잘린 듯 보였고 손금조차도 그 푸짐한 살에 파묻힌 듯했다.

「오매오매. 불경스럽게 외간 남자 엉덩이에 손도장 찍는 사람이 누구여? 언니여? 정말 언니가 했어?」

정도가 다그치듯 묻자 여자는 낄낄대며 자신이 그랬노라고 연신 때린 손을 흔들어 보였다.

「참말로 잘났네. 외간 남자 엉덩이 때려 놓고 좋아하는 저 얼굴 좀 봐. 그래, 횡재한 것 같수? 얼굴 두꺼우니 부끄럽지도 않겠네.」

여자가 한 대 더 때릴 듯한 자세로 정도의 엉덩이를 향해 손을 내밀자 정도는 슬쩍 허리를 돌려 여자의 손으로부터 벗어났다.

「그만 때려. 이래 봬도 귀한 엉덩이여. 우리 마누라가 정조대 채워 놓으려고 한 걸 사정사정해서 안 채워 놨어.」

「기왕 찍을 바엔 확실하게 찍어 놓아야지.」

여자가 우렁찬 소리로 말했다.

「머라꼬라. 내 엉덩이에 확실하게 언니 손도장 찍는다고라.」

여자가 고개를 끄덕였다.

「참말로 무서운 게 없는 언니네. 그러다 진짜 나 책임질라우? 우리 마누라한테 쫓겨나면 언니가 나 데리고 살라우? 응?」

따지듯 여자에게 묻자 그녀는 정도만 좋다면 책임지겠다고 했다. 서방도 자기더러 뚱뚱하다고 다른 여자한테 도망가 버렸는데 정도만 좋다면 저는 복 받은 거라고. 그 말끝에 와하하, 사람들이 웃었다.

「그나저나, 우리 둘이 살림 차리면 침대는 필요 없겠네. 언니가 내 침대 하면 되잖아. 물침대.」

정도의 말이 끝나기도 전에 여자는 발딱 일어서더니 두 손을 골반에 갖다 붙이고는 사람들을 향해 으쓱, 배를 내밀어 보였다. 지나치게 살이 찐 탓에 상대적으로 눈, 코, 입이 작게 보이는 여자는 피부만큼은 윤기가 돌며 고와 보였다.

「공연 끝나면 가지 말고 우리한테 와. 죽이 되든 밥이 되든 한번 해보자. 기왕 이렇게 된 거, 이거 들어. 이거 들고 사람들 사이를 돌아다니면서 동냥해. 각설이 마누라니까 동냥하는 것부터 배워야지. 이제부터 내가 각설이 타령을 할 테니까 이 찌그러진 깡통 속에 십 원짜리, 백 원짜리는 말고 천 원짜리 이상만 받어. 알았어? 만약 돈을 조금밖에 못 벌어 오면 우리는 여기서 끝이야. 각설이 마누라 될 자격이 없는 거야. 알았어?」

정도는 다짐하듯 여자에게 말했다. 여자는 고개를 크게 끄덕이며 이가 보이도록 웃었다. 그리고 손목에 찌그러진 깡통을 낀 채 한쪽 다리를 흔들어 보이며 개다리 춤을 추었다. 와하하. 여기저기서 웃음들이 쏟아졌다. 여자의 그 돌출 행동에 사람들은 더 재미있어 했다. 세월에 찌든 노인들의 얼굴이 모처럼 풀어지고 젊은 구경꾼들은 시답잖은 표정을 지으면서도 어느 대목에선가는 어쩔 수 없이 파안 대소를 했다.

여기저기 공연을 다니다 보면 꼭 한두 명쯤 공연의 분위기를 망치는 사람들이 있는가 하면 반대로 도와주는 사람들도 있었다. 술 취한 사람이 공연히 시비를 걸며 욕설을 하고 고함을 지르거나 하면 인근 주민들이 시끄럽다고 신고를 해버리는 통에 경찰이 공연을 막는 경우도 있었고, 지금처럼 객석에 앉아 있던 사람이 제 흥에 겨워 함께 놀아 주며 분위기를 돋우는 경우도 왕왕 있었다. 그럴 때면 매상은 훌쩍 평균치를 뛰어넘었다. 공연을 하다 그런 사람이 있다 싶으면 어떻게든 이끌어 내야 했다.

그녀는 깡통 속에 들어 있던 숟가락으로 맞지도 않은 장단을 제 나름대로 두들기며 사람들 사이를 돌아다니면서 반 강제로 돈을 울궈 내고 있었다. 그녀의 수완이 좋았다. 돈이 있겠다 싶은 사람 앞에서는 자리를 옮기지 않고 돈이 나올 때까지 깡통을 두들기며 개다리춤을 추었고 그 사람은 마지못해 깡통 속에 돈을 집어넣었다. 천 원 이상이면 서슴지 않고 그 사람의 한쪽 뺨에 쪽 소리가 나도록 입을 맞췄고 천 원짜리면 그 실한 엉덩이가 하늘로 향하도록 넙죽 절을 했다. 여자도 어지간히 재미가 붙었는지 아예 신발 한 짝을 벗어 버린 채 사람들 사이를 절룩이며 돌아다녔다. 간혹 오천 원짜리가 나오면 돈을 집어 들고 절룩절룩 달려와 정도의 코끝에 돈을 흔들어 보이며 한바탕 곱사춤을 추어 보였다. 그 모양이 사람들에게서 더 많은 웃음을 훔쳐 냈다. 선화는 발갛게 상기된 얼굴로 여자가 추어 보이는 곱사춤을 애써 외면하며 사람들에게 엿을 팔았다.

유석도 없고, 태식도 빠진 공연이 힘에 부치기는 했지만 저 여자 덕에 이번 공연은 그나마 수월하게 넘어갈 수 있었다. 북채를 쥔 정도의 아귀에 짱짱하게 힘이 들어갔다. 제법 엿이 팔리고 있었다. 애자와 순미가 옆구리에 끼고 나간 바구니 안의 엿들이 돈으로 바뀌어 가고 있었다. 얼추 조금 전 애자가 깨놓은 엿이 다 나가고 없는 것 같았다. 앰프에 붙어 서서 그때그때 테이프를 갈아 끼우거나 마이크의 볼륨을 조절하고 있는 동현에게 정도는 눈짓으로 엿판을 가리키며 신호를 보냈다. 눈치 빠른 동현의 아내가 금세 엿판이 있는 수레 쪽으로 다가가 조각도를 집어 들었다.

둥두당 둥당. 정도는 북을 내리쳤다. 북에 닿았다 튀어오르는 북채의 진동이 어느 때보다 경쾌했다.

11

태식은 엿이 담긴 수레 옆에 앉아 공연을 지켜보고 있었다. 모처럼 맑게 갠 하늘이 투명해 보였다. 그나저나 공연을 안 하고 있자니 팔이 더 아픈 듯했다. 길 위를 떠도는 사람에겐 아픈 날이 곧 쉬는 날이었지만 타고난 역마살은 그 쉼조차 편안하게 만들지 않았다. 그랬다. 태식은 천생 엿장수였다. 떠돌이. 이보다 더 편하고 근사한 삶이 어디 있을까. 게다가 두 여자까지 수족처럼 붙어 있으니 황제의 삶이 부럽지 않았다. 한곳에 붙박이 잠자리를 두고 시계불알처럼 집과 직장을 오가는 사람들이 딴에는 그럴듯해 보일지 모르지만 그것처럼 또 지루한 일이 없을 것이다. 세상이 얼마나 넓은지 그들은 모른다. 그리고 세상이 요지경 속이라는 것도 알 리 없다. 세상이 얼마나 재미있는지, 세상이 얼마나 풍요로운지, 그들은 알려 하지도 않고 오로지 자신들의 발가락 끝만 보고 걷는다. 자신들의 발자국에 닳고 닳은 길을 가고 신물이 나도록 눈에 익은 풍경들만 쳐다보며 살면서 그게 세상의 전부라고 생각한다. 태식은 생각만으로도 답답했다. 죽어도 그렇게 살지 않으리라 새삼 다짐했다. 무릎이 꺾이고 당장에 한 걸음도 내딛을 수 없을 때 그때, 길 위에서 죽으리라.

끙. 태식은 종이 한 장 깔고 편하게 퍼질러 있던 자리에서 일어났다. 조금 전부터 자꾸만 흥이 돌았다. 그 흥에 관절이 들썩였다. 제때 풀어 내지 않으면 뼈 마디마디에 독으로 쌓여서는 종내는 더 아프고 말 것이다.

태식은 무대 뒤로 돌아가서 분장 가방을 챙겨 들었다.

「뭐 하시게요?」

동현이 걱정스러운 얼굴로 태식을 향해 물었다.

「슬슬 나가 볼란다.」

「그 팔로요? 괜찮으시겠어요?」

「언제는 아프다고 안 했냐? 어째 안 하고 있자니 좀이 쑤신다. 게다가 유석이도 없는데 나마저 빠지면 공연이 맥 풀릴 것 아니야?」

「그래도 정도 형님이 잘하고 계시는데.」

무대에서 다시 마이크를 쥐고 사람들을 향해 너스레를 떨고 있는 정도를 동현은 눈짓으로 가리켰다.

「괜찮아.」

태식은 평소 정도의 동동구루무 북을 탐탁지 않게 생각했다. 정도는 자신이 보여 주는 동동구루무 북을 예술이라 생각했지만 그거야말로 옛날 떠돌이 장수들이 장터를 돌며 물건을 팔 때 쓰던 구닥다리가 아니던가. 소리는 또 어떻고. 청승맞기가 과부 신세 타령 같지 않은가. 예술이라면 적어도 창의적이라야 했다. 쌍장구. 두 개의 장구가 위아래로 포개어져 있다고 해서 쌍장구다. 골고루 두 개의 장구를 두드려 소리를 내야 하는데 어디 그게 하루아침에 할 수 있는 것이던가. 현란한 팔 동작과 장단은 피나는 노력이 있어야만 가능한 일이다. 동동구루무 북? 타고난 장단 감각만으로도 얼마든지 칠 수 있는 게 동동구루무 북이었다. 리듬에 따라 걷다가 간혹 발을 한 번씩 죽죽 뻗어 주면 되는 일을 누가 못하겠는가.

정도는 태식이 동동구루무 북을 업신 여기고 있다는 사실을 알고 있었다. 때문에 알게 모르게 정도 역시 태식을 그리 달갑지 않게 대했다. 늘 가시 박힌 듯한 시선으로 태식을 쳐다보고, 무대에 쌍장구 자리를 배치할 때도 정도는 미간에 희미하게 주름을 모은 채 거친 손길로 쌍장구를 만졌다.

동현은 한창 코미디 재담에 열을 올리고 있는 정도에게 눈짓으로 태식을 가리켰다. 태식은 팔을 슬슬 돌려 보았다. 돌릴 때마다 작열감이 느껴졌지만 장구채를 쥐는 것까지는 괜찮을 듯싶었다.

분장이야 따로 할 게 없었다. 검은 매니큐어를 앞니 하나에 칠하고 허리춤에 낡은 넥타이를 질끈 동여맨 채 한쪽 바짓가랑이를 정강이 부근까지 걷어 올리면 그만이었다. 다행인지 불행인지 모르지만 타고난 골격이 가늘고 얼굴이 길어 굳이 얼굴선을 뭉그러뜨리고 이상한 모양을 그려 넣지 않아도 바보 같은 얼굴이 됐다. 더욱이 쌍장구는 바보가 동냥을 얻기 위해 두드려 대는 깡통이 아니라 정말 예술을 하는 악기인 것이다. 예술 하는 사람이 필요 이상으로 바보 흉내를 내는 것도 맞지 않는 일이었다.

「나가시게요?」

선화였다. 그녀의 손에는 어느새 가위가 들려 있었다.

「그래.」

「그러다 덧나면 어떡해요?」

「염려 마라.」

선화가 태식의 팔목을 쳐다보며 근심스러운 얼굴로 물었다. 순미보다 공연 욕심이 많은 게 선화였고, 또 순미보다 선화의 귀가 박자를 짚어 내는 데 예민했다. 똑같이 가르쳐 줘도 금방 흉내를 내며 따라오는 게 선화였고, 소리도 암팡졌다. 순미는 소리마저도 저를 닮아 순하디 순했다. 흥감스러워야 할 때는 흥감스러워야 하고, 독할 때는 독해야 하고, 잦아들 때는 또 잦아들어야 하는데, 순미는 수줍음을 타느라 소리를 제대로 내지 못했다. 그런 반면 선화는 무대에 올라가면 딴사람이 되었다. 어떨 땐 제 흥에 겨워 장단을 치는 경우가 있는데 그때는 저도 모르게 장구가 선화의 가위 장단을 따라가고 있었다.

잠자리에서도 선화는 순미와 달랐다. 선화는 자신의 혹 때문에라도 매번 체위를 바꾸곤 했는데 그 체위들이 말초의 쾌감을 부풀렸다. 그녀의 안반짝만 한 엉덩이를 배에 바짝 갖다 대고 자신의 남근을 선화의 항문에 쑤셔 넣은 채 그녀가 돌려 대는 허리를 부둥켜 안고 있노라면 그야말로 황야의 무법자가 된 듯한 기분이었다. 귀신처럼 엉덩이의 근육을 조일 때 조이고, 풀어 주었으면 했을 때 풀어 주는 그녀의 엉덩이 기술은 구석에서 태식을 쳐다보고 있을 순미를 새까맣게 잊도록 만들었다. 순미가 방 안에서 나가는 줄도 몰랐다. 선화의 엉덩이 사이에 남근을 넣고 낑낑댈라치면 어느새 선화는 태식을 자빠뜨리고 일어나서는 말 타는 자세로 타고 앉았다. 그때는 엉덩이 사이가 아니라 사타구니 사이였다. 신성한 곳. 처녀지. 자신이 처음으로 개척한 곳. 그곳은 뜨거움으로 태식을 빨아들여서는 남김 없이 제 것으로 만들었다.

태식은 자신의 기운이 모두 그곳을 통해 그녀에게 흘러 들어가는 것 같았다. 그토록 강한 합일의 느낌은 지금까지 다른 여자에게서는 경험할 수 없는 것이었다. 제 안의 흥분을 물큰한 액체로 쏟아 놓고 숨을 고를 때도 선화는 아직 성이 차지 않는다는 듯 태식의 마른 젖꼭지를 빨며 훙건한 제 성기를 비벼 댔다. 태식은 쌍장구를 치던 손으로 그녀의 젖과 성기를 만져 줘야 했다. 그녀가 말 울음 소리를 내며 몸을 뒤틀어 댈 때까지. 이상한 일은 그 합일의 느낌이 땀을 훙건히 쏟아 내며 한바탕 장구를 두드리고 났을 때의 기분처럼 후련하다는 것이었다. 미진한 느낌들이나 지나치다는 생각도 없었다. 선화와의 교접 뒤에는 오히려 몸이 개운한 게 다디단 잠을 얻을 수 있었다. 순미와 하고 나면 몸이 영 개운치 않은 게 찌뿌듯한데 선화와는 그렇지 않았다. 그러니 번번이 순미가 찬밥 신세였다. 그나마 순미의 성정이 순했기에 망정이지 선화처럼 욕심을 알았다면 어땠을까.

순미는 테이프를 찾아 앰프에 놓아두고 북채를 찾아 들었다. 정도가 준비됐느냐는 눈짓을 보냈다.

「자, 이번에는 3인 조 부부 쌍장구 팀의 현란한 몸동작을 보시겠습니다. 여러분. 장구의 귀신, 장구의 달인, 3인 조 부부 쌍장구 팀을 소개합니다. 잘하면 박수 치고 못하면 아낌없는 야유 부탁드립니다. 3인 조 부부 쌍장구!」

사람들은 박수보다 먼저 야유를 보냈다. 더러 박수를 보내는 사람도 있었지만 야유에 묻혀 제대로 들리지 않았다. 태식은 그들의 야유에는 아랑곳하지 않고 장구채를 쥐고 둥두둥 둥둥 쌍장구의 몸을 건드렸다. 팔목이 시큰거렸다. 선화는 앞에서 가위 장단을 치고 순미는 옆에서 북을 쳤다. 둥두둥 둥둥. 윗장구는 순미고, 아랫장구는 선화였다. 둥기당 둥당. 이번에는 선화의 몸을 만졌고 이번에는 순미의 몸을 만졌다. 선화의 몸은 둥둥, 흥감스러웠고, 순미의 몸은 퉁퉁 수줍었다. 그래서, 황제가 부럽지 않다. 길 위의 삶이 더 행복하고 자유롭다. 세상의 모든 길이 내 집인 것이다. 태식은 행복했다. 길 위의 삶이라고 해서 모두 곤고하고 비루하지만은 않다.

지방의 어느 막걸리 집 주인 여자의 아비 없는 자식으로 태어나 실컷 막걸리 집 장구 장단을 듣고 자라난 태식은 더없이 행복했다. 어려서 들었던 막걸리 집 여자의 장구 장단도 좋았고, 어린 나이에 일찌감치 막걸리 집을 찾아온 남자들에게서 얻어먹은 막걸리도 좋았고, 지금도 좋았다.

둥두두둥 두둥, 선화는 제가 마치 공주라도 된 듯 도도했다. 사람들 앞에서 분홍색 치맛자락을 펄럭이며 그녀는 춤을 추었다. 찰캉찰캉 찰찰찰. 가슴의 혹이 마치 리듬 박스라도 되는 양 선화의 장단은 기막혔다. 애절하기도 하고 청승맞기도 하고, 어느 때는 힘이 넘쳤다. 태식은 선화의 가위 장단 소리에 더 흥이 났다. 인생이 별거더냐. 한평생 살다 가는 건 다 똑같은데, 사는 동안 즐기다 가면 그만이지.

태식은 힘껏 장구를 두드렸다. 앉아 있던 노인들 두엇이 나와 덩실덩실 장구 장단에 춤을 추고 애자가 다시 엿판을 메고 돌아다녔다.

12

「여기가 어디라고 기어 들어온 게야. 가. 여기는 네 맘대로 가고 싶으면 가고, 오고 싶으면 오는 곳이 아냐. 그런 정신 상태로 뭘 하겠다는 거야. 뭘 배워? 이건 기본도 돼먹지 않았어.」

정도의 말에서 시퍼런 날이 느껴졌다. 유석은 이미 각오한 일이었다.

「가! 그따위 썩어 빠진 정신 상태를 가진 놈하고는 같이 공연 못해. 오며 가며 엿장수 맘이라고 하니까 네 마음대로 해도 되는 줄 알았더냐?」

화가 내부에서 자가 분열하듯 정도의 심화는 조금도 누그러지지 않고 시간이 갈수록 더 증폭되어 갔다. 어쩌면 그 분노는 정도 자신을 향한 것인지도 모른다고 유석은 생각했다. 무대를 세우고 스스로 예인이라 자처하지만 어쩔 수 없이 사람들 사이에서는 떠돌이 엿장수로 통용되지 않던가. 형숙의 말처럼 엿장수인 것이다. 그녀의 음성 속에 배어 있던 경멸과 멸시가 또다시 귓가에 살아났다. '난 엿장수의 여자인 게 싫어.' 정도 역시 그 사실을 너무나 잘 알고 있었다. 어디 한 곳 일그러진 데 없는 반듯한 얼굴을 일부러 지우고 표정과 걸음걸이로 바보 흉내를 내며 타인을 웃겨야 하는 삶이 싫은 것이다. 그게 싫어 자신에게 이를 드러낸 채 으르렁대는 중이다.

유석은 무릎을 꿇고 주먹을 허벅지 위에 올려놓고서는 고개를 숙인 채 정도의 호된 꾸지람을 들었다.

「밥은 먹었냐?」

아무 말 없이 곁에서 담배만 뻐금거리던 동현이 담뱃재를 재떨이에 비벼 끄며 낮게 물었다.

「밥은 무슨 밥. 배가 더 고파야 정신 차릴 놈인데, 이놈한테 줄 밥이 어디 있어?」

정도의 음성이 여전히 쨍쨍했다.

「그나저나 왜 그랬는지 말이나 한번 들어 보자. 그냥 싫더냐?」

동현의 물음에 유석은 무릎 위에 올려놓고 있던 주먹만 불끈 쥔 채 말을 삼켰다.

「말을 해야 네 마음을 알 게 아니냐. 그렇게 입 다물고 있으면 누가 알아준대?」

「이 자식, 아직 멀었어.」

아직 화가 덜 풀렸는지 정도의 음성이 사박스러웠다.

「애인하고 헤어졌습니다.」

유석은 혼잣말하듯 중얼거렸다.

「뭐? 안 들려. 다시 말해 봐.」

「애인하고 헤어졌습니다.」

「가끔 찾아오던 아가씨 말이냐?」

「네.」

이상하게도 유석은 그 순간 마음이 담담했다. 강제로 얻은 한 달간의 유예 기간이 천 근 같은 돌덩이로 마음에 얹혀 있었는데 발설하는 그 순간 형숙이 오래전에 헤어졌던 애인처럼 무덤덤하게 느껴졌다. 갈 테면 가라는 듯, 어차피 지키지 못할 사랑이었다는 듯, 한편으로는 아쉬웠지만 또 한편으로는 후련하기까지 했다. 여자가 어디 너뿐이더냐, 새삼 오기가 생겼다. 너보다 더 이쁘고 능력 있는 여자 만나 잘 먹고 잘 살 테다. 가상한 각오까지 일었다.

하지만 유석은 얼굴색을 조절했다. 파탄 난 연애에 단장의 아픔을 겪고 있는 양 아랫입술을 사리물고 꽉 쥔 두 주먹을 파르르 떨었다. 그간 숱하게 해왔던 억지 바보 연기에 비하면 그것은 아무것도 아니었다.

「그래, 그 아가씨 만났냐?」

「……네.」

실연의 아픔들이 있는 사람들답게 그들은 입을 다물었다. 어쭙잖은 위로는 아무런 도움이 되지 않는다는 사실을 그들은 스스로의 경험을 통해 알고 있었으므로. 방금 전까지 방 안을 쩌렁쩌렁 울리던 정도의 고함이 사라지고 대신 찾아든 침묵이 방 안을 무겁게 만들었다. 정도는 동현의 무릎 앞에 놓여 있던 담뱃갑에서 담배를 빼물었다. 동현은 방바닥만 무연히 내려다보았다. 얼마쯤 시간이 지났을까.

「그럼, 말이라도 하고 다녀와야 했을 거 아니냐? 그렇게 아무 말 없이 가버리면 남은 사람들은 어떤 생각이 들겠냐? 더구나 새 공연을 앞두고 사라져 버렸으니 화가 더 나지. 아무튼 차라리 잘됐는지도 모른다. 엿장수가 붙박이 애인은 무슨. 이제 일만 열심히 배워.」

먼저 입을 연 사람은 동현이었다. 진회색 면바지를 입고 물 빠진 검은색 면 티셔츠를 입은 그의 얼굴에 헤아릴 수 없는 표정이 갈마들고 있었다. 끙. 들릴락 말락 정도의 입에서 낮은 신음이 새어 나왔다. 유석은 동현의 말끝에 또박또박 대답했다.

「죄송합니다. 두 번 다시 이런 일은 없을 겁니다.」

「그래야지.」

하지만 정도는 입을 굳게 다물고 있었다. 윗입술을 덮고 있는 콧수염 때문인지 말을 하지 않고 앉아 있는 그의 표정이 고집스러운 노인네 같았다.

「암튼, 오늘 형님이 고생 많으셨소. 유석이 시간까지 때우느라 욕보셨을 텐데 술이나 한잔 하러 나갑시다.」

동현의 말이 채 끝나기도 전에 정도가 말없이 일어섰다. 유석은 따라 일어서려다 그만 주저앉아 버렸다. 다리가 저렸던 것이다. 정도는 담뱃갑을 챙겨 주머니 속에 넣고서는 말없이 방문을 나섰다. 유석은 한참 만에 그의 뒤를 따라 절름거리며 나왔다.

「어디들 가?」

그때 문득 애자가 들어 앉은 방의 문이 열리며 머리에 수건을 싸맨 그녀의 동그란 얼굴이 나타났다.

「술 한잔 하러 나갑니다. 왜요? 생각 있으세요? 그럼, 따라오세요.」

「그럴까? 술 이야기 하니까 갑자기 술이 먹고 싶네.」

동현의 말에 애자가 배시시 웃었다.

「얼른 나오세요.」

동현은 여관 복도에서 그녀를 기다렸다. 음습하고 퀴퀴한 냄새가 나는 복도에 벌집처럼 나 있는 문들은 오래돼 칠이 낡고 군데군데 흠집들이 나 있었다. 그 안에서 하룻밤을 빌린 사람들은 낡은 방보다 더 신산하고 지난한 자신들의 삶을 부려 놓고는 꿈도 없는 잠을 잤다. 차라리 꿈이 없는 잠이 그들 삶에 더 위안이 될 터였다. 결코 도달할 수 없는 세상은 악몽이나 다름없을 테고, 그들은 그 꿈을 떨쳐 낼 때까지 중병을 앓는 사람처럼 누런 얼굴로 그늘 속에 숨어들어 미욱한 자신을 탓하고 세상을 원망하며 애꿎은 담배만 사를 것이다.

오래 사는 게 차라리 욕이라며 가는 목에 핏대 세우며 말하던 사람은 누구였는지. 왜 힘든 삶은 기억마저 제대로 저장시켜 놓지 못하는 것일까. 유석은 그들을 따라가면서 골골골 해수 소리를 내던 사람을 떠올리려 애를 썼다. 잠자리에 들었을 때 그대로 가고 싶다고. 다음 날 맞게 되는 해가 지겹고 두렵다고. 꾀적꾀적한 눈으로 세상을 더듬으며 말하던 그 노인이 누구였는지. 뿌연 막이 서린 듯 기이하게 보이던 그 망막에 사물 하나 제대로 맺힐 수 있었는지 의문이다. 아마도, 어느 날 공연을 끝내고 찾아든 여인숙에서 만난 늙은 잡부였거나 공연 중 휴식 시간에 만난 해바라기 노인이었는지 모른다.

저도 그럴까. 50년 후쯤엔 떠오르는 해가 차라리 저주처럼 느껴져 남은 시간을 증오하며 살까. 형숙은 유석에게서 그런 기미들을 읽었는지 모른다. 불안스럽게 떠도는 그런 인자들을 여자의 직감으로 읽어 내고 일찌감치 도망쳤는지도 모른다. 그렇다면 다시 예로 기어든 게 잘못일까? 더 멀리 이들로부터 도망쳤어야 옳지 않았을까? 둥둥 두웅 둥둥. 북소리의 설렘 따윈 잊고 손가락에 기름 묻히며 살아가

야 하지 않았을까? 그 기름 묻은 손가락으로 여자의 젖을 만지고 쑥
쑥 자식들을 낳고 그들을 위해 뭉툭하게 손톱 닳도록 일하며 종내는
그들에게 자신의 삶을 제물로 바쳐야 옳지 않을까.

앞서 걷는 동현과 정도의 어깨가 처져 보였다. 오래지 않은 미래
에 유석 역시 앞서 걷는 저 사내들의 어깨를 지니고 있으리라. 아무
리 세상을 직시하며 힘차게 걸음을 내딛는다 해도 어느 날엔가 눈가
에 꼿꼿한 힘 대신 무연함만 그늘처럼 드리워져서는 그렇게 무력하
게 살아가리라.

13

　동현은 말없이 술잔만 기울였다. 온갖 음담패설과 그날 공연에 대한 이야기로 시끌벅적해야 할 술자리가 오늘은 웬일인지 무겁게 가라앉아 있었다. 마주하고 앉았으되 별 말없이 술잔의 바닥이 보이면 서로의 잔에 술을 따라 줄 뿐, 누구 한 명 취기에 기대어 목소리를 높이지 않았다. 다들 지쳐 보였다. 하룻날이 빤했다고는 하지만 장마도 아닌데 계속되는 음울한 날씨에다 생의 자잘한 암초들에 걸려 당장의 생활조차 힘든 처지들이었다. 유난히 붉은빛이 도는 삼겹살이 시꺼먼 무쇠 솥뚜껑 위에서 자글자글 기름 흘리며 타들어 가는 데도 평소처럼 젓가락이 바쁘게 움직이지 않았다. 간간이 술 한잔 입 안에 달빡 털어 넣고 카, 하고 목에 남아 있는 얼얼한 알코올 기운들을 울궈 내는 소리만 살아났다.

　「니기미 인생 별거냐. 그럭저럭 살다 죽으면 되는 것을. 누군들 안 죽고 사는 놈 있다더냐. 천하의 정주영이도 죽을 때는 똑같더라.

야 야. 이러지 말고 기분 좋게 퍼 마시자.」

구부정하게 휘어져 있던 등뼈를 곧추세우며 정도가 술잔을 쳐들었다. 술잔을 든 정도의 손이 가늘고 거칠어 보였다. 저 혼자 쳐들고 있는 손이 민망할까 봐 동현은 그의 잔에 자신의 잔을 갖다 댔다. 동현의 잔 밑으로 유석의 잔이 들어오고, 애자의 잔도 보태지더니 원샷! 정도가 호기 있게 소리쳤다. 공연 때문에 목에 무리가 생긴 듯 음성이 여느 때 같지 않게 탁했다.

「어따, 그 여자 참말로 명물입디다.」

동현이 눈가에 웃음을 담으며 대답했다.

「어떤 여자?」

「아까 공연 도중에 깡통 들고 돌아다니던 여자요. 가만 보니까 형 좋아하는 것 같습디다.」

「야 야. 난 그런 여자 싫다. 여자라면 조금 수줍어할 줄도 알고 그래야 하는데 선머슴도 그런 선머슴이 없더라.」

정도가 잔을 내밀자 동현은 들고 있던 잔을 내려놓으며 그가 내민 잔을 받아 들었다.

「또 누가 아요? 그러다 형님 좋다고 아예 따라나설지.」

동현의 시선이 슬쩍 애자를 훑고 지나가고 애자는 짐짓 동현의 시선을 모른 체하며 딴청을 부렸다. 끝이 까맣게 타들어 가는 고깃덩이들이 애자의 젓가락 끝에서 불기가 약한 쪽으로 옮겨지고 있었다.

「야, 농담이라도 그런 소리 마라.」

「왜요? 형님 좋아하는 여자가 한둘이요?」

「야, 쓸데없는 소리 하지 마라. 내가 아무나 좋아하나? 암튼 난 그런 여자는 싫다.」

「오늘은 좀 매상이 올랐지라?」

애자가 그들의 대화 사이에 끼어들며 동현을 바라보았다.

「그런 모양이오.」

「그래서 하는 말인데 가불 좀 하면 안 될까요? 딸년 등록금을 아직 내지 못했는데…….」

애자는 계면쩍게 웃음을 흘렸다. 벌어들이는 돈보다도 나가는 돈이 더 많은 여자는, 구차하게 번 돈 맵게 움켜쥐지 못하고 저 좋다고 조금만 잘해 주면 금세 쌈짓돈 내주고 마는 여자는, 그래, 정이 헤픈 여자는, 살기도 팍팍했다.

「글쎄, 외상으로 가져온 엿 값이며 그간의 생활비며 어쩔런가 모르겠소.」

「이달까지 안 내면 출석 금지 시킨다고 아이한테 으름장을 놓았다는데…….」

「그러니까 이름도 모르는 놈들한테 그만 갖다 바치란 말이오.」

쩡, 하고 소리를 지른 사람은 정도였다. 애자가 가불 운운할 때부터 그의 미간에 자잘한 주름이 잡히더니 끝내는 역정을 부리고 말았다. 애자는 한동안 표독스러운 표정으로 정도를 쏘아보더니 금세 얼굴을 일그러뜨리며 울음을 빼물었다.

「왜 이름도 몰라.」

「그것이 진짜 그놈들 이름인 줄 어떻게 알아? 아마 모르긴 해도 성까지 바꿔 달고 다니는 후레자식들일걸?」

「아니야. 주민등록증까지 확인했어.」

「장하기도 하요. 이름은 알아서.」

정도는 계속해서 마뜩찮은 소리로 애자의 대답을 무질렀다.

「너무하요.」

「모르긴 해도 아마 그런 놈들 좆 끝에 냄비 서너 개는 달려 있을 걸?」

「형님도 참.」

「안 그러냐? 그간 가져간 돈이 얼만데 아직 자식 등록금도 못 냈다는 게 말이 되냐?」

정도는 술잔을 탁자에 소리 나게 내려놓더니 신경질적으로 제 잔에 술을 쳤다. 손끝에 남아 있는 못마땅한 기운 탓인지 술이 시울을 타고 넘쳐흘렀다. 평소에는 애자에게 이것저것 챙겨 주며 든든한 오라버니 역할을 자처하던 정도지만 간혹 언제 그랬느냐 싶게 애자를 야멸치게 몰아붙이기도 했다. 지금이 그랬다.

「너무하요. 세상에. 한솥밥 먹고사는 사람이 그러니 더 서럽소. 알뜰히 챙겨 줘도 이년의 팔자 서러울 판에 박 선생이 그러니 더 서럽소. 내가 박 선생한테 손 내민 것도 아니고 또 거저 달라고 한 것도 아닌데 이렇게 몰강스럽게 굴다니…….」

애자의 울음 섞인 말이 사설 조로 넘어갔다. 조금 있으면 애자의 말에 일정한 가락이 붙어서는 꺼으 꺼으, 추임새처럼 눈물까지 섞이며 그렇게 한탄이 이어질 것이다. 아무도 위로해 주지 않고 아무도 새겨듣지 않아도 애자는 제 생의 설움에 겨워 혼자 넋두리하듯 울음 반 말 반의 소리들을 진득한 침과 함께 빼물며 술을 삼켜 댈 것이다.

「에이, 니미럴. 나가자.」

정도가 먼저 자리를 걷고 일어섰다.

「술하고 고기가 남았는데 어딜 간단 말이오?」

동현이 물었다.

「나가자. 기분도 그렇고. 나가서 우리끼리 한잔 더 하자.」

술기운 때문인지 애자에 대한 마뜩찮음 때문인지 정도의 얼굴이 달아올라 있었다.

애자는 물수건을 코에 갖다 대더니 팽, 하고 물코를 풀어 냈다. 저 때문에 일찍 끝난 술자리가 아쉬웠는지 섬큼 따라 일어서지 않고 앞에 놓인 잔을 들어 홀짝 술을 비워 냈다.

「가려면 가시오. 나는 남은 고기 다 먹고 갈 테니. 이 아까운 것을 남겨 두고 어떻게 간다요.」

애자는 고집스럽게 앉아 솥뚜껑 위에서 연기를 피워 올리는 고기들을 지분거렸다. 상추와 깻잎을 손바닥에 펼쳐 들고 고기 한 점을 올려놓은 뒤 된장에다 마늘, 파절이까지 듬뿍 올려서는 볼이 미어져라 입 안에 쑤셔 넣었다. 그런 애자를 향해 정도는 눈을 흘겼다. 하지만 동현은 알았다. 그 눈 흘김이 애정에서 비롯되었다는 사실을. 길 위의 곤고한 삶끼리만이 공유할 수 있는 유대감에서 비롯되었다는 사실을 말이다. 그 유대감은 피붙이들이 갖는 그런 숙명적인 유대감보다 더 끈끈하고 진할 때가 있었다. 애자도 모르지는 않을 터. 이들은 금방 언제 그랬느냐 싶게 또다시 헤헤거리며 내남없이 굴 터이다. 하지만 당장에는 서로에 대한 서운함과 실망감을 감추려 들지 않았다. 어쩌면 이것이 그들의 관계를 더욱 공고히 해주는지도 모르겠다.

「먼저 들어가. 우리는 따로 한잔 하고 들어갈 테니.」

우물우물 고기를 저작하고 있는 애자를 향해 정도가 툭 던지듯 말을 했다. 애자는 그들이 자리를 뜨는 데도 눈길 한번 주지 않은 채 얼굴을 일그러뜨리며 고기만 씹어 삼켰다. 그러다 목에 걸리면 서비

스로 가져다 준 사이다로 막힌 식도를 뚫고, 또다시 한입에 들어가
지도 않을 크기로 쌈을 싸서는 절반만 입 안에 쑤셔 넣고 우적우적
씹어 댔다.

식당 밖으로 나오자 바로 길 건너편에 줄지어 늘어선 술집들이 보
였다. 유리로 전면을 만든 사각의 단층 가게들은 빨갛고 파란 조명
으로 안을 밝힌 채 사내들을 기다렸다.

정도가 시선을 그곳에 둔 채 말했다.

「가자. 유석이도 그렇고 너도 그렇고, 오늘 여자 한번 사 보자.」

「형님.」

동현이 아무래도 내키지 않는다는 듯 걸음을 멈춘 채 자신없는 소
리로 정도를 불렀다.

「얀마. 너 제수씨랑 못했다며. 혹시 다른 여자와도 안 되는지 시험
해 봐야 할 거 아니냐?」

「그래도…….」

「아무 말 마라.」

정도가 먼저 앞서 걸었다. 그 뒤를 유석이 따라 걷고 동현이 어정
쩡하게 뒤따랐다.

장녹수. 그들은 조도 낮은 붉은 조명으로 실내를 밝힌 술집으로
들어갔다. 진한 화장을 하고 아슬아슬하게 배꼽을 드러낸 여자들이
호들갑스럽게 일어나서 그들을 맞이했다. 술 값 흥정에 실랑이를 벌
이고 그냥 되돌아 나오려는데 여자들이 정도의 팔을 잡아끌어 반 강
제로 자리에 앉혔다.

여자들은 무섭게 술을 마셔 댔다. 정도나 유석이나 동현이 마시는
양보다 여자들이 비워 내는 술이 더 많았다. 잘근잘근 안주를 씹고,

벌컥벌컥 원 샷으로 술을 들이켜고, 꺼으, 하고 트림을 해대며 여자
들은 마시고 또 마셨다. 얼마나 마셨을까. 동현은 정도의 눈짓에 내
몰려 가게에 딸린 자그마한 골방으로 들어갔다. 이어 턱이 사각 진
여자가 들어왔다. 어두침침한 불빛에 진한 화장으로 얼굴의 주름을
가렸지만 말을 할 때마다 어쩔 수 없이 여자의 얼굴에서 주름들이
거미줄처럼 드러났다. 잘 봐줘도 서른은 훌쩍 넘겼을 만한 여자는
자신의 몸 위로 내려와 있는 세월을 읽히기 싫었던지 애써 몸을 숨
기며 옷을 벗고 실내등을 껐다. 동현은 먼저 담배를 꺼내 들었다. 그
리고 여자가 꺼버린 불을 다시 켰다. 여자는 자신의 몸 위에 떨어지
는 불빛을 피해 한껏 몸을 움츠리며 모로 누웠다. 이런 일로 잔뼈가
굵었을 여인네의 수줍음치고는 어울리지 않는 몸짓이었다.

「불 꺼줘요.」

얼굴의 주름과는 달리 음성은 어린 여자의 그것처럼 앳되었다.

「새삼스럽게 불은.」

동현은 담뱃재를 털어 내며 여자의 말을 무시했다. 그새 옆방에서
는 쌕쌕거리는 가쁜 숨소리가 날아왔다. 정도가 든 방이었다. 그는
노련한 솜씨로 여자를 흥분시키며 시름을 잊고 있는 모양이었다. 하
지만 유석이 든 방은 저처럼 조용하기만 했다. 여자에게 버림받고 돌
아온 녀석, 분풀이로 여자를 품을 만한데 녀석의 상실감은 수컷의 호
기마저도 빼앗아 가버렸는지 조용했다. 여자가 이내 일어나 다시 스
위치를 내렸다. 동현은 쯧, 혀를 차며 다시 스위치를 올렸다. 숨바꼭
질처럼 불은 사라졌다 돌아오고 다시 사라졌다가 돌아왔다.

「왜 불을 끄는 거야.」

동현이 짜증스레 물었다. 그 말끝에 여자의 벌거벗은 몸을 일별했

다. 쇄골이 도드라진 가슴패기와 옆으로 흘러내린 마른 유방이 안쓰러워 보였다. 더욱이 배꼽 주변에는 탄력을 잃은 채 구겨진 종이처럼 출산의 흔적인 가는 실선들이 균열처럼 앉아 있었다. 여자가 몸을 웅크렸다. 제 몸을 훑어 내는 동현의 시선이 부담스러웠던지 미간을 찌푸리며 그녀는 퉁명스럽게 내뱉었다.

「할 거면 빨리 해요.」

그녀는 체념한 듯 볼품없는 나신을 그대로 내보이며 동현을 기다렸다. 그 틈에도 정도가 들어 있는 옆방에서 여자의 흥감스러운 신음이 넘어오고 있었다. 오래된 벽지 때문에 더 궁색해 보이는 작은 골방에는 희미하게 곰팡이 냄새가 떠다녔다. 아니, 그 퀴퀴한 냄새는 여자의 삶이 부패해 들어가는 냄새인지도 몰랐다.

동현은 쩝, 하고 입맛을 다시며 담뱃불을 재떨이에 눌러 껐다. 여자의 나신을 보고도 아랫도리는 꿈쩍하지 않았다. 그 초라한 여자의 몸뚱이가 동현에게서 욕정의 불을 지피는 데 실패한 것이다. 여자가 벌떡 일어나 앉아 동현의 옷을 벗기기 시작했다.

「안 하고 뭐해요?」

동현은 그녀가 하는 대로 내버려 두었다. 잦은 파마로 머리가 노랗게 부서져 내린 여자는 동현이 그대로 나가 버릴까 봐 염려되었는지 서둘러 동현에게서 옷들을 벗겨 내기 시작했다. 점퍼를 벗기고 티셔츠를 벗기고 바지의 혁대를 풀어 내는 여자의 손길은 그녀의 대살진 몸만큼이나 신경질적이었다. 여자가 옷들을 하나씩 하나씩 자신에게서 떼어 낼 때마다 동현의 아랫도리는 되려 움츠러들었다. 한때, 여자만 봐도 맹렬하게 고개를 쳐들던 물건이 여자의 나신을 보고도 아무런 반응을 보이지 않는 것이다.

「이렇게 좀 해봐요.」

바지를 벗기다 엉덩이에 옷이 걸리자 여자가 사뭇 짜증스럽게 말했다.

「그냥 있어.」

동현은 여자의 손을 치워 내고 엉덩이에 걸려 있던 바지를 추슬러 입었다.

「안 해요?」

「…….」

동현은 아무 말 없이 바지의 자크를 올렸다. 그때 여자가 앙칼지게 덤벼들더니 도로 자크를 내리고 동현의 아랫도리를 꺼내 입에 물었다. 따듯하면서도 부드럽고 촉촉한 그녀의 입이 자신의 물건을 물자 동현은 어쩔 수 없이 가볍게 몸을 떨었다. 흥분은 예전 같지 않았다. 격렬하지도 않고 또 감미롭지도 않았으며 자극적이지도 않았다. 그저 심심풀이로 갖고 놀다 실망스럽게 분출돼 버리는 절정처럼 사정은 짧았고 허탈했다.

여자는 입을 닦고 옷을 입었다. 그녀를 혼자 방 안에 놓아 두고 동현은 밖으로 나왔다. 그 퀴퀴한 냄새가 자꾸만 두통을 일으키고 있었다. 방을 나오자 빨간 점 같은 작은 불빛이 보였다. 유석이 장녹수의 가게 문턱에 앉아 담배를 빨고 있었다. 오래전부터 나와 있었는지 그에게서 따뜻한 체온보다는 찬 기운이 먼저 느껴졌다.

「빨리 나왔네. 왜? 여자가 맘에 들지 않던?」

동현은 유석의 옆에 나란히 앉았다.

「아니요.」

「그럼?」

「그냥, 생각이 없어서요.」

유석은 낮고 차분하게 말을 이었다. 흘깃 쳐다본 유석의 옆얼굴이 완강해 보였다. 동현은 그런 유석의 어깨에 팔을 두르고 싶었지만 필요 이상의 친밀한 행위에는 저 역시 익숙지 못해 그만두었다.

「차라리 잘된 일인지 모른다. 살다 헤어지면 더 힘들었을 텐데, 그래도 연애하다 헤어졌으니 금방 상처가 나을 거야. 돈 때문에 떠난 여자는 언제든지 떠나게 되어 있지. 그러면 배신감은 더 심할 테고. 그러니 너무 허전해하지 마라. 살다 보면 더 좋은 여자 만날지도 모른다. 그런 거다 인생은. 새옹지마고 전화위복이야. 당장에는 아쉽고 서운하고 슬프겠지만 더 좋은 사람 만나려고 그런 모양이다 생각하고 잊어버려. 잊어버리고 열심히 돈 벌어야지. 젊을 때 하는 고생은 고생이 아냐. 지금의 1년이 노후의 10년을 보장하는 거야.」

유석은 아무 말 없이 담배만 빨았다.

「그래, 조금만 더 참아 봐라. 그래도 이 장사 꽤 괜찮은 장사다. 지금은 비록 경기가 좋지 않아 이리 죽을 쑤고 있지만 경기만 풀리면 이 장사도 수입이 솔찮다. 그때까지만 참아. 언제까지 이러겠냐.」

「네.」

유석은 낮게 대답했다. 동현은 더 이상 할 말이 없었다. 저 역시 앞이 보이지 않을 때는 절망이 입을 닫게 하고 귀를 멀게 하지 않았던가. 정도는 아직 일이 덜 끝났는지 나오는 기척이 없었다.

14

애자는 벌떡 일어나 앉았다. 여기가 어딘가. 그녀는 거리의 외등 불빛이 어슴푸레하게 스며 들어와 있는 방 안을 휘둘러 보았다. 분명, 조금 전까지만 해도 이층집의 널따란 안방에 앉아 왁스 묻혀 가며 오색 영롱한 산수화 문양의 자개농을 닦고 있었는데 보이는 것은 여관 방이었다. 그녀는 형광등의 스위치를 올렸다. 침침한 불빛이 파득거리며 들어오고 누런 얼룩이 군데군데 앉아 있는 벽이 보이더니 이어 여기저기 긁혀 하얀 속살이 드러나 보이는 낡고 작은 화장대가 눈에 들어왔다. 소나무 가지에 학이 앉아 있던 자개농은 어디에도 없었다. 눅눅한 대기와 섞여 나무 삭는 냄새가 온 방 안에 가득할 뿐. 생각해 보니 학의 눈에는 작은 루비가 박혀 있었다. 그 눈을 반짝이며 학은 금방이라도 날개를 펼 듯 숨을 고르고 있었고 자신은 왁스 냄새를 맡으며 행복해했다. 아직 왁스의 휘발성 냄새가 코끝에 남아 있는데 번쩍이는 자개농이나 정갈하고 안온해 보이는 방은 그 어디에도 보이지 않았다.

　애자의 얼굴이 시무룩하게 일그러졌다. 꿈속에서조차 자신의 팔자에는 안일하고 평온한 게 허용되지 않는 모양이었다. 어디 저런 얼굴에 복이 들어 있을까 싶을 정도로 울뚝불뚝 요상한 이목구비를 가진 여자들도 제 복 챙겨 가며 엽렵하게 살아가는데 곱상한 얼굴을 지니고서도 자신은 길 위에서 나이를 묻고 젊음을 버리고 있다.

　애자는 속이 쓰렸다. 끝이 잘 벼리어진 끌로 가슴 한 쪽을 쓱쓱, 무두질하는 듯 날카로운 통증도 함께 살아났다. 여자로 태어나 세상을 품을 수 있는 방법이 무엇일까. 아니, 자신은 무엇을 통해 세상을 가지려 했을까. 가방 끈도 짧고 물려받은 재산이나 손수 벌어 놓은 것도 없고 바람막이 해줄 든든한 떨거지 하나 없는 자신이 가장 손쉽게 세상을 가질 수 있는 방법이라고 여겼던 것은 무엇일까.

　남자였다. 다 가진 남자. 자기가 가지지 못한 조건만큼 다 가진 남자. 그들이라면 이때껏 꿈꿔 왔던 것들을 한꺼번에 다 줄 수 있을 것이라고 믿었다. 그래서 다 주었다. 사랑도 주었고, 눈물도 주었고, 몸도 줬다. 알량하지만 가진 것 모두 다 내주었고 미래도 주었다. 유행가 가사처럼 꿈도 주고, 눈물도 주고, 사랑도 주었다. 한데 자신에게 돌아온 것은 무엇인가.

　애자는 낡은 화장대 위에 올려져 있던 물병을 입에 대고 벌컥벌컥 들이켰다. 채 입으로 흘러 들어가지 못한 물이 목을 타고 흘러내리고 애자는 손등으로 물을 훔쳐 냈다. 하지만 목구멍에서 묵직한 느낌으로 내려가는 물이 애자의 명치끝에 뭉쳐져 있는 체증은 풀어 놓지 못했다.

　그 남자들. 자신을 사랑한다고 믿었던 남자들. 잘났든 못났든 그

남자들은 이제 없다. 더 이상 자신에게서 울궈 낼 것이 없다고 판단
되자 그들은 한결같이 구차한 변명들을 늘어놓으며 도망갔다. 가져
간 것을 돌려주지도 않고 같이 있는 시간들을 짜증스러워하며 결별
을 통고했다. 애자는 다만 멍한 얼굴로 그들의 뒷모습을 지켜봤을
뿐이다. 악다구니를 써가며 가져간 것을 돌려 달라고 포달을 부리지
도 않았고, 제발 한 번만 기회를 달라고 그들의 발밑에 엎드려 애걸
복걸하지도 않았다. 애자는 알았다. 가진 것 없이 몸뚱이 하나로 세
상을 떠돌면서 자신의 모든 것을 이미 다 주어 버린 여자에게 그들
은 더 이상 머물지 않는다는 사실을. 알면서도 애자는 인색하게 굴
수 없었다. 조금씩 조금씩 감질나게 그들이 원하는 것을 주며 그들
을 그녀 곁에 잡아 놓지 못했다. 그녀가 더 남자들을 원했으므로. 남
자가 나타나면 서둘러 가지고 있는 것을 다 내놓고 미래를 꿈꾸었으
므로.

　새한정밀 정 사장. 화투판의 마발이꾼 박형효. 기생오라비 같은
얼굴의 김송주. 팔자걸음을 걷던 최순호…….

　애자는 길게 한숨을 내쉬었다. 자기가 듣기에도 한숨은 더할 수
없이 신산스러웠다. 애자는 거울 속에 얼굴을 비쳐 보았다. 이젠 어
쩔 수 없이 고생에 찌든 중년의 얼굴이었다. 젊었을 적 통통하고 매
끈한 얼굴은 어디에도 없고 햇빛에 타서는 거칠고 탄력 없는 여자의
얼굴이 있을 뿐이었다.

　애자는 휴대폰을 찾아 들었다. 그리고 잠시의 망설임도 없이 꾹꾹
번호들을 눌렀다. 늦은 밤 1시. 전화를 하기에는 좋지 않은 시각이었
지만 그녀의 손길은 거침없었다.

　「여보세요.」

성급하게 애자가 먼저 말문을 텄다. 하지만 수화기 속에서는 여전히 신호음만 들려올 뿐이었다.

애자가 한때 일했던 나이트클럽에서 가수와 손님으로 만나 몇 해 동안 정을 주었던 새한정밀의 정 사장이었다. 말쑥하게 차려입은 정장에는 주름 하나 잡힌 데 없고 기름기 잘잘 흐르는 머리는 빗살 촘촘한 빗으로 빗어 넘겨 흐트러진 데라고는 찾아볼 수 없는 위인이었다. 와이셔츠나 넥타이, 양말과 구두, 심지어 속옷까지 일체로 구입하는지 색깔을 맞춰 입는 그는 처음 보았을 때 잘나가는 중소기업의 사장이라며 아무리 찢어도 찢어지지 않는 비닐 코팅을 입힌 명함을 건넸다.

그때 자신은 어땠던가. 이제서야 그간의 고생 길에서 벗어나는가 보다 하고 입가에 웃음 만들며 그에게 교태를 부렸었다. 은근슬쩍 허리 꼬며 말꼬리를 길게 빼는 애자의 간드러짐에 그는 호기 있게 웃으며 넘어왔다. 그러던 어느 날 그는 애자를 싣고 어디론가 내달렸다. 봄바람을 가르며 달리다 한참 만에 도착한 곳은 햇살이 부서져 내리는 어느 공장 정문이었다. 가슴께 높이의 알루미늄 자바라가 출입을 통제하고 있는 그 공장은 사람들이 보이지 않아 한가로워 보였다.

그는 그 공장 앞에서 말했다.

「공장이 좁아 지금 다른 곳에 확장 공사를 하고 있소. 이 공장을 처분해야 할지 아니면 제2 공장으로 써야 할지 고민 중에 있소.」

그는 얼굴에 내려와 앉은 봄볕 때문에 미간을 찌푸렸다. 애자는 그의 말을 믿었다. 칼처럼 잡혀 있는 그의 바지 주름처럼 어딘지 절도가 느껴지는 정 사장의 말에 한 치의 의심도 하지 않았다. 다만 적막감에 젖어 있는 공장을 앞에 두고 애자는 봄볕처럼 몸이 달아오를 뿐이었다. 문패가 눈부신 새한정밀이 자신의 출구였다. 막장 인생을 종 칠 비상구. 어떻게든 그를 유혹해야 했다. 그는 한껏 여유 있게 자바라를 밀치고 들어갔다. 그러고는 즐비하게 도열해 있는 기계들 사이를 돌아다니며 설명했다.

「이 기계는 철판을 구부려 주며 동시에 잘라 내는 기계고, 여기서 잘린 제품들은 저쪽으로 넘어가지. 아직 그것까지는 자동화가 돼 있지 않아 사람이 기다렸다 옮기고 있소. 한데 지금 새롭게 짓고 있는 공장은 전부 자동화가 돼 있소. 그럼, 속도도 빨라질 테고 인 건비도 줄일 수 있을 거요. 무엇보다 사람 구하기가 쉽지 않은데 크게 일손을 덜 수 있어 좋지. 하지만 이 기계들도 그쪽 공장으로 다 옮겨 가야 하오. 물량이 딸려 이것도 부분적으로라도 가동시켜 야 되지. 자금만 충분하다면 이곳에 기계들을 그냥 두고 제2 공장 으로 쓸 텐데 여의치 못해 기계들을 옮겨 갈까 고민 중이오.」

애자는 공장 안에 울려 퍼지는 그의 음성이 장엄한 미사곡처럼 들 려 가슴이 다 떨렸다.

「한데 자금이 부족해. 그쪽 공장 짓느라 은행에서 대출해 썼는데 여간 힘이 드는 게 아니야. 조금만 버티면 모든 게 순조로울 텐데 말이야.」

혼잣말처럼 우물거리는 그의 음성이 애자의 귀에 또렷이 잡혔다. 그래, 탑승비로 내리라. 지금의 이 신산한 삶을 마감하고 보다 더 나 은 세계로 올라서기 위해서는 일정 정도의 비용은 필요하리라.

「저한테 돈이 조금 있는데 혹여 생각 있으시면 부족하더라도 보태 쓰세요.」

도둑맞으려면 개도 짖지 않는다고 했던가. 애자는 그의 말을 중도에서 무질렀다. 전세금 빼서 월세로 돌리고, 적금 붓던 거 해약하고 은행에서 얼마간 대출 받으면 당장에 급한 불은 끌 수 있지 않겠느냐고 애자는 저 혼자 좋아 쫑알거렸다. 애자의 말을 가만히 듣고 있던 정 사장은 사랑스러워 죽겠다는 표정으로 애자를 한동안 바라보더니 이내 고개를 흔들었다.

「안 돼요. 당신이 어떻게 번 돈인데 내가 갖다 쓰겠소. 어디 다른 곳을 알아봐야지.」

「괜찮아요. 당신이 가져다 쓰고 대신 이자만 고리로 주면 되잖아요.」

「이자?」

「그래요. 그럼 나도 좋고 당신도 좋잖아요.」

정 사장은 잠시 골똘히 생각해 보다가 주저하며 대답했다.

「그럼, 그럴까? 사실 대출을 더 받으려 해도 담보가 부족해 고민하던 참이었는데.」

「잘됐네요. 뭐하러 아쉬운 소리해요. 저한테 있는데.」

「그럼 딱 1년만. 1년만 참읍시다. 1년 후엔 내 두 배, 아니 몇 배로 갚아 주리다. 그리고 내 당신한테 더 잘해 주리다. 물론 이자도 꼬박꼬박 챙겨 줄 거고.」

「그래요. 그래 주세요. 아니, 잘해 주는 것보다 변치 말아 주세요. 지금 이 마음 그대로 변하지만 말아 주세요.」

애자는 복숭아 빛으로 얼굴을 붉혔다. 살다 보니 이런 행운도 찾아오는구나 싶어 소리라도 지르고 싶었다. 푸른색 양복을 입고 연한 물빛 와이셔츠에 진한 청색 넥타이를 매고, 웃는 얼굴로 자신을 바라보고 서 있는 남자가 하도 멋져 보여 애자는 세상이 다 자기 것만 같았다.

한데 정 사장은 돈을 가져간 뒤로 태도가 변해 버렸다. 번번이 돈을 돌려준다는 기한을 넘겼고 애자를 점점 짜증스러워했다. 이별의 수순을 밟듯 그는 갖은 구실을 대며 만남을 피하더니 종내는 자취마저 감춰 버렸다. 정 사장의 전화는 늘 불통이었고 그를 찾아 이곳저곳을 수소문하며 찾아다녔지만 정 사장을 안다는 사람들은 모두 고개를 가로저었다. 고개를 가로저으면서도 그들의 눈빛 하나만큼은 선명했다. 쯧쯧, 너도 당한 게로구나. 미친년! 애자는 그들의 눈빛이 더 견디기 힘들었다. 나이 먹어 한 남자 만나 붙박여 살려는 게 그렇게도 죽을 죄라더냐고 그 눈빛에 앙칼지게 덤벼들고 싶었다. 그러나 눈이 멀었던 것은 남자가 아니라 그 남자가 손가락질하며 자기 것이라고 말하던 그 회사였다는 생각이 들자 얼굴이 홧홧해졌다.

알고 보니 봄 햇살 속에 버려진 애인처럼 을씨년스럽게 누워 있던 그 회사는 정 사장의 것이 아니라 어느 운 나쁜 사람의 부도난 회사였다. 한데 애자는 그것도 모르고 가끔 일 없는 날 새한정밀로 달려가 여기저기 나뒹굴고 있는 쓰레기를 치우고 명패도 윤이 나게 닦아 놓고 왔었다.

「여보세요.」

거짓말처럼 수화기 속에서 그의 음성이 새어 나왔다. 그는 바뀐 애자의 전화번호를 알지 못했다. 알지 못하므로 방심한 채 전화를 받은 것이다.

「나예요.」

「응, 그래. 당신이야?」

아직도 당신이라니. 뻔뻔스럽게도 그는 다정한 연인처럼 굴고 있었다.

「어떻게 된 거예요. 왜 번번이 약속을 지키지 않는 거예요.」

「그래, 조금만 기다려. 내 해준다고 약속하지 않았어. 틀림없이 해 줄 테니 믿으라고. 그보다 말이야, 내가 좋은 일자리 알아봤는데 그곳에서 한번 일해 보지 않을래? 괜찮을 거야.」

「일자리라뇨?」

「내 친구가 이번에 나이트클럽을 하나 인수했거든. 그곳에서 노래를 불러 볼 의향이 있으면 말해. 내 얼굴 봐서라도 출연료는 야박치 않게 줄 거야. 어디 그 뿐이야. 보고 싶을 때 언제든지 볼 수도 있잖아. 그래, 생각해 보니까 당신한테 딱 어울리네.」

「거짓말하는 거 아녜요?」

「이 사람이, 순 속고만 살았나. 정말이라니까. 어쩔 거야? 할 거야 말 거야?」

「어떻게 당신 말을 믿어요.」

「알았어. 그럼, 하지 말라고. 기껏 생각해서 말했더니만.」

정 사장은 짐짓 기분 나쁘다는 듯 굴었다. 그러면서 당장이라도 전화를 끊을 것처럼 굴었다. 그런데 어이없게도 정 사장의 제의에 애자는 마음이 흔들렸다. 정 사장의 말이 사실이라면 거절했을 때 손해는 자신일 수밖에 없지 않은가. 이제까지 속았는데 한 번 더 속는다고 크게 달라질 일은 없을 터. 더욱이 정 사장을 눈앞에 잡아 두고 있으면 떼인 돈도 더 받아 내기 쉬울 터였다. 애자는 내친김에 한 번 더 속아 보기로 했다.

「어딘데요?」

애자가 머뭇거리며 물었다. 도대체 뭐냐고, 돈은 왜 안 주느냐고, 사납게 따지고 들었어야 했건만 또다시 정사장의 무람없는 말에 애자는 힘없이 녹아 내리고 있었다.

「왜? 생각 있어? 그럼, 오디션 날짜 잡아 일러 줄게. 당신만 괜찮다면 내일이라도 하고.」

그의 음성은 처음 애자를 설레게 했을 때처럼 은근하고도 다정스러웠다.

「가면 받아 준대요? 확실해요?」

애자의 음성이 자신 없었다. 언제 접은 생활인데 돌아가면 적응이나 할 수 있을는지.

「그래. 그렇잖아도 손님들을 휘어잡을 민요 가수 하나가 아쉬운 모양이야. 그것도 경험자로 들이고 싶은데 영 마땅치가 않은가 봐. 좀 얼굴이 알려졌다 싶으면 터무니없는 출연료를 요구하고, 신인들을 쓰자니 손님들을 휘어잡지 못하고 말이야. 어때? 생각 있어?」

「하고 싶긴 한데…… 생각해 볼게요.」

「생각하고 자시고 할 게 뭐 있어. 만사 오케이지. 그럼, 내 친구한테 말해 둔다. 그리고 오디션 날짜 잡아 다시 연락할게. 이 번호로 하면 되지?」

그는 애자의 말은 듣지도 않고 사라져 버렸다. 그래, 그곳에서 다시 노래 부를 수만 있다면…….

애자는 가방 속에서 묵은 무대 한복을 꺼내 손바닥으로 쓸어 내렸다. 침침한 형광등 불빛 아래서 구겨진 무대 한복은 수선스럽게 반

짝거렸다. 좀이 스는 것을 막기 위해 신문지에 싸서 넣어 둔 나프탈
렌 때문에 옷자락을 들출 때마다 냄새가 독했지만 그래도 때깔만큼
은 그대로였다. 애자는 그 옷을 쓸어 내렸다. 폼 나게 입고 눈부신
조명을 받으며 다시 노래 부를 수 있는 날이 없을 줄 알았는데 살다
보니 기회가 아주 없지는 않았다.

애자는 그 옷 속에 받쳐 입을 레이스 달린 분홍색 속옷을 찾았다.
아끼고 아끼던 것. 이 반짝이 한복 안에는 감촉이 미끌미끌한 나일
론 천의 속옷이 제격이었다. 움직이다 보면 정전기가 일어 고쟁이와
함께 철썩 살갗에 들러붙었지만 감촉만큼은 그만이었다. 감촉이 좋
으면 모든 게 좋았다. 목소리도 그렇게 미끌미끌하게 빠져나올 터이
고 매사가 그렇게 미끌미끌하게 흘러갈 터였다. 그러면 만사 오케이
였다.

애자는 가방 속을 뒤졌다. 고무줄이 삭아 늘어난 낡은 팬티와 색
이 바랜 겉옷 따위를 들춰 보고, 깊숙이 넣어 둔 자질구레한 물건들
사이를 헤집어 보았지만 속옷은 찾을 수 없었다. 찾고 또 찾아도 그
속옷은 제 모습을 드러내지 않았다. 헤진 각설이 무대복에는 절대
걸치지 않던 속옷이 감쪽같이 사라져 버리고 없었다. 가끔 한복만
꺼내 들여다보며 바람기를 쏘여 주었을 뿐 속옷까지는 신경 쓰지 않
은 게 불찰이었다. 누가 남의 속옷을 가져다 입을까 하고 쉽게 생각
한 게 잘못이었다.

애자는 문득 선화가 떠올랐다. 공연이 없을 때도 늘 얼굴에 분칠
을 하고 조신한 척 눈을 내리깔고서는 앉을 자리 설 자리를 고르던
선화라면 가능한 일이었다. 가슴에 솟은 혹 때문에 브래지어는 몰라
도 다른 것은 얼마든지 욕심을 부릴 여자였다. 태식을 위해서라면

무엇도 마다하지 않을 그녀에게 의혹이 모아지자 애자는 잠시도 가만히 엉덩이를 붙이고 앉아 있을 수가 없었다. 하지만 따져 묻기에는 지금은 시간이 마땅치 않았다.

15

퍽퍼퍽 퍽퍽. 유석은 북 대신 타이어를 놓고 내리쳤다. 타이어에 닿았다 튕겨오르는 막대의 진동에 팔목이 다 얼얼했지만 유석은 멈추지 않았다. 소리가 밖으로 새어 나갈까 봐 스티로폼 위에 이불을 깐 뒤 타이어를 놓고 유석은 정도의 소리를 흉내 냈다. 퍽퍼퍽 퍽퍽. 이상한 일이었다. 연습하고 또 연습해도 정도의 소리를 얻을 수는 없었다. 네 안에는 신명이 없어. 평소 유석이 내는 북소리를 듣고 정도가 건성 내뱉은 말이었다. 신명이라니. 떠돌이 엿장수라고 애인도 버렸는데 신명이 있을 까닭이 없었다. 다 팽개치고 도망치지 않은 것만도 다행한 일이었다.

퍽퍼퍽 퍽퍽. 분명 뭔가가 달랐다. 탕타탕 탕탕. 힘껏 내리쳐 보기도 하고, 팔목의 힘을 빼보기도 하고, 박자를 달리해 두드려 보아도 정도의 소리에는 어림없었다. 다만 퍽퍽, 타이어가 내지르는 탁음만이 흩어질 뿐이다.

안 되면 돌아가라 했던가. 기어이 유석은 북채를 타이어 속에 던져 놓고 벌렁 자리에 드러누웠다. 출렁, 탑차가 유석의 몸놀림을 받아 출렁였다. 배터리에 선을 대 전원을 끌어다 불을 밝힌 백열전구가 마치 사람의 체온처럼 실내를 훈훈하게 데워 주고 있었다. 살다 보면 아무것도 아닌 일에 공연히 감동을 받고 코끝이 시큰거릴 때가 있었다. 지금이 똑 그렇다. 열을 내는 백열전구 하나가 시린 옆구리를 데워 주고 있다는 생각에 가슴이 다 뻐근했다. 유석은 눈알이 아프게 그 백열전구를 쳐다보다 이내 눈을 감았다. 빛을 품었던 눈은 아무것도 담지 못했다. 단지 먹먹한 검은 빛만이 어른거릴 뿐이었다.

어느 틈에 떠돌이의 삶에 익숙해졌는지 탑차 안의 공간이 편하고 아늑했다. 그랬다. 어떨 땐 사내들의 지린 땀 냄새와 발 냄새가 진동하는 방 안보다 여기가 더 한갓지고 아늑했다. 그들의 뒤척임에 단잠을 방해받지 않아 좋았고, 코 고는 소리가 없어 좋았다. 그래서 자주 방을 나와 탑차 안에서 잠을 자곤 했다.

유석은 두 손을 깍지 끼어 머리에 받쳤다. 둥둥둥둥. 그 와중에도 정도의 북소리가 끈질기게 의식 속으로 따라붙었다. 뇌성이 치고 시냇물이 흐르며 바람이 부는 소리들. 두두둥 둥둥 두둥두둥 둥둥 둥 기둥 둥당. 어쩌면 정도가 내는 장단을 흉내는 낼 수 있을지언정 진짜 제 속에서 우러나오는 소리는 낼 수 없을지 모른다. 나이를 먹어 세상을 알면 또 모를까. 도무지 정도의 북소리를 따라갈 수 없었다. 북채가 걸리는 손가락엔 굳은살이 박이고 티눈까지 생겼지만 좀체 북소리에 신명이 붙지 않았다. 그저 마지못해 내는 소리처럼 힘없이 흩어질 뿐이었다. 딱 엿장수의 가락이었다. 푼돈이나 벌어 목숨 연명하는 자의 신세 한탄처럼 소리는 어설프고 신경질적이었다. 저를 들뜨게 만들던, 영혼을 깨우치던 소리는 좀체 얻을 수 없었다. 힘을 줘 북을 두드리다 보면 팔에 쥐만 날 뿐 유연하면서도 우렁차고 진중한 소리는 얻을 수 없었다. 북채 끝에서 나는 소리는 퍽퍽 끊기기만 했다.

이들을 따라나서지 않았다면 제 인생이 이보다는 더 폈을지 모른다. 알량한 구멍가게일망정 그곳에 치기 어린 바람기를 묻어 두고 방치돼 있듯 아무렇게나 쌓여 있는 물건들에서 먼지를 털어 내며 늙은 부모의 늦둥이 아들로 살아가는 편이 더 나았을지 모른다.

언제 잠이 들었을까. 유석은 밖의 인기척에 눈을 떴다. 길 위에 세워 둔 차 속에서 잠을 청하는 일이 한두 번이 아닌 터라 자잘한 소음들에는 무뎌져 있었지만 지금은 달랐다. 울음소리였다. 속으로 늘키는 울음. 가냘픈 음색이 순미였다. 또 쫓겨 나온 모양이었다. 하필이면 그때 또 왜 오줌은 마려운지. 유석은 오줌통으로 쓸 만한 것을 찾다 하는 수 없이 자리에서 일어났다. 오줌보에 가득 찬 오줌은 더 이상의 지체를 허락하지 않았다. 어정쩡 차에서 내려 바지 자크를 풀며 주차장 한쪽으로 걸어갔다. 유석은 순미 때문에 심란했다.

젊은 나인데도 오줌발은 신통치 않았다. 참을 만큼 참았던 오줌은 요도를 통과하면서 알싸한 통증까지 수반했다. 찔끔거리며 남은 오줌을 배출하고 난 뒤 탑차로 돌아오면서 유석은 그녀가 자신의 자리로 돌아가 주기만을 바랐다. 태식과 선화가 있는 방으로. 하지만 순미는 가지 않고 외등 불빛 속에 그대로 서 있었다. 유석은 그녀를 지나쳐 탑차 안으로 들어가려다 하는 수 없이 말을 건넸다.

「또 나왔어요?」

순미는 대답이 없었다.

「괜찮다면 우리 소리나 한번 맞춰 봐요. 당장 내일부터 각설이 남매 올려야 할 텐데.」

그녀를 혼자 내버려 두면 마음이 편치 않을 것 같아 유석은 연습을 빌미로 그녀를 차 안으로 불러 올렸다. 유석의 말에 순미는 망설임 없이 탑차로 올라탔다.

유석은 탑차 구석에서 연습용 가위를 찾아 순미에게 내밀었다. 찰찰찰 찰캉찰캉. 순미는 스카치테이프를 칭칭 동여맨 장단 가위를 받아 들고 몇 번 찰캉거렸다. 유석은 타이어를 끌어당겨 북채를 찾아 들었다.

「할 수 있겠어요?」

유석이 슬쩍 순미의 얼굴을 훔쳐보았다. 그녀의 얼굴에 눈물이 얼룩으로 남아 있었다.

「응.」

순미는 코맹맹이 소리를 냈다.

「하고 싶지 않으면 조금 있다 해요.」

「아냐. 지금 해.」

순미는 자세를 고쳐 잡았다.

「'사랑은 장난이 아니야'부터 시작할 거예요. 테이프 1번에 수록된 곡으로. 한 대여섯 곡만 하면 될 거예요.」

순미는 대답 대신 고개를 끄덕였다. 탕타탕 탕탕. 찰찰찰찰. 소리는 그런대로 어우러졌지만 무언가가 빠져 있는 듯했다. 경망스러울 만큼 빠른 템포로 연주되는 노래가 빠져 그럴 수도 있지만 꼭 그것 때문은 아니었다.

밤이라 아무래도 소리에 신경이 쓰였다. 작은 소리라 할지라도 밤에는 소리가 공명이 되는 법. 소리가 새어 나가지 않게 탑차의 문을 닫고 유석은 다시 북채를 쥐었다. 천장에 매달아 둔 백열전구가 유석이 내리치는 북채의 진동에 흔들렸다. 그 불빛의 흔들림이 순미의 얼굴에 움직이는 그늘을 만들었다. 하지만 시간이 갈수록 순미는 건성이었다. 하긴 유석도 연습에는 마음이 붙지 않았다. 매일 눈을 뜨면 하는 일이 북 두드리고 가위 장단 치는 일이었긴 하나 연습 없이는 제대로 된 소리를 얻을 수 없다는 사실을 유석이나 순미는 잘 알고 있었다. 하지만 유난히 하기 싫을 때가 있었다. 차츰 소리가 건성으로 이어지더니 기어이 순미가 가위를 내려놓았다. 손목이 아픈지 빙글 돌려 결기를 풀어 내며 말했다.

「그만 하자.」

유석도 도통 연습에는 마음이 붙지 않는 터라 순미의 말이 채 끝나기도 전에 손에서 북채를 내려놓았다.

「그래요. 아침에 한 번 더 맞춰 보죠.」

「혹시 술 있니?」

순미가 물었다.

「형님 알면 또 경칠 거예요.」

「조금만 마실게.」

유석은 순미에게 먹다 남은 소주병을 찾아 건넸다.

「다 싫다. 공연이고 뭐고.」

말끝에 그녀가 낮게 한숨을 내쉬었다.

「나 그만두고 싶다. 그냥 여기서 나가고 싶어.」

순미는 가위를 만지작거렸다.

「갈 데도 없잖아요.」

「그래. 하지만 어디든 여기보다는 나을 거야.」

「그런 소리 말아요. 그래도 여기 있는 게 안전해요. 다들 누나를 좋아하잖아요.」

「그러면 뭐해?」

「그러지 말고 조금만 참아요.」

「참는다고 뭐가 달라지니?」

그 말에 유석은 마땅한 대답을 찾을 수 없었다.

「너는?」

「뭐가요?」

「지난번에 그 아가씨랑 헤어졌다면서? 왜 그랬어? 잘 좀 다독여 보지.」

「내가 버린 게 아니고 내가 차였어요.」

「암튼. 마음이 아프겠구나.」

이상하게도 마음이 아프지 않다는 말이 입술 끝까지 밀려 나왔지만 유석은 다른 말로 대답을 대신했다.

「좀 쉬어요. 그래야 내일 공연할 수 있잖아요.」

순미는 무언가 말을 더 하고 싶어 했지만 유석은 탑차 안에 순미의 자리를 마련해 주며 그녀와의 대화를 피했다. 공연히 어쭙잖은 충고로 지난번처럼 또다시 분란을 일으키고 싶지 않았기 때문이었다.

이불 속으로 들어가는 그녀의 조붓한 등이 유석에게서 안쓰러움을 자아냈다. 언젠가 저 좁은 등도 세월에 무너져서는 바로 앉는 것조차 부담스러우리라. 그때는 오늘 일을 기억이나 할 수 있을까. 이렇게 자신이 마련해 준 알량한 잠자리를 떠올리며 그때는 삶을 두려워했었노라 하며 이 빠진 입으로 우물우물 반추할까.

유석의 가슴속으로 한줄기 바람이 지나갔다. 엿장수 순미에게 빛나는 청춘 따위는 없었다. 나이 든 사람이나 젊은 사람이나 각설이들은 그냥 각설이일 뿐이었다. 왜 모든 게 부질없게 느껴졌을까. 다들 저렇게 속절없이 나이는 들어 가는데 내일은 없어 보였다. 유석은 밖으로 나왔다. 하룻밤 잠자리를 순미에게 양보하고 자신은 옥상으로 올라갔다.

옥상에 올라와서도 유석은 마음이 편치 않았다. 꼭 화장실에서 일을 보고 뒤를 닦지 않은 것마냥 마음이 불편했다. 그 불편함의 정체가 뭔지 유석은 짚어 낼 수가 없었다. 도대체 왜 이렇게 심란한 건지. 옥상에는 버려진 매트리스와 쓰레기들이 어지럽게 나뒹굴고 있었고 그 흔한 고양이 한 마리 보이지 않았다. 유석은 지난번에 순미와 함께 앉아 술병을 빨던 자리로 가 앉았다. 그곳엔 지난번에 마시고 버린 술병이 그대로 있었다.

유석은 그 술병을 집어 들었다. 서늘하면서도 미끈한 감촉이 손끝에서부터 아릿하게 전달돼 왔다. 그 아릿한 느낌이, 아니, 그 아릿한 느낌의 정체가 유석을 곤혹스럽게 만들었다. 그랬다. 언제부터인지 모르지만 순미가 여자로 다가왔다. 처음에는 그저 동정심이거나 연민이겠거니 생각했다. 한데 그 연민과 동정심이 저도 모르는 사이에 애틋한 연정으로 변모해 버렸던 것이다. 기실 형숙을 그렇게 쉽게 떠나보낸 이면에는 순미가 있었는지도 모른다. 여리디 여린 그녀를 지켜보면서, 늘 선화에게 치여 사는 그녀를 지켜보면서 언제부턴가 그녀를 지켜 주고 싶다는 생각을 했는지 모른다.

유석은 무릎 사이에 얼굴을 파묻었다. 세상에는 해도 될 일과 해서는 안 될 일이 있다는 사실을 알았지만 때로는 하지 말아야 할 일이 더 강렬한 유혹으로 다가올 때가 있었다. 지금이 꼭 그랬다. 유석은 기어이 자리에서 일어났다. 그리고 무언가에 이끌리듯 옥상을 내려왔다. 한 여자를 슬픔에서 지켜 주는 일, 그것만 생각하기로 했다.

유석은 탑차의 문을 열고 안으로 들어갔다. 체취만으로도 유석이라는 것을 알아차렸는지 순미는 움직임이 없었다. 잠이 든 것 같지는 않았다. 유석은 아무 말 없이 순미가 덮고 누운 이불 속으로 미끄러지듯 들어갔다. 그리고 그녀를 안았다. 하나씩 하나씩 그녀를 감싸고 있던 옷들을 벗기고 그녀 속으로 들어가자 지금까지 자신을 괴롭혔던 심란함의 정체가 드러났다. 그랬다. 유석은 그녀를 원하고 있었던 것이다.

16

　어둠 속에서 아내의 모습이 검은 윤곽으로 잡혔다. 검은 덩어리로만 보이는 아내는 오밀조밀하고 부드러운 곡선으로 살아나는 낮보다 더 작아 보였다. 소리 없이 돌아누운 그대로 아무런 움직임도 없이 완강하게 누워 있는 아내의 뒷모습이 어쩐지 애잔하게 느껴졌지만 또 한편으로는 마뜩찮았다. 남자로서의 알량한 자존심이라면 자존심이었다. 그럴 수도 있지 않은가. 어떻게 매번 아내를 만족시켜 줄 수 있을 것인가. 더 욕심 부리지 않고 그저 남들 하는 대로만 흉내 내고 산다고 해도 동현에게는 분명 벅찬 일이었다. 그걸 모를 만큼 우둔하고 욕심 사나운 여자는 아니었다. 그러나 요즈음 아내는 사는 일에 조바심을 내고 있었다. 언제부턴지 모르지만 사소한 일에도 지나치리 만큼 세심하게 생각하는 버릇이 생겼고, 시간이 갈수록 깊어만 가는 그 생각들이 종내는 그럴듯한 한 편의 이야기로 완성돼서는 그녀 자신을 자학하기까지 했다.

그랬다. 자학이었다. 아내의 머릿속에서 탄생된 그 이야기를 듣고 있노라면 실제로 그런 일이 있었던 것만 같았다. 동현은 모르고 있었던 하나의 사실을 깨우쳐 주는 것도 같고, 조만간 닥칠지 모를 미래에 대한 어떤 암시 같기도 했다. 하지만 짜증이 나는 것은 어쩔 수 없었다. 이상하게 아내의 이야기를 들어주면 들어줄수록 그 진위와는 관계없이 사실이 되어 버렸던 것이다.

아내는 지금도 어느 생각 속을 헤매는지 잠을 이루지 못하고 있었다. 동현에게 여자가 있다는 가상의 이야기를 이미 기정사실로 받아들이고 있거나 그 여자와의 그렇고 그런 상황들을 나름대로 구성하면서 불면의 시간을 이어 가고 있었다. 정도에게 사실 확인을 요구할 만큼 그 이야기는 이미 구체성을 띠어 가며 아내를 괴롭히는 모양이었다.

아내의 말 없는 불면의 시간이 길어지면 길어질수록 동현의 의식에 번져 있던 잠 또한 물러갔다. 어둠 속에서 윤곽으로만 잡히는 아내의 등은 조붓하고 여리기만 했다. 불혹의 시간들은 눈치 채지 못하게 그녀에게서 탄력과 윤기를 걸어 갔지만 그 시간만큼 푸짐함은 심어 놓지 못했다. 나이 든 여자답게 배가 쭈글쭈글하고 유방은 축 늘어져 있으며 자글자글 주름이 팬 얼굴이 주는 편안함도 좋을 법한데 아내는 아직 배가 쭈글쭈글하지도 않았고 유방이 축 늘어지지도 않았으며 자글자글 주름이 패지도 않았다. 다만 많아진 것은 생각이었다. 자신이 전국을 떠돌 동안 아내는 그 생각들에 갇혀 시간을 보내고, 그 생각들에 힘들어하며 하루해를 맞고, 하루해를 보내는 모양이었다.

「미안해.」

어쨌든 동현은 아내에게 미안했다.

「공연이고 뭐고 이제 우리 그만둬요.」

동현의 말이 채 끝나기도 전에 아내는 휙 돌아눕더니 강단지게 말했다. 아내의 음성에 물기가 배어 있었다.

「저는 더 이상 못 참겠어요. 하루 이틀도 아니고 어떻게 이렇게 살아요? 우리 꼴을 봐요. 거지 중에서도 상거지예요.」

동현은 아내의 투정에 굳게 입을 다물었다.

「이건 사는 게 아니에요. 내일에 대한 준비도 없이 하루하루 닥치는 대로 사는 게 어디 제대로 된 삶이냐고요. 난 더 이상은 싫어요. 아니, 못해요.」

「당신도 좋아했잖아.」

「그랬지만 이제는 아니에요. 이제 지긋지긋해요.」

「그러지 말고 참은 김에 좀 더 참아 봐.」

「얼마나요?」

「…….」

「그리고 은행에서 빨리 돈 갚으래요. 난 무서워요. 옛날처럼 오도 가도 못할 처지가 될까 봐. 맨날 이렇게 까먹고만 있음 어떡해요?」

어둠 속에서 아내는 낮게 소리쳤다.

「이 사람들은 어쩌고?」

「그걸 왜 당신이 다 떠맡으려고 해요?」

「그래도 나를 믿고 따르는 사람들이잖아.」

「당신이 아니어도 이 사람들 다 먹고살아요.」

「사람이 왜 그렇게 야멸차?」

「당신이 예수예요?」

「말 함부로 하지 마.」

「왜요? 내가 말을 잘못했어요?」

꿍. 동현은 대답 대신 돌아누워 버렸다. 이쯤에서 입을 다물지 않으면 아내와의 언쟁은 계속될 것이었다. 억지에 억지를 부리고, 서로를 상처 내기 위해 보다 더 자극적인 말을 찾아 대책 없이 쏟아 내다가 끝내는 마지노선마저 넘기고 나서야 아차 싶은 마음에 입을 다물거나 아니면 그 당혹스러움을 감추기 위해 또 다른 폭력을 쓰게 될 것이다.

「당신, 아이들 생각 한 번이라도 해보았어요? 아이들도 이젠 아빠가 필요하다구요. 한창 사춘기 때인데 나 혼자 그 아이들을 통제하기가 벅차단 말예요. 더욱이 사내아이만 둘인데 내가 어떻게 해요. 걔들 방에 들어섰다가 어떨 땐 아득해지기도 한다구요. 책상 밑에 쑤셔 넣은 화장지들과 이상한 잡지들, 친구들도 어떻게 된 게 한결같이 불량해 보이는 아이들이더라구요. 잔소리는 하지만 어디 애들이 엄마 말 무서워하나요?」

그래, 아이들. 동욱이, 헌욱이. 아이들이 있었지. 아이들이라는 소리에 동현의 가슴 한구석에서 화라락 조바심이 일어났다. 바람 따라 이곳저곳으로 떠돌며 아이들을 잊고 있는 사이에 훌쩍 커버린 모양이었다. 아니, 잊은 것은 아니었다. 그 녀석들을 잘 키우기 위해서는 돈을 벌어야 했고, 돈을 번다는 이유만으로 아내에게 아이들을 맡겨 놓고 살아온 자신이었다.

「며칠 전 동욱이가 지 학교 아이들과 비디오방에서 포르노를 보다가 걸렸어요.」

「사내아이들은 그럴 수도 있는 거야. 그걸 가지고 너무 마음 쓰지
마.」

「어떻게 맘 편하게 내버려 둬요.」

「내가 전화로 이야기해 볼게.」

「대답은 뭔들 못해요?」

동현은 기어이 자리에서 일어나 담배를 찾아 입에 물었다. 단단한
골격 때문에 다부져 보이는 그의 얼굴은 담배를 빠는 입질에도 별반
흔들림이 없었다. 아내도 그예 이불을 걷고 자리에서 일어나 앉았
다. 낮에 한껏 틀어 올렸던 머리는 흐릿한 어둠 속에서 물결치는 듯
자연스럽게 그녀의 어깨 위로 흘러내려 있었다.

「우리 그만둬요. 그만두고 집 앞에서 조그만 통닭집이라도 해요.
욕심만 부리지 않으면 그냥저냥 살 수 있을 거예요. 주방은 내가
볼 테니 당신은 배달 일만 도와줘요. 더는 바라지 않을게요.」

작정한 듯 아내는 동현 앞으로 바투 옮겨 앉으며 졸라댔다. 시간이
지날수록 아내의 음성은 생기 있게 살아났다. 아내의 소망이 소박한
만큼 동현의 생각도 깊었다. 그녀의 말대로 아파트 입구 상가 3층에
자그마한 가게를 얻어 깔끔하게 실내 장식을 한 뒤 통닭이나 맥주를
팔며 그럭저럭 늙어 갈 수도 있으리라. 기름 묻은 돈을 세고 동욱이,
헌욱이 커 가는 것을 보며 한곳에 붙박인 잠자리에서 저만의 베개에
머리를 누이고 그렇게 살아갈 수도 있으리라. 하지만 이들을 버릴 수
도 없었다. 파산하고 장을 떠돌 때 여기에 있게 해준 이가 바로 정도
형 아니던가. 떠돌이 각설이로 하루하루를 고단하게 살아가지만 그
에게는 나름대로 생의 철학이 있었다. 이번에는 자신이 그 생의 고집
을 지켜 줘야 하리라. 그뿐 아니라 북이 좋다며 무작정 따라나선 유

석 또한 길바닥에 버리고 떠날 수는 없었고, 애자 역시 한 논다니 계집처럼 볼일 다 봤으니 이제 필요 없다는 식으로 버릴 수는 없었다.

이들 역시 동현에게는 동욱이나 헌욱이처럼 피붙이와 다름없었다. 한솥밥을 먹은 인연이 어디 보통 인연이던가. 비바람이 불 때는 서로가 서로에게 집이 돼주었고, 한겨울에는 서로의 체온으로 버텨내지 않았던가. 정도의 고달픈 얼굴도, 유석의 젊은 열정도, 순미와 선화의 보이지 않는 질투와 사랑도, 애자의 신산한 신세 타령도 팔도 유랑 각설이패에겐 소중했으며 동현에게도 소중했다. 돈 때문에 맺어진 잡 패밀리였지만 이들에게도 보이지 않는 끈끈한 정이 있는 것이다.

그랬다. 동현은. 아내가 알면 서운하겠지만 어떤 땐 그들이 아내보다 더 편안하고 익숙했으며 또 살가웠다. 아내에게는 적어도 한 남자로서 솔직하지 못한 부분이 있었다. 가끔, 아주 가끔, 자신을 부려 놓고는 한없이 약해지고 싶을 때가 있는데, 아내 앞에서는 그럴 수 없었다. 알량한 자존심이라면 자존심이었다. 그러나 그들 앞에서는 부려 놓을 수 있었다. 나 힘들다고, 그러니 더 잘하라고. 왜 그것밖에 못하느냐며 엄살도 부리고 으름장도 놓고, 억병으로 술에 취해서 싸우기도 하고, 또 함께 고꾸라져 잘 수도 있었다. 한데 아내에게는 그럴 수 없었다.

아내의 간원은 그 틈에도 질기게 이어지고 있었다. 하지만 동현은 고집스럽게 대답을 피하고는 담배만 빨았다.

17

볼 살이 조금 빠진 것 빼고는 정 사장은 예전 모습 그대로였다. 나이트클럽의 어두운 불빛을 받으며 앉아 있는 정 사장의 얼굴에 알 수 없는 우수가 깃들어 있었다. 그 우수가 작위적인 것인지 아니면 생래적인 것인지 알 수는 없다. 푹신한 등받이에 등을 기대고는 비스듬히 앉아 무대를 바라보는 정 사장의 얼굴이 우물처럼 보여 애자는 공연히 가슴이 시려 왔다.

세상에. 아직도 그를 사랑하고 있다니. 애자는 그런 자신을 믿을 수가 없었다. 나이 40대 초반에, 어떤 유혹에도 흔들림이 없다는 불혹도 훌쩍 넘겼는데, 그 의연함으로 이젠 사랑 따위에는 신물을 내며 넘어갈 줄 알았는데 제 몸 안 어디에 꽁꽁 숨어 있었는지 또다시 사랑은 얼굴을 내밀었다. 그놈의 사랑은 언제나 청승맞고 느닷없었다. 서서히 예고나 하면서 달려들면 손사래를 치며 멀찌감치 도망가기라도 할 텐데 사랑이라는 놈은 전혀 그렇지 않았다. 방심하고 있을 때 솜씨 좋게 발을 걸어 넘어뜨리고는 꽁꽁 포박했다.

애자는 한 바퀴 빙그르르 돌았다. 그리고 한창때처럼 왼손에 쥐고 있던 마이크를 오른손 쪽으로 살짝 날려 보내며 까투리이이, 하고 어깨를 한번 비틀었는데 몸과 박자가 엇나가면서 그만 마이크를 놓치고 말았다. 마이크가 떨어지면서 바닥의 충격음이 고스란히 양쪽 대형 스피커에 실려 나왔다.

애자는 민망한 얼굴로 정 사장을 보았다. 무대 아래쪽, 팔걸이 없는 의자에 앉아 있던 그가 등받이에서 등을 떼며 주섬주섬 탁자 위에 있던 담뱃갑을 집어 담배를 꺼내고는 불을 댕겨 물었다. 손이 움직일 때마다 그의 손가락 사이에 끼어 있는 반지에서 한줄기 빛이 살아났다가 이내 스러졌다. 그 맞은편에 앉아 있는 김 사장이라는 사람은 애자를 빤히 쳐다보고 있었다. 체구가 작고 표정이 어딘지 간교해 보이는 그를 정 사장은 이 나이트클럽의 사장이라며 소개시켜 줬었다.

애자는 황급히 마이크를 집어 들고 나머지 소절을 불러 나갔다. 충청도로 지리산으로 까투리 사냥을 나간다. 후이여 후이여 훠어 까투리 사냥을 나간다⋯⋯. 부를 때마다 자신이 돌았던 팔도의 지방들이 아슴아슴 떠올랐다. 아니, 아슴아슴이 아니라 그것들은 바로 어제, 오늘 일이었으며 어쩌면 앞으로도 계속 이어 나가야 할 삶인지도 몰랐다.

담배 연기를 길게 내뿜는 정 사장의 얼굴 한쪽이 일그러졌다. 짙푸른 싱글 양복과 그 안에 받쳐 입은 엷은 물빛 와이셔츠는 어두운 실내 조명 아래서 검은 빛을 띠고 있었고 그의 얼굴에는 천장에 밝혀 둔 붉은 조명이 어른어른 얼룩지고 있었다.

「영락없는 장돌뱅이 노래군.」

애자가 노래를 마치고 무대에서 내려오자 정 사장은 혼잣말하듯 중얼거렸다. 내뿜는 담배 연기 끝에 낮게 내뱉은 말이었지만 애자는 분명히 들을 수 있었다. 노래 중간 중간 각설이 분장을 하고 과장된 몸짓으로 불러 대던 버릇이 자신도 모르게 튀어나왔나. 숨길 수는 없었다. 습관처럼 또 무서운 게 있던가. 사랑 또한 습관일지 모를 터. 사는 일도 어쩌면 습관일지 모른다. 길 위에서 기약 없는 삶을 살면서도 견딜 수 있었던 이유는 이미 습관이 돼서 그런지 모른다.

「옛날 실력은 다 어디로 간 거야?」

무대에서 내려와 웨이터가 가져다준 물을 벌컥벌컥 들이켜는 애자를 그가 불만에 가득 찬 표정으로 건너다보았다.

「먹고살려니 하는 수 있어요?」

「그래도 그렇지 어떻게 그렇게 망가지냐?」

「좀 긴장했나 봐요. 좀 연습하면 금방 나아질 거예요.」

애자는 입가에 남아 있는 물기를 훔쳐 내며 사정 조로 얘기했다.

「하루 이틀 연습해서 해결될 문제가 아닌 것 같은데? 어때? 김 사장이 보기에는.」

정 사장이 담배 꽁초를 재떨이에 털어 내고 작달막한 나이트클럽 사장을 돌아보며 말했다. 애자는 조금 전부터 아무 말 없이 앉아 있던 나이트클럽 사장의 얼굴이 내내 마음에 걸렸다.

「목소리가 좋긴 한데…….」

나이트클럽 사장이 위로랍시고 보탠 말이었다. 단호한 거절이 아니라 뒷말을 흐리는 남자의 말이 애자에게 다시금 희망의 불씨를 지피게 만들었다.

「한 번만 더 해볼게요. 조금 전에는 긴장해서 그랬어요.」

눈가에 주름을 만들며 웃었지만 웃음이 제대로 입가에 뭉쳐지지 않았다. 금방이라도 눈물이 쏟아질 것만 같아 애자는 내심 이를 꾹 물어야 했다. 이젠 정말 장돌뱅이는 지긋지긋하다. 봄, 수선스러운 햇빛과, 한여름, 금방이라도 바스러져 버릴 것만 같은 땡볕과, 가을, 청량한 햇빛에 애자는 미라가 되어 가는 것만 같았다. 병신춤을 추고, 장구 장단을 두들기고, 소고를 들고 되지도 않은 춤을 출 때는 여자의 자존심 따위는 잊어야 했다. 그래도 손에 쥐는 것은 변변치 않았다.

「어때? 다시 한 번 불러 보라고 할까?」

그래도 옛날의 정리를 생각했는지 정 사장이 김 사장을 향해 묻자 그는 손목에 걸린 시계를 들여다보며 곤란한 표정을 지었다.

「그러지 말고 한 번만 더 시켜 보지. 오래 걸릴 일도 아닌데.」

「그래요. 이번에는 잘해 볼게요.」

쩝, 하고 마뜩찮은 표정으로 입맛을 다시더니 김 사장은 마지못한 듯 고개를 끄덕였다. 애자는 잰걸음으로 무대로 향했다. 이번에는 기어이 싸구려 엿장수의 품새가 아니라 인기 절정의 가수처럼 보여야 했다. 사람들이 연모해 마지않는 그런 가수.

다시 조명이 들어오더니 객석 한중앙에 매달려 있는 미러볼이 돌아가고 이어 반주가 나왔다. 달아 달아 밝은 달아 이태백이 놀던 달아 흐응 저기저기 저 달은……. 긴장했는지 첫 박자부터 놓치더니 앞서 달려가는 반주를 따라가느라 이번에는 가사마저 생각나지 않았다. 채 노래가 끝나지도 않았는데 작달막한 김 사장은 정 사장에게 무언가 몇 마디 말을 남기고 먼저 클럽 문을 나서고, 그 등 뒤에 대고 종업원은 깍듯하게 허리를 굽혀 인사했다.

애자는 혼자 남겨진 정 사장의 표정만 보아도 알았다. 그는 신경질적으로 출입구에 서 있던 웨이터를 부르더니 손가락으로 비어 있는 물 컵을 가리켰다. 웨이터가 고개를 까닥 숙여 보이고 주방으로 사라지자 정 사장은 다시 짜증스러운 표정으로 담뱃갑을 집어 들었다. 유월에 뜨는 달은 유두 밀떡을 먹는 달 칠월에 뜨는 달은 견우직녀가 만나는 달……. 가사는 이미 엉망으로 뒤섞여 있었다. 하지만 애자는 그만두지 않았다. 수선스럽게 빛을 되쏘는 저 미러볼이 멈추고 조명이 꺼지고 반주가 멈출 때까지, 아니 설령 멈추더라도 저 혼자라도 무대에 남아 노래를 부르고 싶었다. 시월에 뜨는 달은…….

정 사장은 웨이터가 가져다준 물 한 잔을 찔끔거리며 마시더니 그예 자리에서 일어나 출입문을 향해 걸어갔다. 애자는 마이크를 든 팔을 힘없이 내려뜨렸다. 왜 또 그렇게 다리는 후들거리는지. 애자는 노래를 끝내고 무대 옆, 분장실로 통하는 계단을 밟아 내려갔다. 금방이라도 계단을 구를 것만 같았다. 나무판자로 뚝딱뚝딱 만들어 놓은 간이 계단은 애자가 한 칸 한 칸 밟을 때마다 삐거덕 소리를 내며 그녀의 오금에서 남은 힘마저 걷어 갔다.

애자가 무대에서 내려오자마자 기다렸다는 듯 픽, 소리를 내며 조명이 꺼졌다. 미러볼이 꺼지고, 음향도 꺼지고, 색색으로 돌아가던 국부 조명도 꺼졌다. 덩달아 그 조명에 금분처럼 빛나던 미세한 먼지도 사라지고 무대에 어둠과 정적만이 검은 휘장처럼 드리워졌다.

애자는 가슴이 답답했다. 흘러내리지 않도록 치마끈을 너무 조여 맨 데다 살이 불어 입은 저고리가 끼는 탓에 숨 쉬기도 불편했다. 애자는 가슴에 동여맨 치마끈을 풀고 저고리의 고름도 풀어 젖힌 채 까닭 없는 웃음을 웃었다. 분장실 소파에 앉아 그렇게 예전에 웃었던 웃음을 또다시 실실 흘리고 있을 때 조금 전 정 사장에게 물을 가져다준 웨이터가 들어와 정중한 태도로 나가 달라고 했다.

애자는 분장실을 천천히 휘둘러보았다. 한껏 치장한 무대와 그 아래의 객석과는 다르게 조악하기 그지없었다. 객석과 분장실을 구분 짓는 벽은 그나마 벽지도 바르지 않아 베니어합판이 그대로 드러나 보였고, 대기 중인 가수들이 함부로 들이댄 담뱃불에 소파는 구멍이 숭숭 뚫려 있었다. 또 바닥에는 함부로 버린 꽁초와 휴지가 어지럽게 널려 있었고, 모서리가 닳은 탁자 한편에는 차례를 기다리는 동안 지루함을 달래기 위해 돌리는 화투장이 쑥색 모포 위에 널려 있었다. 애자는 문고리를 잡은 채 자신이 나가길 기다리고 있는 종업원에게 잠시만 비켜 달라고 했다. 옷을 갈아입어야 나가든 말든 할 게 아니냐고. 그 말에 웨이터는 문을 닫았지만 멀리 가지 않고 문밖에서 서성이는 기척을 느낄 수 있었다.

애자는 천천히 옷을 갈아입었다. 선녀의 날개옷 같은 옷이 이제 무슨 소용이 있을까. 그래, 어쩌면 그놈의 미끌미끌한 속옷만 있었더라도 일이 이렇게까지 잘못되지는 않았을 것이다. 그놈의 속옷. 어제 그놈의 속옷을 찾으려다 선화와 입씨름만 벌이고는 태식에게 싫은 소리까지 들었었다. 정작 억울한 사람은 애자인데 태식은 제 여자 편만 들었다. 각설이 주제에 얼굴에 분단장을 하고 눈 내리깔고 다니는 선화의 치마를 한 번 걷어 보거나 그녀의 가방만 열어 봤어도 속옷의 존재를 확인해 볼 수 있었을 텐데, 태식은 아예 말도 꺼내지 못하게 몰아붙여서는 애자를 공연히 사람이나 의심하는 여자로 내몰았다. 이 길거리 인생에도 남자 그늘 없는 여자는 섧다.

18

또 하루가 마감됐다. 클렌징크림을 듬뿍 덜어 내 얼굴에 벅벅 문지르면서 정도는 낮게 한숨을 내쉬었다. 얼굴에 그려 넣은 가선의 윤곽들이 손끝에서 뭉개지면서 한 피로한 사내의 얼굴이 드러났다. 모공이 숭숭 열리고, 쭈뻣쭈뻣 자라난 턱밑의 수염들도 어지간히 세월에 지쳤는지 절반 이상이 흰빛을 띠고 있었다. 오늘따라 유난히 몸이 무거웠다. 오십 넘도록 아직 길 위를 떠도는 육체는 웬만한 일에는 불평을 안 했지만 요사이 부쩍 힘이 부치곤 했다. 하지만 정도는 내색을 하지 않았다. 웬일인지 오늘따라 애자의 가위 장단도 힘이 없었다. 공연 내내 웃지도 않고 엉덩이를 흔들며 사람들에게 다가서지도 않았다. 건성으로 장단을 맞추고 앰프에서 테이프들을 갈아 끼우거나 엿만 깨고 있었다. 그럴 때는 모른 척하는 게 상수였다. 지금은 어디로 가 처박혀 있는지 코빼기도 보이지 않는다. 정도는 두리번거리며 애자를 찾았다. 앰프 뒤에도 없고, 수레 옆에도 없고,

발전기 뒤에도 그녀는 없다. 공연이 끝난 어수선한 풍경 속에서 유석이 탑차의 문을 활짝 열어 놓고 그 한쪽에서 콜라로 입 안을 가시고 있고 동현은 나무 상자를 열어 돈을 확인하고 있을 뿐이다.

「어때?」

낮에는 햇볕이 따뜻하다가도 저녁이 되면 제법 쌀쌀한 게 벌써 초가을의 한기가 느껴졌다. 정도는 벗어 놓은 웃옷을 어깨에 꿰며 굳은 표정으로 지폐를 세는 동현에게 다가갔다.

「고만고만해요.」

「아예 사람들이 안 모이네.」

「먹고살기도 힘든데 누가 엿 사 먹으려고 하겠소.」

「그래. 걱정이다. 어제는 좀 손님이 들더니 여기도 마찬가지네. 그나저나 이렇게 적자만 볼 수도 없고 어떻게 해야 되겠냐?」

정도는 페트병을 집어 들고 벌컥벌컥 물을 들이켰다. 물맛이 찝찔했다.

「어쩌겠소. 인력으로는 안 되는 일. 그렇다고 공연을 안 할 수도 없지 않소.」

「그러게 말이다.」

「걱정 마시오. 언젠가는 풀리겠지라.」

동현의 대답에 힘이 없었다.

「하늘도 무심하시지. 우리같이 성실하게 벌어먹고 사는 사람들, 복 받게 좀 해주시면 안 되나?」

그 말에 동현은 대답이 없었다. 다만 손 안에 들어 있는 몇 푼 안 되는 돈을 세어 보고 또 세어 보다 어두운 표정으로 탁탁 털어 호주머니 속으로 집어넣을 뿐. 그 표정에 대고 정도는 더 말을 붙일 수 없어 어물쩍 그의 앞을 떠났다.

클렌징크림의 유분기가 얼굴에 남아 간지러웠다. 예전에는 통 그런 일이 없었는데 요즘에는 화장품 부작용이 생겼는지 얼굴에 좁쌀 같은 돌기들이 솟아나며 심하게 가려웠다. 정도는 중지 끝으로 인중을 긁으며 무대에서 동동구루무 북을 집어 들어 탑차 안으로 옮겨 놓았다. 오북 옆에 떨어져 있는 북채를 줍고 가위와 장구를 탑차로 갖다 놓고 나서 바닥에 떨어져 있는 쓰레기들을 대충 주워 모았다.

크르르르 카악. 크르르르 카악. 석유를 입에 머금고 불을 향해 내쏘던 유석은 입 안이 개운치 않은지 줄곧 콜라를 입에 물고 있었다. 풀기 하나 없이 후줄근히 늘어진 홑겹의 한복을 입고 수건을 꼬아 이마에 조여 맨 녀석은 구겨진 얼굴로 앉아 있었다. 바보 분장이 일그러진 표정으로 인해 여기저기 어긋나 있었고, 콜라를 뱉어 낼 때마다 조금씩 턱밑으로 흘러내려 얼룩져 있었다. 그 때문이었을 것이다. 녀석의 얼굴이 희극 배우가 아닌, 희극 배우를 흉내 낸 비극 배우처럼 보인 것은.

조금 전까지 기막히게 불을 가지고 놀던 녀석이 아니었다. 고무신을 질질 끌며 불을 댕기고 불을 날리며 마치 제사장처럼 굴던 녀석의 모습은 어디에도 없었다. 한 손으로 불이 타오르는 막대를 돌리다 어느 순간 입으로 가져와 입에 머금은 석유를 날리면 불은 날름거리듯 사람들을 향해 뻗어 나갔다. 거친 불줄기에 사람들은 탄성을 질러 댔다. 그러다 어느 순간 녀석은 불 붙은 막대를 입에 물고 불을 먹어 버렸다. 녀석의 젊디 젊은 몸 어느 구석엔 그 같은 불이 살아 있으련만 녀석은 날름거리며 타오르는 불을 삼켜 버렸다. 사람들은 그때마다 아끼지 않고 녀석에게 박수를 쳐줬다. 속에서 타 들어갈 녀석의 혀를 상상하며. 잘못해 입술이 데고 혀가 얼얼해도 녀석은 태연한 표정으로 사람들을 향해 웃어 보였다.

녀석의 얼굴이 꺼칠해 보였다. 녀석도 이 생활이 편하지만은 않은 듯 갈수록 몸피가 줄어들고 있었다. 어깨는 내려앉고 말수는 적어졌으며 북소리 또한 힘이 없었다.

「어때 할 만하냐?」

정도는 유석에게 다가가 물었다.

「글쎄, 그렇죠, 뭐.」

녀석은 돌아보지도 않고 대답했다. 아직 가시지 않은 입 안의 불기운과 석유 냄새가 녀석을 힘들게 하는 모양이었다.

「그러지 말고 소주나 한잔 해라. 그럼, 칼칼한 거 잊을 거다.」

그래, 목 속의 이물감을 잊는 데는 술만큼 좋은 것이 없었다. 화상의 통증을 잊는 데도 좋고, 입 안에 남아 있는 냄새를 지우는 데도 독한 술만큼 좋은 게 없었다. 어디 그뿐일까. 추위를 이기는 데도 좋았고, 헛헛함을 이기는 데도 좋았고, 병들어 찾아온 신열이나 동통에도 술만큼 좋은 약이 없었으며, 자신의 초라함을 잊게 해주는 데도 술이 최고였다. 오랜 방랑 끝에 얻은 지혜라면 지혜였다. 시나브로 그 술이 자신의 육체를 좀먹고 정신을 흐릿하게 흩뜨려 놓아도 당장에 길 위의 삶을 위로해 주는 것은 그 술밖에 없었다. 술이 잠을 주고, 잃었던 삶을 다시 추슬러 세우고, 무대에 올라갈 흥을 안겨 주었다. 술이라면 어느 것도 다 좋았다. 정도는 오늘 저녁에도 술이 필요했다. 죽음과도 같은 잠을 자기 위해선 술이 필요했다. 매일 저녁 마시고 또 마셔도 그놈의 술은 어디로 가버리는지 몸은 늘 술을 요구했다.

정도는 차 안에서 소주를 찾아내 유석에게 건넸다. 상비약보다도 가까이 있는 게 술이었다.

「저…… 선생님, 얼핏 들었는데 전국 품바 각설이 대회가 있다던데 사실이에요?」

발 없는 말이 천 리를 간다더니 녀석도 어디서 그런 소리를 듣긴 들은 모양이었다.

「왜?」

「한번 나가 볼까 해서요.」

「나가서 뭐하게?」

「다른 사람들은 어떻게 하나 한번 보고 싶기도 하고, 또 내 실력은 어느 정도인지 검증받아 보고 싶기도 해서…….」

「쓸데없는 생각 말고 북이나 연습해.」

정도는 단호하게 유석의 말을 잘랐다. 서로 다른 신명과 흥타령을 가지고 등수를 매기겠다니 발상 자체가 잘못된 것이었다. 어디 그게 등수를 매긴다고 매겨지는 것이던가. 제 흥에 겨워 한바탕 놀다가 잘했다고 사람들의 박수를 받으면 그게 큰 상이지. 그럴듯한 부상 내걸고 심사위원 정해 눈치 보며 노는 마당이 진짜 각설이가 설 곳은 아니었다.

「거기 나가서 등수 안에 들면 또 다른 기회가 찾아올지도 모르잖아요.」

등 뒤에서 유석의 힘없는 소리가 들려왔다.

「무슨 기회?」

「모르죠.」

「딴생각 말고 북이나 연습해.」

「한번 나가 보고 싶어요. 경험도 쌓고 또…….」

「이놈아. 너는 자세가 글러 먹었다. 북소리가 좋다며 따라나선 놈이 이젠 다른 욕심이 생기더냐? 잊었냐? 너 처음에 올 때 그냥 북이 좋아 배우러 왔다고 그랬지? 한데 각설이 대회에 나가고 싶다고?」

정도는 버럭 소리를 질렀다. 그 소리에 다들 놀라 쳐다보았다.

「그래, 네 실력으로 등수 안에나 들 것 같으냐? 이 바닥에서 뼈 굵어진 사람 많다. 그 사람들 제치고 네가 들 줄 아느냐? 설령 든다고 치자. 그걸로 뭘 할 건데? 그거 팔아먹을래? 그럴 자신 있으면 나가라. 나가서 일등 하든 꼴등 하든 네 마음대로 해라.」

유석은 굳은 얼굴로 제 발등만 내려다보고 있었다.

「어째 생각하는 것이 그 모양이냐. 그래, 누가 심사한다던? 각설이 공연을 누가 그렇게 잘 알아 심사하고 등수 먹인다던. 이 바닥에서 수십 년을 늙어 온 사람들도 못하는 일을 누가 그렇게 잘한다던.」

어쩌면 그것은 유석에 대한 분노가 아니라 정도 자신에 대한 분노인지도 모른다. 자괴감 같은 거 말이다. 지금껏 자존심 잃지 않고 살아왔지만 이젠 버틸 수 있는 힘이 다했다는 것을 정도는 느꼈다. 하모니카를 불며 북 한 번 두드리고 나면 숨이 가빠 제대로 심호흡 한 번 하기도 힘이 드는 것이.

정도는 그랬다. 집이 갑갑해 뛰쳐나왔지만 이젠 그 감옥 같은 울타리 안으로 들어가고 싶기도 했다. 하지만 어떻게 들어갈 것인가. 너무 멀리 떨어져 나와 버린 것을. 새삼스럽게 나 돌아왔소, 하고 문을 열고 들어가면 맨발로 뛰어나와 맞아 줄 사람이 누가 있을까? 노모? 아이들? 이미 다른 사내의 품에 익숙해져 버린 아내? 만나면 서로 서먹할 뿐이었다. 그래, 애써 시선 둘 곳을 찾다 서둘러 돌아오는 곳이 이 길바닥 위였다. 길바닥 위에서 자는 옹색한 잠이 더 편하고, 길바닥 위에서 보내는 신산한 하루가 더 편하고, 길바닥 위에서 후다닥 말아 먹는 밥이 더 맛있었다. 정도는 유석에게 그런 말을 해줄 수 없었다. '이놈아, 네 뼛속에 그런 바람 따윈 들이지 말고 돌아갈 수 있을 때 돌아가라'고 말해 주고 싶었다. 아니, 어쩌면 녀석의 피 속에도 그런 바람이 이미 들어차 버렸는지도 모를 일이다. 우라질의 신명이 피톨들에 섞여 유석을 들뜨게 하는지도 모른다. 정도는 말 대신 유석의 손에서 소주병을 뺏어 들고 병나발을 불었다. 쿨쿨쿨 쿨. 목으로 넘어가는 소주의 알싸한 기운이 물처럼 밍밍했다.

도시의 밤은 쓸쓸했다. 초가을의 소슬한 바람이 옷깃을 헤집고 들어와 살갗에 소름들을 돋게 만들었다. 퇴근 무렵 꼬리를 물던 차량들은 이제 씽씽 내달리고, 사람 하나 없는 인도에는 가로등 불빛만 떨어져 있었다. 행사장 안도 손님이 없기는 마찬가지였다. 입점 업체 주인이나 종업원들은 하릴없이 앉아 가게를 지키고 있거나 졸고 있을 뿐이었다. 늦게 들어온 손님들 몇몇이 파장 분위기의 장터를 어슬렁거리고 있었다. 길 건너편 15층 아파트에서 새어 나오는 불빛이 따뜻해 보였다. 그 건물 중간쯤의 높이에서 누군가의 모습이 불빛에 어른거리다 사라지고 이내 베란다의 불이 꺼졌다.

이상한 일이었다. 불이 꺼진 것과 동시에 정도의 몸 여기저기가 쑤시고 아팠다. 몸통이 닳고 닳아 윤이 나는 북 위에 푸른 비닐을 덮어씌우고 돌아서는데 잠깐 어질증이 일었다. 갑자기 찾아온 그 어질 증처럼 가족들이 보고 싶었다. 예서 멀지 않은 곳에 가족들이 있는데 왜 가기가 두려운 것일까⋯⋯. 보고 나면 뼈 마디 마디 스며드는

회한을 견딜 수 없어서일까. 그들도 어쩌다 한 번씩은 아비를, 남편을 그리워할까?

정도는 휴대폰을 꺼내 들고 한참을 쳐다보다 도로 주머니 속에 집어넣었다. 아내를 불러 놓고 딱히 할 말이 없었다. 할 말이 궁색하기는 아내 역시 마찬가지일 터. 그저 지금까지 살아온 대로, 일부러라도 서로에 대해 무심하게 사는 편이 아내에게나 자신에게나 편한 일이었다.

19

　소도구들을 모두 정리하고 차로 돌아가려고 하는데 건장한 남자 두 명이 불쑥 동현의 앞에 나타났다. 짧은 머리에 어깨가 벌어진 남자들은 한눈에도 건달패임을 알 수 있었다. 동현은 잠깐 아득한 현기증을 느꼈다. 어쨌든 이들을 만나면 안 됐다. 동현은 몸을 틀어 그들을 비켜 가려 했지만 그들은 동현의 앞을 완고하게 가로막고 섰다. 동현은 이들을 알았다. 명식이 패들. 한때나마 몸담았던 주먹 세계의 떨거지들. 하지만 다 지난 옛날 일인데 어쩌자고 자기를 다시 찾아왔을까.

　「형님.」

　공처럼 둥근 얼굴을 지닌 사내가 먼저 동현을 불렀다. 이 사내의 왼쪽 눈썹 꼬리쯤에 가로로 지나간 칼자국이 흉터로 남아 있을 터였다. 운 좋게도 칼은 아슬아슬하게 눈을 비껴 지나갔지만 한동안 그 칼의 독 때문에 녀석은 눈이 퉁퉁 부어올라서는 두통을 호소했었다.

인철이었다. 그리고 인철의 옆에 서 있는 다른 한 사람은 처음 보는 얼굴이었다. 갓 스물을 넘겼을까 말까 한 얼굴에 키는 인철보다 더 크고 눈도 더 매서웠다.

「저, 인철입니다.」

「웬일들이냐.」

동현은 자신 없는 목소리로 알은체를 했다.

「오랜만입니다.」

「그래. 그간 잘 지냈냐?」

여기저기 휘둘러보는 양이 그냥 우연히 공연장을 기웃거리다가 동현을 발견한 품새는 아니었다. 만약에 그랬다면 한때의 정리를 생각해 마음 편하게 소주 한잔 기울이다 헤어지면 그만일 텐데 이들은 작정하고 자기를 찾아온 것이 분명했다. 예감이 그랬다.

동현은 마음 한구석이 울울하고 불안했다. 이들과 볼일은 이제 없었다. 이들이 자기를 찾아올 일은 더더욱 없었다. 동현이 제 발로 그 세계를 뜬 게 아니라 그들이 먼저 자기를 버렸지 않았는가. 형무소 생활을 마치고 나왔을 때 그들은 이미 자기를 배신한 뒤였다. 그리고 미련없이 그 세계를 떠났다. 아내와 철석같이 약속을 했고 지금은 마음이 편했다. 비록 일신의 운위야 곤고하지만 어찌 보면 이 삶도 꽤 살 만하지 않은가. 한곳에 얽매여 있지 않고 세상을 떠도는 게 꼭 싫지만은 않은 것이다.

「형님께 드릴 말씀이 있는데, 어디 가서 얘기 좀 하시죠.」

인철의 음성 속에서 적의는 찾아볼 수 없었다. 하지만 저음으로 무겁게 깔리는 그의 목소리는 어딘지 거역하기 힘든 구석이 있었다. 이들과 새삼스럽게 지난날을 들먹이며 해야 할 이야기 따위는 없을 것이다. 그동안의 안부나 묻고 세상 돌아가는 일이나 '씨팔'과 같은, 욕설을 안주처럼 섞어 가며 지껄이다 어정쩡 헤어지면 되는 것이다. 동현은 먼저 편하게 마음먹기로 했다. 벌써 7년도 넘은 일이다. 7년이 지난 지금, 이들과 다시 엮여야 할 일은 없는 것이다.

무대 옆, 엿판을 올려놓은 자그마한 수레 옆에 있던 아내가 놀란 눈빛으로 다가오고 있었다. 울상을 지은 채 쭈뼛거리며 다가오는 아내의 모습이 불안해 보였다. 아내 역시 이들을 한눈에 알아본 모양이었다. 왜 모르겠는가. 그들과의 결별을 눈물로 애원하던 그녀였는데. 동현은 아내에게 그들을 들킨 것이 못내 언짢았다. 이들을 보았으니 이제 저 여자의 하루하루는 편치 않을 터이다. 하찮은 일 하나에도 옛날의 기억들을 떠올리며 걱정을 하고 마음을 졸일 것이다.

동현은 아내의 불안한 시선으로부터 벗어나고 싶어 휙 몸을 돌려 걸었다.

「저리로 가자.」

동현이 가리키는 곳에 돼지가 통째로 꼬챙이에 꿰어져서는 장작불 위에서 돌아가고 있었다. 갈색으로 잘 구워진 돼지의 몸통 위에서 자글자글 기름이 끓고 있었고 불 위로 떨어지는 기름 때문에 지지직, 연기가 피어 오르고 있었다.

「여보.」

바짝 다가선 아내가 동현의 옷소매를 잡아끌었다.

「형수님, 오랜만입니다.」

그들은 깍듯이 허리를 굽혀 인사했다. 주먹을 바지 재봉선에 갖다 대고 절도 있게 허리를 굽혔다가 세웠다. 일순 그들을 훑어 내리는 아내의 눈꼬리에 원망이나 분노 같은 게 고였다.

「어디 가는 거예요.」

아내의 음성이 여느 때 같지 않게 생급스러웠다.

「걱정하지 마. 금방 갔다 올게. 멀리 안 가. 저기 있을 거야.」

동현은 아내의 손에서 팔을 빼며 말했다. 동현의 팔을 잡아끄는 아내의 손은 완강하고도 고집스러웠다.

「형수님, 걱정하지 마십시오. 저희들이 잘 모실 테니까.」

아내는 인철을 쏘아보았다. 동현이 서둘러 그의 등을 떠밀지 않았더라면 아내는 그의 멱살을 그러잡고 한바탕 소란을 피웠을지 모른다. 평소에는 그렇게 순하다가도 동현이나 아이들의 일에 관해서 만큼은 더없이 그악스러워지는 사람이 바로 아내였다. 아내는 단념하지 않고 얼굴을 일그러뜨린 채 잰걸음으로 따라오고 있었다. 동현이 멈춰 서 뒤를 돌아보면 무춤, 같이 멈춰 섰다가도 다시 걸음을 옮겨놓으면 아내 역시 동현과 같은 보폭과 속도로 따라왔다. 아내의 표정에는 어디든 따라가겠다는 완강한 고집이 느껴졌다.

「금방 갈 테니까 돌아가 있으래도!」

동현은 버럭 소리를 질렀다. 쩡, 하고, 동현의 뼛성에 찬 고성은 늦은 밤 고즈넉한 장터를 헤집고 불온하게 날아갔다. 그 소리에 지나가던 사람들 두어 명이 놀라 쳐다보다가 불안한 얼굴로 길의 방향을 바꿔 돌아갔다. 그 소리가 정도의 시선을 끌었던가. 정도가 오고 있었다. 이런 일에 사람이 꼬이면 좋을 일이 없었다. 되도록이면 조용히 끝내야 했다. 동현은 먼저 정도에게 다가가 말했다.

「형님, 제 집사람 좀 데려가십시오.」

「뭐냐?」

정도가 동현의 어깨 너머로 인철을 넘겨다보며 물었다.

「금방 돌아갈 테니까 걱정하지 마시고 집사람 좀 챙겨 주십시오.」

「안 따라가 봐도 되겠냐?」

「걱정 마십시오. 여기 있을 테니까.」

아무래도 미심쩍다는 듯 정도는 인철에게서 쉽게 눈을 떼지 못했다. 모자의 넓은 챙 아래에서 빛나는 정도의 시선이 연방 그들의 위아래를 훑어 내렸다.

「금방 갈게요.」

마지못한 듯 정도는 동현의 아내를 끌었다. 아내는 정도의 손끝에서 완강히 버티었다. 떼를 쓰는 아이처럼 금방이라도 울음을 터뜨릴 것 같은 얼굴로 정도의 손끝에서 고집스럽게 굴었고, 정도 역시 마음이 놓이지 않는지 자꾸만 뒤를 흘깃거렸다. 동현은 앞장서서 인철과 생경한 사내를 거느리고 걸어갔다.

가설 천막 안의 주점은 어딘지 산만하고 을씨년스러웠다. 울퉁불퉁한 바닥을 고르지 않고 그 위에 그냥 부직포를 깔아 놓아 걸을 때마다 자갈을 딛는 듯 불편하기 짝이 없었다. 이동에 쉬운 가벼운 플라스틱 탁자와 의자들을 잇대어 놓은 주점 안엔 두어 개의 탁자에만 손님이 들어 있을 뿐, 빈 탁자 때문에 내부가 휑해 보이기까지 했다. 더욱이 이동식 탁자와 의자의 가벼운 질감 때문에 실내는 더욱 안정감이 없어 보였고 어수선하게 천장에 늘어져 있는 전등들이 실내를 더욱 산만하게 보이게 만들었다.

「그래, 웬일들이냐.」

동현은 며칠째 장터에서 장사를 해온 탓에 얼굴이 익은 가설 천막 주점의 주인 남자에게 돼지 바비큐 한 접시와 막걸리를 주문하고 인철에게 물었다.

「그간 어떻게 지내셨어요? 형님이 하시던 자동차 인테리어 가게가 잘 안됐다는 소식은 애들한테 들었는데. 암튼 한 번도 찾아뵙지 못해 죄송합니다.」

그저 의례적인 말일 뿐인 그들의 인사치레에 동현은 답답함을 느꼈다. 불빛 아래 드러난 인철의 얼굴도 예전 같지 않은 것이 어쩔 수 없이 그도 나이가 들긴 든 모양이었다. 불과 7년 전만 해도 인철의 얼굴은 공기가 빵빵하게 주입된 공처럼 어디 한군데 죽은 데가 없었다. 하지만 인철의 옆에 앉아 있는 또 다른 사내가 예전 인철의 얼굴처럼 탱탱한 얼굴을 가지고 있었다. 가로로 죽 찢어진 눈, 살이 두둑이 오른 아늠에 묻혀 상대적으로 작아 보이는 코, 그리고 작고 얄브스름한 입술이 사내를 어딘지 모르게 교활하고 잔인하며 냉차게 보이게 만들었다. 동현은 인철보다는 그 사내가 더 불안하게 느껴졌다. 경계하는 눈빛, 말을 듣지 않으면 금방이라도 달려들어 숨통을 조일 것만 같은 저 투박하고 우악스러운 손, 가끔씩 자신을 훑고 지나가는 사내의 뱀 같은 눈길에 동현은 내심 진저리를 쳤다.

인철은 동현에게 막걸리를 한 사발 가득 부어 주고 나서 인상이 좋지 않은 사내의 잔에도 가득 채웠다. 쓰리 버튼의 검은 양복을 입고 구두코를 광나게 닦은 사내는 두 손으로 공손히 인철에게서 잔을 받았다.

「인사드려. 예전에 모셨던 형님이셔.」

인철의 말이 끝나자마자 눈빛이 매서운 사내는 자리에서 일어나 허리를 90도로 숙였다.

「이 친구 꽤 쓸 만한 친굽니다. 우리 바닥에서 얘 모르는 사람이 없습니다. 지난번에는 양술이 파하고 싸움이 붙었는데 이 친구가 병원까지 가서 입원해 있는 그쪽 똘마니들 처리하고 왔지 않습니까. 우리 바닥에서 이 친구 스탑니다. 다른 파들 보스들이 이 애만큼은 두려워하고 있죠. 최수만이라고, 형님도 기억해 두십시오.」

인철은 다시 동현에게 사내를 소개시켰다.

「그나저나 형님을 진작 찾아 뵈었어야 했는데 오늘에야 인사를 드리게 되었네요. 늦은 감은 있지만 그래도 만났으니 다행입니다. 아무튼 새로운 만남을 위하여!」

인철이 팔을 뻗어 잔을 눈높이로 치켜들더니 먼저 죽 들이켰다. 예전처럼 그는 달게 마셨다. 단숨에 잔을 비워 내고 나서 카, 하고 목에 남은 알싸한 기운을 소리 나게 울궈 내는 것도 잊지 않았다. 오래전 일이지만, 술이 넘어갈 때마다 쿨렁쿨렁 그의 목젖이 힘 있게 위아래로 움직이는 모양에 술 맛이 더 날 때가 있었다. 그때 그랬다. 동현은. 얀마, 너는 술을 소리로 마시느냐고. 어떻게 술 맛보다 네 소리가 더 맛있느냐고.

인철이 단숨에 비운 잔을 동현 앞에 내밀었다.

「천천히 마시자.」

동현은 미적거리며 인철이 내민 잔을 받아 들었다.

「그래도 제 잔은 받으셔야죠.」

인철은 그 잔에 가득 술을 따랐다. 아슬아슬하게 전두리에 걸려 있던 술이 출렁 넘치더니 동현의 손등을 타고 흘렀다. 술이 지나가는 자리가 마치 벌레가 꿈틀대며 지나가는 양 간지러웠다. 그 충열감을 참지 못하고 동현은 잔을 탁자에 내려놓은 채 힘차게 손을 뿌려 손목에 남아 있는 술을 털어 냈다. 맞은편에 앉아 말없이 술을 빨고만 있는 사내는 동현의 자잘한 움직임 하나와 말씨 하나도 놓치지 않겠다는 듯 동현의 일거수일투족을 지켜보고 있었다. 동현은 그 사내의 눈빛이 기분 나빴다. 동현은 그 사내의 쪼는 듯한 눈빛에서 벗어나기 위해 인철이 따라 준 술을 들이켰다.

「다들 잘 있냐?」

입 안에 남아 있던 술을 삼키고 나서 동현은 돼지 바비큐 한 조각을 집어 올리며 물었다. 불에 닿은 한쪽이 까맣게 탄 비계 조각은 입 안에서 짜그락거리며 씹힐 뿐 아무런 맛도 느낄 수 없었다.

「잘 있겠지라.」

마치 남의 말을 하듯 하는 인철의 대답에 그게 무슨 말이냐는 듯 동현은 눈으로 물었다.

「그게 이야기하자면 길어요.」

인철은 한참 동안 그간의 사정을 들려줬다. 부지런히 술과 안주를 축내며. 7년 전 동현이 죄를 뒤집어쓰고 교도소에서 가 있을 때 선배들을 배신하고 서열의 1인자에 오른 석만이 얼마 가지 못해 중간 보스 몇 명과 함께 교도소에 들어갔다는 사실과, 그 와중에 조직이 해체되어 뿔뿔이 흩어졌다는 것과, 아직도 감시 대상에 올라 있어 운신이 자유롭지 못하다는 사실들을 니기미, 니기미, 욕설과 함께 털어놓았다. 폭력과의 전쟁 운운하며 소탕 작전의 성과들이 연일 언론에 보도되고 폭력계 형사들이 의기양양해하던 그 시기에 이들이 있었던 모양이었다.

「예전 같으면 똘마니들은 숨 죽이며 선배들을 기다렸을 텐데 요즘 애들은 영 싹수가 없소. 그렇다고 배짱이 있나. 다들 저만 살겠다고 선배를 배신하거나 간신배처럼 지 이득 있는 데로 붙는 게 요즘 애들이오. 그래도 형님 있을 때가 좋았는데. 날이 갈수록 형님한테 빚진 느낌이오. 그러지 말았어야 했는데 명식이 파를 살리려면 어쩔 수 없었소. 그때 그들과 같이 행동하지 않았다면 아마도 그때 명식이 파는 깨졌을 거요. 지금에 와서 깨질 줄 알았다면 그냥 형님 밑에 남아 있을 것을. 후회해도 늦은 거 아니오.」
「한데 우연히 들른 거냐, 아니면 다른 일이 있어 들른 거냐?」
동현은 인철의 말을 중동에서 잘랐다.
「형님도 참. 우리가 그렇게 할 일 없는 사람들이오? 그냥 놀러 다니 게? 형님을 뵈러 왔소.」
「날 왜?」
돼지 비계를 씹다 말고 동현은 의아한 얼굴로 물었다.
「좋은 사업이 있는데 아무래도 형님의 도움이 필요해서.」
은근하고도 찰기 있는 눈빛으로 동현을 바라보는 인철의 눈빛에 공모자의 웃음이 엷게 감돌았다. 동현은 왠지 그 웃음이 꺼림칙했다. 어딘지 비열하면서도 잔인한 웃음이었다. 동현은 주머니를 뒤져 담배를 찾았다. 재빠르게 인철이 자신의 주머니에서 담배를 꺼내 동현의 입에 물려 주며 불까지 붙여 줬다. 둘레가 가는 담배였다. 동현이 별로 좋아하지 않는 담배였지만 그순간만큼은 아무런 담배도 좋았다. 라이터의 불꽃이 한껏 살아 있어 조금만 더 얼굴을 갖다 대면 그 불꽃에 눈썹이 탈 것만 같았다. 동현은 길게 한 모금을 들이켜고는 담배 연기와 함께 숨을 내뱉었다.
「무슨 사업을 나하고 하는데?」
「그게 말입니다. 지금 형님이 하고 있는 일하고 관계있는 일인데.」
「……」
동현은 눈으로 물었다.

「그게 말입니다.」

동현은 앞에 놓인 잔을 들어 단숨에 비워 냈다. 갑자기 거센 바람이 불어와 이 가설 천막이 훌러덩 날아가 버리거나 돼지 바비큐가 익고 있는 드럼통의 받침대가 뒤집혀 그 속의 불덩이들이 천막 안으로 덮쳐 왔으면 좋겠다고 동현은 생각했다. 그러면 이들은 혼비백산 일어날 테고 이들이 하고자 하는 이야기들도 피해 갈 수 있을 터였다. 하지만 그런 일은 결코 일어나지 않을 것이다. 그러니 마음을 다잡아 먹고 이들의 이야기를 듣는 수밖에 없었다.

「그러니까 연예 사업이라는 겁니다. 왜 요즘 연예 사업이 잘나가지 않습니까? 우리도 한번 해보자구요.」

「연예 사업이라니?」

「형님이 이끌고 있는 품바들 말입니다. 번듯하게 무슨 무슨 엔터테인먼트라고 이름 붙이고 공연 일정을 우리가 관리해 주는 겁니다. 그리고 수익을 배분하는 겁니다. 그들도 좋고 우리들도 좋지 않습니까.」

「관리라니, 무엇을 관리한단 말이냐?」

「왜 회갑연이나 대학 축제 때 보면 민요 가수나 품바 패들이 무대에 서고 그러잖습니까. 그리고 요즘에는 각 지방마다 수익 사업이다 뭐다 해서 축제들이 많잖아요. 그런 곳에 내보내는 거죠. 그리고 다음 공연 장소를 물색하고, 또 보내고. 더구나 요즘에는 개업하는 가게에서 행인들의 이목을 끌기 위해 각설이들을 불러 공연시키잖아요. 갈수록 수요가 많은 것이 이 직업입니다. 그러니 이들을 한꺼번에 끌고 다니지 말고 둘이나 셋으로 쪼개 하루에 세 곳 이상을 뛰게 만드는 겁니다. 그리고 우리는 그들의 수익 가운데 7이나 6을 관리비로 가져오는 거죠.」

「그런 거 없이도 지금까지 잘해 왔다.」

「그냥 주먹구구식으로 해왔으니까 이제부터라도 번듯하게 해봐야 지요.」

인철은 의자를 바짝 끌어당겨 앉으며 호기 있게 말했다.

「그게 어디 나 혼자 결정할 일이냐?」

「아무래도 형님이 이쪽 배우들을 잘 알고 있을 테니까 잘 물색만 해주시면 나머지 일은 우리가 다 알아서 할게요. 아니면 그냥 형 님이 이끌고 있는 이 사람들만 데리고 하든지.」

「글쎄, 난 생각 없다.」

동현은 잘라 말했다. 인철의 한쪽 눈썹이 움찔하는 것을 동현은 놓치지 않았다.

「그렇게 털어 버리기만 할 게 아니라 곰곰이 따져 보세요. 형님도 좋은 일이잖아요.」

인철의 음성이 조금 전 같지 않게 굳어 있었다.

「암튼 잘 생각해 보세요. 당장에 대답이 어려우시겠다면 며칠 생 각해 보시든지요.」

인철은 음성을 풀어 내며 예전에 좋았던 한 시절을 입에 담았다. 그때는 형님이 친형님보다 더 든든했다고. 형님 말이라면 목숨도 바 칠 각오가 돼 있었다고. 생각해 보니 그때가 제일 좋았다고.

「됐다. 그 말이라면 끝났다.」

동현은 불쑥 자리에서 일어났다. 그간 인철의 옆에서 말없이 술만 들이켜던 기분 나쁜 사내의 눈이 빠르게 동현을 훑고 지나갔다.

「형님. 그렇게 털어 버릴 일이 아니란 말입니다. 누이 좋고 매부 좋은 일이란 말입니다.」

「나 간다.」

동현은 거친 동작으로 탁자를 떠났다.

「암튼 모레, 다시 오겠습니다.」

그들은 어정쩡히 일어서더니 꾸벅 인사를 했다. 그러고는 천막 밖으로 사라졌다. 동현은 속이 거북했다. 계산을 치르고 동현은 무대가 있는 쪽으로 왔다. 무대 아래를 빙 둘러 쳐놓은 '팔도 유랑 각설이' 현수막이 바람에 팔랑거리며 주인 없는 무대를 지키고 있었다. 동현은 무대로 올라가 악기를 덮어씌운 비닐 천을 걷어 내고 손바닥으로 북을 쓸어내렸다. 만질 때마다 꼭 소리를 내는 것이 죽은 것이되, 한편으로는 살아 있는 생물이었다.

정도는 이 무대를 목숨보다 더 사랑했다. 이 무대 위에서 죽는 게 소원이라고 했다. 누가 알아주지는 않지만 이 무대가 있음으로 해서 지금까지 살아 있노라고 했다. 무대가 없었더라면 진작 제 목숨 제가 끊었을 거라고 했다. 한데 그런 정도에게서 이 무대를 뺏을 수는 없었다. 아니, 이 무대 위에서 꼭두각시가 되라고 할 수 없었다. 동현은 굳은 표정으로 무대를 내려왔다. 어둠 속에서 그의 손은 힘 있게 주먹을 만들고 있었다. 그때 문득 빛 한줄기가 동현을 사로잡더니 이내 동현의 위아래를 쓸어내리며 다시 사방을 비췄다.

「둘러보러 오셨어요? 걱정 마십시오. 저희들이 잘 지켜 드릴 테니.」

빛줄기 너머 어둠 속에서 들려온 음성은 주차 요원의 것이었다. 부러 어깨를 과장되게 치켜세운 그는 어울리지 않게 동현에게 살갑게 굴었다.

「장사는 어떻게 잘되시나요?」

그는 치렛말도 잊지 않았다. 빛줄기의 포박에서 풀려난 동현은 그에게 고맙다며 건성 인사를 건넸다. 하긴, 저들이라도 있으니 안심이다. 저 전지 등이 있는 한 이곳은 보호를 받을 테고, 무대가 안전한 이상 정도와 애자와 순미와 유석과 선화와 태식의 내일도 보장받을 수 있을 것이다. 처음으로 동현은 그들의 날개 밑으로 들어온 일이 다행스럽게 여겨졌다.

 사람들은 어제보다 많지 않았다. 첫날 빼곡히 이룬 그 겹겹의 원은 찾아볼 수 없었다. 호기심에 할 일도 마다하고 기웃대던 사람들은 며칠 동안 우려먹은 빤한 레퍼토리에 물렸는지 잠깐 흘깃대다 그냥 돌아서 버리고 그래도 할 일이 없는 사람들은 자리를 잡고 앉아 헤픈 웃음을 웃으며 시시덕거렸다. 하긴 이만한 구경거리가 또 어디 있으랴. 요즘 세상에 공짜 구경이 어디 있다던가. 어디를 가더라도 입장료나 관람료를 꼬박꼬박 지불해야 하는데 여기서야 사면 좋고 안 사도 그만인 것을.

 이제 이곳도 떠나야 할 때가 온 것이다. 새로운 사람들을 찾아 뚝딱뚝딱 짐 꾸려 다른 곳으로 가야 했다. 하긴 새로운 곳이 있었던가. 각설이패 따라 5년을 살았으니 안 간 곳이 없었다. 오라는 데는 없어도 가야 할 데는 많은 것이 또 각설이패였다. 가고 싶은 곳이 닿는 곳이고, 꾸린 짐 다시 풀어 놓는 곳이 새로운 곳이었다.

애자는 무대 옆에 세워 놓은 수레에서 엿판을 찾아 어깨에 맸다. 어깨가 뻐근하니 영 좋지 않았다. 기실 엿판의 무게야 가벼울 터이지만 어깨에 걸린 그 무게가 꼭 천 근이 되는 듯 자꾸만 몸이 가라앉았다. 끙. 애자는 이를 악물었다. 지금 나서지 않으면 그만큼 손해였다. 한 개에 이천 원. 오늘은 얼마나 팔릴지 모르지만 보아하니 썩 매기가 좋을 것 같지는 않았다. 옹기종기 무대 쪽으로 당겨 앉은 사람들은 하릴없이 노느니 눈요기나 한다는 표정들이었고, 주머니에 돈푼깨나 담고 다니는 사람들도 없어 보였다. 하지만 팔리든 팔리지 않든 자주 엿판을 매고 사람들 틈을 돌아야 얼마라도 그들의 호주머니에서 돈을 울궈 낼 수 있었다.

각설이가 깰각 자에 말씀설 자, 그러니까 말로 사람을 깨우치게 한다는 정도의 말에 사람들이 박수를 쳤다. 콧수염에 챙이 넓은 웨스턴 형 빨간 모자를 쓰고 박차가 달린 부츠를 신은 정도는 무대 아래에서와는 달리 근사해 보였다. 신열에 몸이 끓고 전날의 과음에 속이 울렁거려도 정도는 제가 설 무대만큼은 기필코 지켜 내는 사람이었다. 그것도 마지못해 오르는 게 아니라 공연하기 전에 동동구루무 북채와 연결된 줄을 살피고, 북 위에 붙여 놓은 심벌즈를 광나게 닦아 놓고, 하모니카에 혹시 고여 있을 침을 털어 내고 소리를 확인하는 것을 잊지 않았다. 늦게 끝나는 공연에 몸이 피곤할 만도 한데 술이 달린 빨간색 조끼와 바지를 정성 들여 세탁하고 다려 입는 일 또한 마다하지 않았다.

하지만 오늘은 왠지 그런 정도의 얼굴에 그늘이 보였다. 노래도 여느 때 같지 않게 힘이 없고, 웃고 있지만 눈가에는 어쩔 수 없이 서글픈 기색이 엿보였다. 벌써 몇 년째 같이 살아온 사람만이 눈치

챌 수 있는 그 미미한 변화에 애자는 은근히 정도가 걱정됐다. 하긴
정도뿐이랴. 애자 역시 오늘은 처음부터 맥이 풀려서는 도무지 신명
이 나지 않았다.

그사이에 정도는 어깨에 맨 동동구루무 북을 내려놓고 깡통을 집
어 들었다. 싫든 좋든, 몸이 아프든 안 아프든 공연은 그만둘 수 없었
다. 모자를 벗고 빨간 조끼 위에 누더기 한복을 껴입은 정도는 험험,
하고 낮게 목을 가다듬었다. 그러고는 사람들을 향해 씩 웃어 보였
다. 그의 유장한 품바 타령이 시작되려 하고 있었다.

애자는 정도의 품바 타령을 좋아했다. 가만 듣고 있노라면 가슴이
찡해지는 것이 종내는 코끝이 젖어들었다. 하긴 애자뿐일까. 정도의
품바 타령은 사람들을 한숨짓게 만들기도 했고, 가슴속에 바람을 품
은 사람들은 그의 가락에 맞춰 어깨춤을 추며 그와 함께하기도 했
다. 그랬다. 정도의 가락은 그가 만들어 내는 것이 아니라 그조차도
어쩔 수 없는 자신 안의 바람이 만들어 내는 소리였다.

정도는 몇 번 깡통을 툭툭 치며 소리를 확인했다. 징지징 징징. 건
드리는 대로 소리는 흘러나왔다. 애자는 엿판을 맨 채 그의 소리가
시작되기를 기다렸다.

어 허 어얼 얼씨구씨구 들어간다 작년에 왔던 각설이이 죽지도 않
고 또 왔네, 여름 바지 솜바지이이 겨울 바지는 홑바지, 당신 본께로
반갑소오 내 꼬라지 본께로 서럽소, 주머니가 비어서 서럽소오 곱창
이 비어서 서럽소, 일 자나 한 자나 들고나 보오소 일자리 없어서 굶
어 죽을 판, 이 자나 한 자나 들고나 보오소 이판사판 사까다지 판,
삼 자 한 자나 들고나 보오소 삼일빌딩 호화판, 사 자 한 자나 들고나
보오소 사짜기짜 잘살 판, 오 자 한 자나 들고나 보오소 오적들이 난

장판 육 자 한 자나 들고나 보오소 육두문자에 불날 판, 칠 자 한 자
나 들고나 보오소 칠전 몽둥이에 불이 날 판, 팔 자 한 자나 들고나
보오소 팔자타령이 절로 날 판, 구 자나 한 자나 들고나 보오소 구세
주가 와야 할 판, 십 자나 한 자나 들고나 보오소 십 원짜리 하나가
아쉬울 판, 밥은 바빠서 못 먹고 떡은 떫어서 못 먹소, 죽은 죽어도
못 먹고 술은 술이술이 잘 넘어간다, 어허이 품바가 잘도 헌다 어허
이 품바가 잘도 헌다, 품바 허고 잘도 헌다 품바 허고 잘도 헌다, 얼
씨구씨구 들어간다 절씨구씨구 들어간다, 얼씨구씨구 들어간다 절
씨구씨구 들어간다, 작년에 왔던 각설이가 죽지도 않고 또 왔고, 어
얼씨구씨구 들어간다 품바 허고 잘도 헌다…….

사람들은 정도의 가락에 가던 발걸음을 멈추고 모여들었다. 가락
에 파묻혀 가사들은 제대로 알아들을 수 없었지만 어떠랴, 저 가락이
사람들의 발목을 잡는 것을. 징지징 징징. 그의 유장한 소리에 곁들
여지는 깡통 두들기는 소리도 때론 청승맞다가도 이내 흥겨웠다.

이때다 싶게 애자는 엉덩이를 흔들며 사람들 틈새를 비집고 다니
면서 엿을 팔았다. 하지만 발걸음이 무겁기만 했다. 짓궂은 남자들
이 양 볼에 채송화 꽃 같은 작은 꽃을 그려 넣고 눈가를 빙 둘러 짙
은 검은색 아이 펜슬로 큼직하게 가짜 눈썹을 그려 넣은 애자에게
농을 던지며 그녀의 엉덩이를 슬쩍 더듬었지만 애자는 씽긋 웃으며
엉덩이를 뒤로 쭉 빼 흔들어 주며 그들의 손짓에 화답했다. 웃고 있
었지만 애자는 가슴 한구석이 시렸다. 진작 세상 것에 대한 미련을
버렸다지만 불현듯 도지는 삶의 쓸쓸함은 어떻게 다잡을 수 없었다.

정 사장. 그는 정말 자신을 사랑하기나 했을까. 베갯머리에서 얼
굴을 나란히 하고 사뭇 비장한 표정으로 다짐하던 그 수많은 약속들

을 온전히 다 지켜 줄 거라 생각할 만큼 순진하지는 않았지만 그래도 어느 부분은 진실이었을 거라고 생각했다. 한데 이젠 그것마저도 장담할 수 없다. 차라리 그를 다시 만나지 말았어야 했다. 한때의 열정으로, 한때의 기억으로, 그를 추억하며, 그때의 달콤했던 순간들을 회상하며, 그렇게 살아가야 했다. 한데 뭘 더 기대하고 그를 만났을까. 그에게서 받지 못한 돈에 대한 미련 때문이었을까. 분명 그것만은 아니었다. 돈도 돈이지만 그보다는 정 사장과 함께하고 싶었을 것이다. 더 늙어, 더 이상 새로운 사람을 만날 기대마저 없어졌을 때, 그때 그와 함께 늙어 가고 싶었다. 하지만 그런 기대 따위는 하지 말았어야 했다. 그는 자신을 좋아한 게 아니라 순전히 자신이 벌어들인 돈을 좋아했다. 사랑이 별거냐 싶다가도 문득문득 옆이 허전할 때면 애자는 어쩔 수 없이 포옥 한숨을 내쉬었다.

그래도 그때가 좋았다. 쏟아지는 조명 아래에서 목이 컬컬하도록 노래를 부르고 다음 업소로 이동하기 위해 무대에서 부리나케 내려오면 한 번만 만나 달라는 남자들이 업소 문밖에서 기다리며 자신을 여왕마마 대접하듯 했다. 고급 승용차를 대놓고 깍듯이 존댓말을 쓰며 명품 시계에, 옷에, 보석에 아깝다 하지 않고 선물을 보내와서는 자신들의 허영심을 채워 주길 바랐었는데, 이젠 누구 하나 설레는 눈짓 한 번 보내지 않는다. 이젠 정말 늙은 떠돌이 엿장수 여자일 뿐이다.

사람들 틈을 한 바퀴 돌고 온 애자는 엿판을 수레 위에 올려놓고 길게 숨을 내쉬었다. 여전히 엿판을 맨 어깨가 욱신거리며 아팠다. 그렇다고 사람들 보는 앞에서 팔을 이리저리 휘돌리며 굳어진 근육을 풀어 낼 수도 없었다. 한사코 웃는 얼굴을 하며 북장단에 어깨춤을 추거나 가위 장단을 맞추며 흥을 돋워야 했다. 애자는 가위를 집어 들었다. 찰캉찰캉. 길이 든 가위는 금세 애자의 손가락 사이에서 맑은 소리를 토해 냈다.

정도의 품바 타령은 오늘따라 구성지고 애달팠다. 순미는 아까부터 장구를 매만지고 있었고 선화는 다음에 이어질 노래의 테이프를 갈아 끼우느라 앰프에 바짝 붙어 서서 데크를 들여다보고 있었다. 이제 정도의 차례가 끝나면 기다렸다는 듯 선화는 테크노 메들리를 선보일 것이다. 앞뒤 솟은 혹을 흔들며 눈을 내리깔고 사람들 앞에서 자신의 기형을 무기 삼아 춤을 출 것이다. 그러고 나면 태식은 신이 들린 듯한 몸놀림으로 쌍장구를 추어 보일 것이고, 그 옆에서 선화와 순미는 시립한 선녀처럼 가위 장단을 두들겨 대고, 어깨춤을 추고, 숙련되지 못한 부채춤을 추어 보일 터이다.

품바 타령이 끝나자마자 정도는 오북의 북채를 쥐었다. 둥두둥둥 당. 선화가 장구를 치고 순미가 소고를 들고 빙글빙글 춤을 추었다. 애자 역시 들고 있던 가위를 힘껏 쨍강거렸다. 팔을 움직일 때마다 어깨의 근육이 잘려 나갈 듯 아팠지만 애자는 웃음을 잃지 않고 어깨춤을 추며 엉덩이를 씰룩거리며 춤을 췄다. 싸구려 나일론 노방 치마에 감춰져 있던 그녀의 탐스러운 엉덩이가 움직일 때마다 치맛자락이 이리저리 밀리면서 그녀의 실팍한 엉덩이의 곡선이 그대로 드러났다.

앞줄에 앉은 이 빠진 노인의 꾀적꾀적한 눈이 애자에게 따라붙었다. 세월에 졸아붙어 몸피가 좁고 자글자글 주름이 나 있는 노인의 얼굴은 추레해 보였다. 오래돼 색이 바랜 점퍼에 깡동한 진고동색 바지를 입은 노인은 씰룩씰룩 불거지는 애자의 엉덩이를 찰지게 쳐다보다가는 쩝, 하고 입맛을 다셨다. 하지만 노인에게서는 돈 한 푼 나오지 않을 것이다. 애자는 허리를 꼬며 노인에게 다가갔다. 그리고 투명한 플라스틱에 담긴 엿 한 개를 노인에게 내밀며 살짝 윙크를 했다. 노인이 다신 입맛이 엿보다는 자신의 엉덩이였다는 사실을 모르지는 않았지만 애자는 노인의 부실한 이에 찐득찐득 달라붙을 엿을 건네주고는 그냥 드리는 거예요, 대신 오래 사세요, 하며 넙죽 절을 했다. 엉겁결에 엿을 받아 든 노인의 얼굴에서 계면쩍은 웃음이 피어났다. 구겨진 종이처럼 웃음이 핀 얼굴에 주름들이 어지러웠다. 그 틈에도 테이프는 쉼 없이 돌아가고, 둥두둥 둥둥, 찰캉찰캉, 소리들이 뒤섞였다. 그래, 가위질을 오래 하다 보니 꼭 싫지만은 않다. 찰캉찰캉, 이어지는 리듬이 한풀이 소리처럼 구성지기도 하지 않은가. 인생이 별거더냐, 이러고 살다가 죽으면 그만인 것을. 그래도 최선을 다한 삶이었으니 여한은 없다.

찰캉찰캉. 애자의 아귀에 힘이 들어갔다. 미풍이 얼굴에 감기었다. 따듯하고도 부드럽게 얼굴을 어루만지고 지나가는 게 어느 남자의 손길보다도 더 감미롭다. 하루하루가 다르게 가을은 큰 보폭으로 다가오고 있었다. 가을이 오면 금세 겨울이 올 것이다. 겨울이 오면 봄이 오고, 봄이 오면 또 여름이 올 것이고, 그만큼 자신은 더 늙을 것이다. 애자는 생이 부질없게 느껴졌다.

그때 갑자기 앰프가 있는 쪽에서 우당탕 소리가 날아오더니 수레가 넘어지고 한 사람이 풍물 장터의 입구 쪽으로 잽싸게 달아났다. 진한 붉은 벽돌색 점퍼에 베이지 색 바지를 입은 남자였다. 그 사내를 쫓는 또 하나의 날랜 움직임이 앞을 가로막는 수레를 옆으로 밀쳐 냈고, 그 바람에 수레는 요란한 소리를 내며 무대 쪽으로 돌진해

왔다. 사람들이 웅성거리더니 이내 원이 흐트러졌고 두 사람이 사라진 곳을 향해 다들 목을 쭉 빼들고 바라보았다.

한 사람은 동현이었고, 앞서 달려간 사람은 누군지 알 수 없었다. 정도는 무언가 움직임이 심상치 않은 두 사람의 등을 쫓다가 수레가 달려드는 곳으로 펭귄 걸음으로 달려가서는 제법 기세 좋게 돌진해 오는 수레를 엉덩이로 막아 냈다. 수레가 엉덩이에 충돌할 때 정도는 엉덩이 한쪽을 쭉 내밀어 수레의 움직임을 막아 세웠다. 그러고는 호들갑스럽게 수레에 부딪힌 엉덩이를 어루만지며 절룩거린 채 과장된 표정을 지어 보였다. 하지만 사람들의 시선은 수상쩍은 몸짓으로 도망가고 쫓아가는 그들에게로 옮겨 가 있었다.

정도는 태식에게 눈짓을 했다. 태식은 동현이 사라진 곳으로 황급히 달려갔다. 찰캉찰캉, 애자는 쉼 없이 가위 장단을 쳐대며 사람들의 관심을 이끌어 내려 했지만 이미 사람들은 공연에 흥미를 잃은 채 새로운 구경거리에만 관심을 두고 있었다. 이쯤되면 공연은 물 건너갔다.

「어따, 공연한 사람 힘 팔려 죽겠네. 어디를 봐. 우리를 봐야지. 호주머니 조심하라 기껏 말해 놓고 우리가 소매치기 당했어. 아니 소매치기가 아니라 들치기다, 들치기. 인생은 그런 거 아니겠어? 지 죽을 줄 모르고 까불다가 지가 먼저 죽는 거. 그러니 다시 한 번 말하는데 호주머니 조심해.」

정도는 다시 북 앞으로 다가섰다. 그러고는 이내 숨을 고르더니 둥두둥 둥둥. 둥둥 두둥. 앞에 놓인 다섯 개의 북을 내리쳤다. 때로는 세게, 때로는 부드럽게, 때로는 손목의 힘을 빼고 채에 남아 있는 힘만으로 북의 진동을 살렸고, 때로는 손목에 짱짱히 힘을 실어 공명이 없는 퍽퍽한 소리를 냈다. 팔을 힘 있게 뿌리칠 때마다 북은 온몸으로 소리를 냈다. 어수선하게 흩어졌던 사람들의 시선이 하나 둘 되돌아오고 그 소리에 사람들은 다시 무대 앞으로 모여들었다.

애자는 흘깃 정도의 얼굴을 쳐다보았다. 입을 꾹 다문 채 다섯 개의 북을 내리치고 있는 그의 얼굴은 진지하게 굳어 있었다. 그랬다. 그는 저만의 의식을 행하고 있는 모양이었다. 타인들은 미처 알 수 없는 그 무엇. 그것이 무엇인지는 애자도 알 수 없다. 늘 그렇듯 정도는 이때까지의 익살스러운 몸짓과 표정을 지운 채 경건한 마음으로 소리를 내고 있는 것이다. 사람들은 그 소리에 이끌리는 것이다.

애자는 슬그머니 가위 장단을 멈추고 수레를 제자리로 밀고 왔다. 조금 전 정체 모를 사내와 동현이 황급히 빠져나간 자리에는 엿판이 넘어져 엿 조각들이 사방으로 나뒹굴고 있었고 앰프 옆에 있어야 할 돈 통이 보이지 않았다. 뚜껑이 달린 빨간 플라스틱 양동이는 늘 있던 자리에 없었다.

조금 전부터 그곳에서 얼쩡거리던 사내를 동현이 자꾸 객석으로 밀어내더니만 순식간에 당한 모양이었다. 하긴 일은 언제나 방심하고 있는 사이에 일어났다. 경계하고 의심하고 조심하는 동안에는 딱 시치미를 떼고 있다가, 순간 방심하고 있는 사이 발목을 거는 것이다.

얼마쯤 지났을까. 태식이 빨간 플라스틱 양동이를 들고 돌아왔다. 하지만 동현과 그 사내는 한동안 돌아오지 않았다. 삼십 분짜리 한 회 공연이 끝나고 한참 만에 돌아온 동현은 그 사내를 그냥 놓아줬다고 했다. 하긴 그 사내를 주차 요원들에게 데리고 갔다면 그 사내의 인생은 달라졌을지 모른다. 크고 작은 도둑이 끊이질 않는다며

늘 사나운 욕설을 입에 달고 살던 주차 요원들이 그를 고분고분 대할 리가 없기 때문이다. 그나저나 돈 통을 찾았기에 다행이다. 또 하루가 힘들 뻔했다.

21

　정도는 온몸이 물러지듯 아팠다. 건강만큼은 자신 있었는데 이젠 정말 나이를 먹긴 먹은 모양이었다. 하긴 오십 줄에 앉았으니 하루가 안녕하다고 어찌 말할 수 있겠는가. 마음마저 약해졌는지 언제부턴가 자꾸만 두고 온 집 생각이 간절했다. 늙어 돌아갈 수 있는 집을 가진 사람들은 그것만으로도 참 행복한 사람들이다. 등이 결려 돌아누우려는데 못으로 찌르는 듯한 통증이 찾아들었다. 정도는 저도 모르게 낮게 신음을 빼물었다.

　「이를 어째. 그렇게 아파요?」

　애자가 바투 다가앉으며 손바닥으로 정도의 이마를 짚었다. 이마에 손을 얹고 자신의 얼굴을 살피는 애자의 허물없는 태도에 정도는 적이 민망했다. 오래 함께 떠돈 터수에 새삼스럽게 내외할 일은 없었지만 그래도 어쩐지 애자의 손길은 난감하게만 느껴졌다.

　「어젯밤 내내 끙끙 앓았어요.」

애자가 근심스러운 얼굴로 자신을 내려다보았다. 설핏 잠이 든 것 같았는데 그 와중에 자신도 모르게 앓았던가. 애자의 눈가가 빨갛게 물들어 있는 것이 자신을 간호하느라 밤새 잠을 설친 모양이었다.

「고마워. 공연히 나 때문에 고생하네.」

「아우. 그런 소리 말아요.」

애자가 정색을 하며 손사래를 쳤다. 아래에서 올려다본 애자의 얼굴은 그냥 바라보았을 때하곤 뭔가 느낌이 달랐다. 얼굴이 더 동그랗고, 귀밑에 나 있는 흉터가 말할 때마다 움찔거리는 것이나 조그맣게 뚫려 있는 콧구멍이 그녀의 인상을 더 귀엽게 만들고 있었다.

「어떻게 죽 좀 쒀 드려요? 약 먹으려면 요기 좀 해야 되잖아요.」

「술 있어?」

정도는 술 한 잔이면 몸에 이는 동통을 이겨 낼 수 있을 것만 같았다. 아무리 힘들어도 술이 들어가면 가뿐해지는 게 이제껏 신산한 세월을 이렇게라도 살아올 수 있게 만든 건 술이었지 싶었다. 그랬다. 술이 약이라면 약이었다.

「안 돼요. 이 몸에 술은 무슨.」

마치 제 신랑에게 하듯 임의롭게 애자는 눈을 흘겼다.

「팔 좀 주물러 줘요?」

애자는 술 대신 정도의 팔을 잡아끌었다.

「됐어.」

「사양하지 말고 이렇게 해봐요.」

애자는 악력을 조절해 가며 팔을 주물렀다. 그녀의 손가락이 팔을 힘 있게 누르고 쥘 때마다 근육의 동통은 그런대로 시원하게 풀렸지만 뼛속에 남아 있는 그악스러운 아픔까지 덜어 주지는 못했다. 하지만 정도는 그런 애자가 고마웠다. 또 애자의 손길과 관심이 싫지 않았고 제 몸처럼 여겨 주는 것도 감사했다. 하지만 애자의 손이 스스럼없이 이마를 만지고 제 팔을 주무를 때는 정도도 어쩔 수 없이 쑥스러웠다. 여자의 곰살맞은 손에 간호를 받아 본 적이 없었기에 몸은 아프지만 이 무슨 호강인가 싶어 쑥스러웠던 것이다. 애자의 잔정에 정도는 저도 모르게 끌리고 있었다. 동료로서가 아니라 애틋한 한 여자로. 이 나이에 새삼스럽게 설레다니. 아프면 마음이 약해진다는데 아프기 때문에 그런지도 모른다며 정도는 자신의 내부에 이는 이상한 기운을 자꾸 부정하려 들었다.

애자의 어깨 너머로 보이는 방문에 희부연 빛이 엉겨 붙어 있었다. 그러고 보니 지금이 아침인지, 낮인지, 그도 아니면 오후인지, 새벽인지 분간할 수 없었다. 밖이 조용한 것을 보니 모두 일을 나간 것 같기도 하고, 아니면 깊은 잠에 빠져 있는 것 같기도 했다.

「시계 좀 줘봐.」

「왜요?」

「모두 일 나갔어?」

「그런 걱정 말고 어서 한숨 더 자요. 자는 동안 가서 죽이나 끓여 올 테니.」

「털고 일어나야지 언제까지 이불 속에서 뭉그적거리겠어.」

하지만 정도의 음성에는 자신감이 없었다. 몸이 마음먹는다고 고분고분 따라 주는 게 아님을 정도는 알았던 것이다. 더욱이 신열은 그렇다 치더라도 뼈가 물러질 듯한 동통은 저도 어찌해 볼 수 없을 만큼 정도를 담금질하고 있었다.

그때 불쑥 방문이 열리며 동현의 걱정스러운 얼굴이 나타났다.

「어때요?」

「어째 낫지를 않네요.」

「하긴 한두 해 혹사시킨 몸이 아니니 탈이 나도 단단히 날 수밖에.」

애자의 말에 동현이 속엣 말을 하듯 우물거렸다. 동현이 들어서자 발 냄새가 고약했다.

「왔냐? 미안하다. 나가 봐야 하는데. 이렇게 싸매고 누워 있어서.」

정도는 반쯤 몸을 일으키다 다시 누워 버렸다.

「별 소릴 다하요. 암튼 약만 자실 게 아니라 병원 가봐야 하는 거 아닌가?」

동현이 근심스러운 얼굴로 정도를 내려다보았다.

「병원은 무슨 병원. 이렇게 푹 앓다 낫겠지.」

정도는 동현에게 진심으로 미안했다. 요즘 같은 불황에 제 잇속 따지지 않고 패를 이끌고 다니는 동현이 안쓰럽기도 하고 한편으로는 그런 동현에게 민망하기도 했다. 저 때문에 발을 들여놓은 세상인데, 동현은 어느 틈에 저보다 더 많은 일을 하고, 오히려 자신의 울타리가 되어 주고 있었다.

「그나저나 형님도 이젠 정말 늙었는가 봐요. 지금까지 한 번도 자리보전하는 일이 없었는데. 세월 이길 장사 없다는 말이 딱 맞는 말이네.」

정도는 동현의 말에 힘없이 웃었다. 동현은 들고 온 비닐 봉투를 애자에게 내밀었다. 알이 작은 밀감이었다. 애자는 한 알 꺼내 껍질을 까더니 한 조각 입 안으로 밀어 넣었다.

「아우, 그새 맛이 들었네. 온상 밀감인 것 같은데 어쩜 이리 달까.」

애자는 또다시 한 조각을 입에 물더니 물이 말라 얼룩이 진 쟁반을 씻으러 화장실로 들어갔다.

「걔들은 왜 왔대?」

정도는 어두워지는 동현의 표정을 놓치지 않았다.

「누구 말이오?」

「명식이 파들 말이야.」

하지만 동현은 굳은 표정을 풀지 않은 채 화제를 돌리려 했다.

「그나저나 형님, 어머님 팔순이 언제라 하셨지요?」

「묻는 말에나 대답해.」

「그냥 지나다 들렀답디다.」

「꼭 그런 것 같지 않던데? 별일 없었냐?」

몸의 병이 음성의 결기마저도 앗아간 모양인지 정도의 음성에 힘이 없었다.

「별일은 무슨 별일이 있겠소? 걱정하지 마쇼.」

「어째 꼭 안 좋은 일이 일어날 것만 같다.」

「내가 어린애요? 걱정 말고 형님 어머님 팔순이 언제인지만 가르쳐 주쇼. 곧, 이라고 하지 않았나요? 암튼 다녀오셔야죠.」

정도는 대답하지 못했다. 다만 벽지가 낡아 연속 무늬가 희미하게 닳은 천장만 쳐다볼 뿐. 제대로 아들 노릇 한번 해보지 않고 살았는데 새삼스럽게 팔순이라고 찾아가서 뭘 할 것인가. 어색하게 앉아 있다가 눈길이 마주치면 황망히 비켜 내다 어정쩡하게 일어서서 나올 일, 차라리 지금까지 해오던 대로 불효 막급한 아들로 사는 게 더 편할 터였다. 그때 애자가 화장실에서 씻어 온 쟁반에 밀감을 담아 내왔다. 밀감의 노란빛이 유난히 먹음직스러워 보였다.

「어서 먹어 봐요.」

애자는 물기 뚝뚝 듣는 손으로 밀감 한 알을 집어 정도의 입속으로 밀어 넣어 줬다. 입속에서 으깨지는 밀감의 과육이 달콤하면서도 시큼했다. 정도는 부르르 진저리를 쳤다. 밀감 조각이 식도를 타고 내려가자마자 찌르르 통증이 느껴지는 것이 아픈 몸은 그마저도 받아들이기를 거부했다. 한 알을 떼어서 얼른 자신의 입에 넣고, 또 한 알을 집어 정도의 입에 갖다 대는 애자의 손길을 정도는 고개를 틀어 비켜 냈다.

「왜요?」

애자가 밀감을 우물거리며 물었다. 민망한 눈치였다.

「어째 속이 안 편하네.」

「이를 어째. 정말 되게 아플 모양이네. 아프다가도 잘 먹으면 금방 일어날 텐데. 못 먹으면 그게 더 큰 병인데.」

애자는 걱정스러운 눈빛으로 정도를 내려다보며 수선을 떨었다. 정도는 피곤했다. 심신의 지친 틈을 비집고 그놈의 잠은 왜 그리 무시로 찾아오는지.

동현은 무슨 말인가를 몇 마디 더하고는 자리에서 일어서 나가고 애자는 낡은 이불을 목까지 끌어다 덮어 주었다. 턱에 닿을 때 이불에 찌든 눅눅하고도 퀴퀴한 냄새가 정도의 콧속으로 밀려 들어왔다. 정도는 다시 까무룩 잠에 빠져들었다. 그 잠 속에 꿈은 없었다. 그 꿈이 없는 잠이 오히려 더 달고 편했다.

22

'제1회 전국 품바 각설이 대회'. 나무와 나무 사이에 걸려 있는 작은 플래카드가 바람에 뒤까불고 있었다. 바람이 불 때마다 그 플래카드는 바람을 팽팽히 안고 힘에 겨운지 푸릉푸릉 울어 댔다. 무대라야 모래사장에 궤짝 같은 상자를 몇 개 이어 붙이고, 그 위에 판자를 깔아 대충 부직포로 가려 놓은 볼품없는 것이었다. 그 흔한 애드벌룬 하나 떠 있지 않았고 화환이나 화분들도 눈에 띄지 않았다. 구릿빛으로 그을린 얼굴에 깡통이나 북채를 손에 쥔 사람들만 여기저기 산만하게 서 있을 뿐. 하긴 각설이들의 대회였으니 무엇 하나 번듯한 게 있을 리가 없었다. 또 그런 것들로 치장해 놓는다 해도 어울리지 않았을 터이다. 각설이들의 심심풀이 장난처럼 어수선하기 짝이 없는 그곳의 풍경을 목도하고 유석은 적이 실망스러웠다.

참가 번호 15번. 맨 마지막 번호였다. 신청 마감 날까지 마음을 잡지 못하고 있다가 부리나케 접수한 결과였다. 굳이 정도의 나무람 때문만은 아니었다. 이번 일을 계기로 아예 길바닥 인생으로 못을 박을까 봐 내심 저어됐기 때문이었다. 유석은 마음이 울울했다. 혹시 정도가 반대한 것도 그런 이유 때문이 아니었을까. 앞길이 구만 리 같은 놈이 그저 북소리가 좋다고 대뜸 길바닥으로 따라 나와서는 평생을 저처럼 바람으로 떠돌까 싶어 그토록 화를 낸 것일까? 그래, 밤무대라도 서면 떠돌이 신세는 면하지 않을까? 모기가 왕왕거리며 달려드는 노천에서 피 빨려 가며 바보짓 해대는 그런 각설이가 아니라, 용케 연예 기획자의 눈에라도 띄어 새로운 길을 걸을 수만 있다면 그날로 인생 역전인 것이다. 그러고 보니 오늘 이 자리에도 있을지 몰랐다. 새로운 재목감을 찾아 눈 번득거리며 한 명 한 명 유심히 보고 있을지 몰랐다. 정도의 북소리를 낼 수 없을 바에야 차라리 그렇게 된다면 좋은 일일 것이다. 바보 흉내야 2년 만에 나름대로 터득한 미립이 있으니 바보 연기하며 사는 일은 그리 어려운 일이 아닐 터이다. 유석은 마음이 바빴다.

이마에 천으로 꼰 새끼를 묶고 바지 한쪽을 걷어 마른 정강이를 내놓고, 짝이 맞지 않는 고무신을 신고 눈 한쪽을 일그러뜨린 채 유석은 다른 참가자들을 훔쳐보았다. 다들 고만고만했다. 일부러 색이 다른 천으로 군데군데 기운 옷을 입은 각설이도 있고, 익살스럽게 바지 한중앙, 샅 부근에 당근을 매달거나 자물쇠를 달아 흔들어 보이는 각설이도 있었다. 그들은 상대의 분장을 보고 시답잖은 농담을 주고받고 있었다. 무대 바깥쪽으로는 귀동냥해서 모여든 사람들이 삼삼오오 떼를 지어 서서는, 출연 번호표를 허리춤에 차고 연습에 열중인 각설이들을 바라보며 키들거렸다. 제 순번이 아닌 데도 어떤 각설이는 무대 뒤쪽에서 깡통을 두들기며 즉석 공연을 하고, 어떤

각설이는 다른 각설이의 타령에 맞춰 추임새를 넣거나 깡통을 두들
겨 주며 흥을 돋워 주었다. 얼씨구씨구 들어간다 절씨구씨구 들어간
다. 작년에 왔던 각설이가 죽지도 않고 또 왔네. 나란 놈이 이래 뵈
도 정승판서 자제로서 팔도 감사 마다하고 돈 한 푼에 팔려서 각설
이로 나섰네. 각설이라 역설이라 동설이를 짊어지고 지리구지리구
돌아왔네. 얼씨구씨구 들어간다 절씨구씨구 들어간다 얼씨구씨구
들어간다 들어간다…….

유석은 그들 패에 맘 편하게 섞일 수 없었다. 다들 타령에는 이골
이 난 듯 목청들이 걸걸한 게 능청스러웠으며 유장했다. 모난 얼굴
의 건장한 사내, 여자처럼 어깨가 민틋해 보이는 저고리 차림의 사
내, 늙수그레한 사내, 아니면 유석처럼 젊은 사내 누구이건 간에 그
들의 표정에는 한결같이 장난기만 있을 뿐 입상에 대한 긴장감 같은
것은 찾아볼 수 없었다. 그 한가로운 표정들과 태평해 보이는 저들
의 태도가 유석에게 까닭 모를 짜증을 안겨 주었다. 아무러면 대회
인데 장난으로 임해서는 안 되었다.

유석은 목이 말랐다. 무대 바깥쪽에서 와하하하 사람들의 폭소가
쏟아지고 사설을 늘어놓고 있는 작달막한 체구의 각설이는 제법 신
명이 나 있었다.

「세상에서 제일 멍청한 사람들이 거지들이 하는 말을 듣고 화내는
사람들이여. 세상에 화낼 말이 있제. 어떻게 거지 말을 듣고 화를
내냐. 만약 거지 말을 듣고 화를 내는 사람이 있다면 그 사람들은
평생 거지로 살 거야. 그러니 내가 뭐라 해도 화내지 마라. 화낼 거
면 아예 지금 자리를 떠나. 아따메 저 아짐씨 몸이 푸짐한 게 돈 좀
있어 뵈네. 지금 먹고 있는 것이 뭐여? 뭐라고? 아따 그런 말은 좀

가만가만 해야제. 그렇게 남 다 듣게 하면 어쩐디야? 남세스럽게. 암튼 혼자만 다 먹지 말고 여기저기 좀 노나줘 봐. 그럼 내가 저녁 때 천당 보내 줄게. 서방 재워 놓고 살그머니 날 불러. 서방 재울 때는 거 머시기냐, 그러니까 잠자는 약, 그 약 아끼지 말고 좀 푸짐히 먹여 재우고.」

사람들은 또 웃었다. 어디선가 한두 번쯤 들어 봤으련만 사람들은 참지 않고 인심 좋게 웃어 주었다. 사내가 요란스럽게 깡통을 두들기며 허리를 굽히고는 무대를 내려가고 다음 각설이가 잔망스러운 태도로 무대를 올라가고 있었다. 생김새도 꼭 손오공이었다. 납작하고 뭉툭한 코에 어깨를 구부리고 폴짝폴짝 뛰는 모양새하며, 음색도 외모를 닮는다고 하더니 그 또한 경망스러웠다.

뒤를 이어 여장을 한 각설이가 올라가 가위 장단을 쳐대며 영락없는 시골 가시나처럼 굴었다. 양쪽으로 묶은 머리에 빨간 리본을 달고 흐흥, 하고 비음을 섞어 가며 한들한들 허리 흔들면서 기가 막히게 노래를 불러 댔다. 진달래 색 저고리에 무릎에서 찰랑대는 노란 색 치마를 입고 빙글 허리 꼬며 도는 품새가 길바닥에서 한두 해 익힌 솜씨가 아니었다.

이제 조금 있으면 유석이 나갈 차례였다. 가서 무엇이든 해야 했다. 자신의 순서가 다가올수록 유석은 목이 탔다. 바닷가 어느 작은 마을에서 열리는 품바 각설이 대회장에는 마른 목을 축일 수 있는 식수대 하나 없었다. 이곳엔 말과 웃음만 푸졌다. 한 번 난 갈증은 잦아들지 않고 갈수록 그악스럽게 유석을 괴롭혔다. 나무토막처럼 혀가 굳어 가고 있었다.

무대에서 마지막 참가 번호 15번을 부르고 있었다. 유석은 깡통을 챙겨 들고 무대로 나갔다. 올라가다가 부러 발을 접질려 넘어지면서 절룩거리고는 금세 코를 씰룩거리며 콧구멍 한쪽을 막은 채 코 푸는 흉내를 냈다. 그러고는 사람들을 보고 헤 웃었다.

「나 말이여, 지금 몹시 목말라 죽겠는데 누가 물 있으면 물 좀 줘. 물 인심이 좋은 곳이 또 우리나라 아니여? 설마 없다고 안 주지는 않겠제. 아무 물이라도 좋아. 거지가 깨끗한 물, 더러운 물 찾겠어? 그냥 마실 물이면 돼.」

누가 무대 바로 밑에서 마시다 만 물병을 건네주었다.

「설마 이 안에 침은 안 뱉었겠제? 얼굴 보아하니 맘씨는 좋아 뵈는구먼.」

「침만 뱉었겠어? 양념으로 오줌도 누었제.」

유석의 말을 받아 밑에서 걸걸한 소리가 날아왔다.

「하긴 오줌도 약이 된다더구먼. 각설이 주제에 약은 못 사 먹으니 이거라도 마셔야제. 뭐가 몸에 약이 될지 알아?」

유석은 벌컥벌컥 물을 들이켰다. 갈증에 물은 더없이 달았다. 마시면서 유석은 생각했다. 다들 웃기는 소리들을 했으니 자신은 우는 소리 좀 해야겠다고. 물병에 든 물을 단숨에 비워 낸 유석은 손등으로 쓱 입가를 훔쳐 냈다. 그러고는 털썩 자리에 주저앉아 감정을 잡았다. 입을 가로로 죽 찢어 아랫입술을 내밀고 손바닥으로 무대 바닥을 치며 금세 훌쩍였다.

어매 어매 우리 어매 뭣 할라고 날 낳았던가. 낳을라 거든 잘 낳거나 못 낳으려면 못 낳거나 살자니 고생이요, 죽자 하니 청춘이라 어매 어매 우리 어매 뭣 할라고 날 낳았던가. 임아 임아 우리 임아 소갈머리 없는 임아 겉이 타야 임이 알제 속만 타면 누가 아냐 어떤 친구 팔자 좋아 장가 한 번 잘도 가는데 몹쓸 놈아 요놈 팔자야 어매 어매 우리 어매 뭣 할라고 날 낳았던가. 어매 어매 우리 어매 뭣 할라고 날 낳았던가 요놈 신세 말이 아니네 7년 사귀었던 애인 떠나가고 이쁜 여자 모두 남 차지네 어매 어매 어쩔거나…….

낄낄대며 웃는 사람도 있었고, 유석의 청승에 입을 다문 사람도 있었다. 일등 상금 이백만 원. 하지만 유석은 알았다. 자신은 등수에 들지도 못할 거라는 사실을. 정도의 말이 맞았다. 자신보다 앞서 무대에서 내려온 열네 명의 각설이들은 다들 한이 많고 타령이 유장했다. 어매 어매 우리 어매 뭣 할라고 날 낳았던가……. 정말 노래 가사가 기막히다. 어찌 이리 저를 두고 하는 말들인지.

자신도 모르게 유석은 노래 속으로 깊숙이 빠져들었다. 억지 연기가 아닌, 마치 저를 노래하듯. 문득 사람들을 바라보니 몇몇 얼굴에 웃음이 가시고 그늘이 번져 가고 있었다. 그때 왜 순미가 생각났을까. 그날 밤 순미를 안는데 순미가 아닌, 한 마리 새를 안는 듯했다. 작은 몸뚱이에서 전해져 오던 그 떨림이 언젠가 손에 쥐고 쓰다듬던 새의 몸통을 떠올리게 했다. 그때 유석은 그랬다. 쥐고 있던 새를 후다닥 날아가도록 놓아주지도, 그렇다고 계속 쥐고 있지도 못하고 한참 동안 난감해했었다.

순미는 그 여린 몸뚱이로 자신을 받아 내면서 새로운 집을 짓기 시작했다. 안온하고도 튼실한 집. 순미는 그 집에서 오랫동안 살고 싶어 했는데 정작 자신은 순미의 몸 안에서 길을 잃어버렸다.

23

　쿵쿵쿵. 누군가 문을 두들겼다. 잠결에 그 소리를 흘려들었는데 어깨를 잡아 흔드는 아내의 손길에 동현은 가느다랗게 눈을 떴다. 아내의 어깨 너머로 보이는 창문에 어슴푸레한 박명이 엉겨 붙어 있었다.

「자냐?」

　방문 너머에서 날아오는 소리는 정도의 것이었다. 그의 소리가 여느 때 같지 않게 다급했다. 더욱이 이른 새벽에 곤한 잠을 자는 정도가 아니던가. 한데 그 새벽에 문을 두드리다니.

「지금 몇 시야?」

　동현은 잠에 겨운 눈으로 아내를 돌아보며 물었다. 잠은 소리가 빠져나오는 후두에도 걸려 있었는지, 그 잠에 걸려 음성이 갈라지며 이상한 소리를 냈다. 아내가 머리맡에서 휴대폰을 찾아 들고 시간을 확인했다.

「다섯 시예요.」

「이 시간에 웬일이야?」

동현은 문밖의 정도에게 들리지 않도록 작은 소리로 말했다.

「자냐?」

또다시 넘어오는 정도의 음성이 어딘지 불안하게 느껴졌다.

「일어났어요. 형님. 무슨 일이세요?」

「좀 나와 봐라.」

정도의 채근에 아내는 서둘러 옷을 갖춰 입고 무릎걸음으로 걸어가 방문을 열었다. 열린 문 너머로 아직 어둠을 품고 있는 복도의 정적이 도사리고 있었다. 문이 열렸지만 정도는 방 안으로 들어오지 않고 동현을 불러냈다.

「무슨 일이에요?」

아내가 다듬어지지 않은 음성으로 물었지만 정도는 대답을 얼버무렸다. 동현은 느릿느릿 옷을 주워 입고 아내의 근심 어린 시선을 뒤에 매단 채 방을 나왔다.

「대체 무슨 일인데 그래요?」

「큰일 났다.」

「큰일이라뇨?」

「불이 났다.」

동현은 무춤 그 자리에 멈춰 섰지만 정도는 벌써 뛰듯 계단을 내려갔다. 불이라니. 구체적으로 어디에 불이 났는지 일러 주지 않았지만 동현은 직감으로 알았다. 불이 날 곳은 뻔하지 않은가. 새벽녘, 정도가 황망히 자신을 불러낼 때는 그만한 이유가 있는 것이다. 동현은 심호흡을 했다. 기어이 그들이 일을 저질렀구나. 며칠 전 찾아온 녀석들의 짓임을 동현은 직감했다. 이것은 시작에 불과했다. 그들은 동현이 고분고분 말을 들을 때까지 괴롭힐 터이다. 하지만 예서 다시 발을 담글 수는 없었다. 이제 지천명을 바라보는 나이에 무슨 욕심이 있다고 그들과 한 패거리가 되어 위태롭게 세상을 살아가겠는가. 뒤늦게 깨달은 생에 대한 알량한 각성이 아니라 시나브로 빠져나가는 육체의 에너지 때문에라도 그들과 함께 껴묻어 생활할 수는 없었다. 이젠 저도 늙은 것이다. 몸은 예전 같지 않고 주먹은 강단지게 쥐어지지 않았다. 어디 몸만 늙었을까. 마음까지 헐거워진 것을.

어떻게 갔는지 모르게 무대가 있는 곳으로 달려가 보니, 어제까지도 멀쩡하던 것들이 모두 시꺼멓게 재로 변해서는 흰 연기만 피워 내고 있었다. 조명 기구들과 스피커, 무대마저 온전한 것은 하나도 없었다. 동현은 맥이 풀려 버렸다. 강다짐을 하면서 달려 왔지만 눈앞에 드러난 광경에 동현도 어쩔 수 없었다. 언제 왔는지 이곳의 야간 경비를 맡고 있는 어깨 넓은 사내들이 머리를 조아렸다.

「죄송하게 됐습니다. 전기 합선인 것 같은데 순식간에 일어난 일이라 어떻게 손을 써볼 수도 없었습니다.」

전기 합선이라니. 그들은 아마도 첫날 무대 장치를 위해 조명 기구들을 손보다가 전기 감전으로 조명 탑에서 떨어진 태식을 떠올리며 그런 식으로 단정 짓는 모양이었다. 머리를 조아리고는 있었지만 그 말속에 숨겨져 있는 그들의 은근한 협박을 동현은 놓치지 않았다. 자기들은 아무런 잘못이 없으므로 그냥 조용히 일을 끝내라는 압력과, 애초 계약할 때 불이 나는 것까지는 책임지지 않는다고 했으니 그리 알라는 무언의 협박이었다.

　동현은 타다 만 북을 손으로 어루만졌다. 숨이 끊긴 동물처럼 북은 소리 한 번 내지 못하고 그렇게 동현의 손끝에서 부스러져 갔다.

「그놈들이지. 그놈들이 한 짓이 맞지?」

　불에 반쯤 타다 만 무대와 악기들을 살펴보고 있던 정도가 이를 문 소리를 냈다. 그런다고 어떻게 하겠는가. 가서 그들과 멱살잡이라도 하며 싸우겠다는 말인가. 더구나 그들이 어떤 위인들인데.

「그놈들 짓이지?」

　정도가 씩씩거리며 다시 물었다. 그의 음성에서 부룩송아지처럼 거친 콧바람이 새어 나왔다. 동현은 불난 자리를 천천히 돌아보았다. 행여 불길이 닿지 않아 성한 모양으로 남아 있는 게 있나 꼼꼼히 둘러보았지만 대부분 시꺼멓게 그을려 있었고, 그나마 낫다는 것은 어느 한쪽이 타다 만 것들이었다. 평소에는 공연이 끝나면 꼬박꼬박 탑차 안에 보관하던 동동구루무 북을 그날따라 차 안으로 옮겨 놓지 않았는지 동동구루무 북 역시 시커멓게 그을린 채 다른 재와 함께 나뒹굴고 있었다.

　동동구루무 북의 잔해를 붙들고 있는 정도의 얼굴이 참혹하게 일그러져 있었다. 평소 제 자식보다도 더 끔찍이 아끼던 물건이었으니 그가 받았을 충격이야 짐작이 되고도 남았다. 더구나 그 물건이 어디 흔한 물건이던가. 지금은 은퇴한 노 선배에게서 물려받은 악기라 더 의미가 있었고, 그거 하나로 반평생을 늙어 왔으니 정도 인생의 증거물이기도 할 텐데, 하룻밤 사이에 저를 두고 혼자만 가버렸으니 허탈하기도 할 것이다.

「그나저나 여기만 탔으니 다행이지 만약 이 불이 다른 점포로 옮겨 갔더라면 어쩔 뻔했는지, 지금 생각해도 아찔하단 말이오.」

말쑥하게 차려입었던 정장과 팔에 둘렀던 완장은 어디에 벗어 두었는지 흰색 트레이닝 복 차림의 사내는 마뜩찮은 얼굴로 현장을 둘러보았다.

「무슨 소리를 하는 거요? 지켜 달라고 당신들한테 돈을 준 거 아니요. 이제 이걸 어쩔 거요.」

정도가 불쑥 달려와 사내의 얼굴을 향해 주먹을 날렸다. 너무 순식간의 일이라 미처 말릴 새도 없었다. 사내는 정도의 공격을 피하지도 못하고 그대로 얼굴을 맞아 뒤로 나가떨어졌다. 하필이면 사내는 불을 끄느라 쏟아 부은 물이 재와 함께 괴어 있는 웅덩이에 빠졌고 정도는 그사이에 다가가 사내의 복부를 향해 발길을 날리고 있었다.

「형님!」

동현이 재빠르게 몸을 날려 정도를 막았다. 사내 역시 주먹 패로 건들면 좋을 일이 없었기 때문이었다. 동현을 뿌리치는 정도의 힘이 여느 때 같지 않게 셌다. 물과 재로 등과 엉덩이가 흠뻑 젖은 사내가 잔뜩 얼굴을 일그러뜨리고는 침을 뱉어 내며 일어났다.

「니미 씨팔!」

정도가 동현에게 잡혀 바둥거릴 동안 사내는 욕설을 입에 물며 다가왔다. 그러고는 주먹을 날렸다. 픽. 정도의 배를 가격한 그 주먹의 충격이 그대로 동현에게까지 전달되었다. 정도가 배를 움켜쥐며 고꾸라지고 동현 또한 뒤로 나동그라졌다.

「이 새끼가 겁도 없이 어디다 대고.」

이어 사내는 틈을 주지 않고 발로 정도의 허벅지를 내갈겼다. 이번에는 동현이 사내를 향해 몸을 날렸다. 하지만 사내의 몸에 닿기도 전에 동현은 사내의 손에 팔이 꺾여 낮게 비명을 질렀다. 팔에 걸리는 사내의 힘이 만만치 않았다. 버둥거릴수록 사내는 꺾어 쥔 팔에 힘을 주어 죄었다. 그사이 숨을 고른 정도가 몸을 일으켜 사내를 향해 달려들었다. 정도의 몸짓을 읽은 사내는 동현을 멀리 밀쳐 내고, 달려드는 정도를 향해 다시 주먹을 날렸다. 정도의 얼굴에서 코피가 튀며 고개가 옆으로 돌아갔다. 동현은 몸을 추슬러 넘어지는 정도를 부축했다. 정도의 얼굴이 그새 피 칠갑이 되어 있었다. 사내는 퉤, 하고 침을 뱉어 내며 다음에 이어질 공격에 대비해 팔과 목의 근육을 풀어 내고 있었다.

언제 왔는지 몰려든 사람들이 눈을 동그랗게 뜬 채 불에 탄 공연 도구들과 한데 뒤엉켜 싸우고 있는 그들을 바라보며 수군댔다. 그들 가운데 태식과 아내의 얼굴도 보였다. 아내는 울먹이며 두 손으로 입을 막은 채 발을 동동 구르고 있었다. 삐뽀삐뽀. 경광 등의 번쩍거림이 사내의 얼굴에 번졌다. 경찰차에서 제복의 남자들이 내리고, 사내는 위협적으로 정도를 향해 헛주먹을 날려 보냈다. 정도는 입으로 흘러드는 피를 뱉어 내며 사내를 향해 욕설을 날렸다. 사내의 건장한 체구와 주먹에 비해 상대적으로 정도는 늙고 추레해 보였다.

경찰차에 올라타면서도 사내는 고분고분하지 않았다.

24

사람들은 아무 말 없이 술만 빨았다. 안주도 없이 자신의 잔에 술을 치고 달빡 한입에 털어 넣었다. 금세 술 세 병이 바닥났다. 사내의 주먹에 빗맞은 정도의 코가 기이하게 부풀어 올라 있고, 가끔씩 술을 들이켤 때마다 그 코가 방해가 되는 듯 정도는 희미하게 미간을 찌푸렸다. 코뼈가 부러지지 않은 것만도 다행이었다. 정도의 옆에서 굳은 얼굴로 앉아 있던 동현이 부지런히 술을 비워 내고 있었고, 맞은편에 앉은 태식은 잊을 만하면 한 번씩 술을 홀짝거렸다. 아무런 표정이 없는 태식의 기름한 얼굴이 정도와 동현의 얼굴에 비해 한없이 게을러 보였다. 경찰들은 아까의 소란을 이런 난장에서는 흔히 볼 수 있는 싸움 정도로만 치부했다. 불이야 누전에 의한 것이고 인명 피해는 없으므로 그냥 그대로 별문제 없이 넘어가려 했다. 다른 일이 산적해 있는데 쉽게 처리할 수 있는 일들을 공연히 머리 아프게 오래 끌고 싶지 않기 때문이었다.

　동현의 아내는 울어 퉁퉁 부은 눈으로 선화와 순미가 앉아 있는 한쪽 구석에 멍하니 앉아 가끔씩 한숨을 내쉬며 거푸 잔을 비워 내는 동현을 훔쳐보았다. 화장기 하나 없는 그녀의 얼굴에 아직도 눈물이 어룽거렸다.

　애자는 조금 전 정도가 사 들고 온 비닐 봉투에서 소주 한 병과 포장을 뜯지 않은 오징어를 꺼내 들고 그녀들 곁으로 다가갔다.

「심란한데 까짓것 우리도 한 잔씩 해요.」

　애자가 병뚜껑을 따는 사이 선화가 종이컵을 들고 와 하나씩 나누어 주었다. 애자가 맨 먼저 동현의 아내에게 술을 내밀자 그녀는 사양하지 않고 냉큼 빈 잔을 들이밀었다.

「그래요. 이왕 이렇게 된 거 운다고 해결되는 거 없잖아요. 다시 일어서려면 마음 독하게 먹어야지.」

　애자는 잔에 넘치도록 술을 따랐다. 동현의 아내는 남실거리는 잔을 대뜸 입으로 가져가더니 미간을 찌푸리며 한입에 넘겼다. 그러고는 부르르 몸을 떨었다. 술만큼은 한사코 사양하던 동현의 아내가 오히려 자신의 손으로 병을 끌어당겨 빈 잔에 술을 치고 마셨다.

「이제 어쩔 거요?」

　태식이 동현을 향해 물었다.

「뭘 어떡해? 다시 시작해야지.」

　대답한 쪽은 동현이 아니라 정도였다.

「뭐로?」

「언제는 뭐 가지고 시작했나. 처음부터 다시 시작해야지.」

　정도가 노려보듯 술잔을 바라보며 대답했다. 그들의 대화를 듣는지 마는지 동현은 아무런 대꾸도 없이 입을 꾹 다물고서는 연방 술잔만 비워 냈다. 사내들과 엉켜 뒹굴 때 묻은 얼룩들이 동현의 옷 여기저기에 희끗희끗하게 남아 있었고 등 쪽에는 제법 선명하게 발자국이 나 있었다.

「글쎄…….」

자신 없는 음성으로 말을 흐린 사람은 태식이었다. 북이며, 스피커며, 조명 기구들을 다시 장만하자면 한동안 일당 챙길 생각일랑은 하지도 말아야 할 것이다. 더불어 편안한 잠자리와 기름진 한 끼 식사와 술로 부리는 호사 또한 오랫동안 잊고 살아야 할 터이다. 태식은 아무래도 자신이 없는 모양이었다. 손가락에 티눈이 박이도록 장구를 치고 목이 칼칼하도록 노래를 불러도 당장에 안온한 하루를 보장받을 수 있는 경비를 쥐지 못한다는 사실에 그는 마음이 여러 갈래로 흩어지는 모양이었다.

「가지고 있는 거 조금씩 내놓고 악기부터 장만해요.」

애자가 정도를 거들었다. 그렇게 말은 했지만 애자 역시 가지고 있는 여윳돈은 한 푼도 없었다. 여윳돈은커녕 이곳에 와서 받은 돈은 안나의 등록금으로 다 보내서 수중에는 당장에 쓸 돈조차 없었다. 하지만 예서 그만둘 수 없지 않은가. 뿔뿔이 흩어져야 한다면 정말 애자는 갈 곳이 없었다. 혼자 엿을 들고 거리를 헤매기는 더더욱 자신이 없었다. 애자는 앞으로 살아갈 길이 막막해 저도 모르게 한숨을 내쉬었다.

정도는 애자의 말에 고개만 끄덕였다. 미처 깎지 못해 입술을 덮고 있는 정도의 수염들이 억세 보였다.

「그래, 그놈들이 왜 너를 찾아왔더냐?」

정도의 물음에 동현은 여전히 굳은 얼굴로 입을 다물고만 있었다.

「행여 그놈들이 또 찾아와서 해코지 하면 어떡허냐?」

이번에는 태식이 물었다. 아예 입을 봉하고 있자고 마음먹었는지 동현은 그 누구의 물음에도 속 시원히 대답하지 않았다.

「그렇게 입만 다물고 있지 말고 말 좀 해봐라.」

정도가 동현의 대답을 채근했지만 그는 여전히 술이 비면 잔에 술을 치고 있다가 생각난 듯 입에 털어 넣고는 그예 입을 다물어 버렸다. 사람들은 고집스러워 보이는 동현의 침묵에 대고 더 이상 묻지 않았다. 방 안에 다시 침묵이 찾아들었다. 술잔을 비우는 속도도 처음보다는 많이 느려지고 있었다. 어지간히 술기가 오르는지 불콰하게 달아오른 얼굴로 사람들은 방바닥을 내려다보고 있거나 술잔만 들여다보고 있었다.

이제 이 낡고 비좁은 여관방도 비워 줘야 했다. 그것도 당장에. 옛날처럼 차에서 옹색하게 몸을 구부리고 자거나 군색하게 지내야 했다. 날 좋고 별빛 밝은 여름밤에는 빵빵하게 공기를 채워 넣은 매트리스를 밖에 내놓고 어둠을 이불 삼아 자기도 해야 할 터이다.

이 누추한 여관에도 손님이 드는지 방문 너머 복도에서 슬리퍼 끄는 소리가 길게 울리고 그 소리를 신호로 큭, 하고 동현의 아내가 울음을 터뜨렸다. 여자의 울음이 방 안을 메웠다. 아무도 여자의 울음을 제지하지 않았다. 모두들 동현의 아내처럼 소리 내 울고 싶은지도 모른다.

애자는 휴대폰을 들고 복도로 나왔다. 피돌기를 따라 몸 안에 퍼진 술기운이 애자에게 가상한 용기를 심어 놓고 있었다. 키가 작고 늙수그레한 여관 주인이 쓰쓱, 슬리퍼를 끌며 계단을 내려가고 있었다. 애자는 주인의 귀를 염려해 그가 내려간 계단의 반대편으로 걸어가

바닥이 우툴두툴하게 솟아오른 철제 비상 계단에 서서 휴대폰의 숫자들을 눌렀다.

그는 전화를 받지 않았다. 아마도 휴대폰 모니터에 뜨는 자신의 전화번호를 보고는 부러 받지 않는 모양이었다. 아니면 화투판에 앉아 한쪽 눈을 가느스름하게 뜨고 받아 든 패를 노려보고 있거나 사우나실에 퍼질러 앉아 전날 먹은 알코올의 독기를 빼내고 있는지도 몰랐다. 그도 아니면 새로운 수입원인 여자를 찾아 한창 작업 중에 있는지도 모른다. 경우의 수는 많았다. 찜질방이나 카바레에 가면 널려 있는 게 여자들이고 그녀들은 그의 새로운 돈줄이었다. 한 번 두 번 세 번…… 애자는 끈질기게 그에게 전화를 넣었지만 그 역시 끈질기게 전화를 받지 않았다.

애자는 방으로 돌아가 동현의 아내에게 휴대폰을 빌렸다. 그리고 철제 비상계단으로 돌아와 천천히 그의 휴대폰 번호를 눌렀다. 정확히 신호가 세 번 울리자 휴대폰 수화구 끝에서 그의 음성이 들렸다.

「정도윤입니다.」

「나쁜 인간. 내 돈 내놔.」

애자의 전화기로 넣었던 전화에는 나타나지 않던 그가 빌려 건 전화에는 세 번 만에 재깍 나타났다. 애자는 피가 한꺼번에 머리로 모이는 듯했다. 배신감이었다. 아니, 어쩌면 그것은 배신감보다도 더한 모욕감이었을 것이다. 때문에 애자의 음성이 앙칼졌다.

「왜 그래? 왜 무슨 일로 화가 났는데? 좀 천천히 말해 봐. 무슨 말인지 하나도 못 알아듣겠다」

「나에게 뜯어 간 돈 말이야. 이 인간아. 당장 내놔!」

「뜯어 갔다니? 지난번 나이트클럽 일이 제대로 되지 않아서 화가 난 거야?」

분에 차 씩씩거리는 애자의 음성에도 불구하고 정 사장은 그녀를 느긋하게 대했다.

「글쎄, 그게 내 마음대로 되는 게 아니고 그 사장이 어렵다는데 낸들 어떡해.」

「그딴 거 다 필요 없으니까 내 돈이나 내놔.」

「알았어. 어떻게든 해줄 테니까 기다려. 그리고 뜯어 갔다는 소리 좀 하지 마라. 내가 언제 뜯어 갔냐?」

「해준다는 소리만 하지 말고 정말 내놔. 안 그러면 고소할 거야.」

「암튼 나 지금 무지하게 바쁘니까 다음에 전화해.」

그는 일방적으로 전화를 닫고 사라져 버렸다. 사라지려는 그를 소리쳐 붙잡았지만 그는 두 번 다시 휴대폰 속에서 살아나지 않았다.

애자는 정 사장에게서 단 얼마라도 돈을 받아 내면 동현에게 줄 심산이었다. 아니, 이번에는 어떡하든 받아 내야겠다고 강다짐했었다. 일부만이라도 받아 내, 자신이 두드릴 장구라도 사서 보태야 했다. 그것만이 서로가 살 길이었다.

25

방으로 돌아오는 태식의 발걸음이 거칠었다. 무언가 마음에 마땅치 않은 일이 있는 것처럼 방으로 들어와서는 쾅, 하고 소리 나게 문을 닫았다. 문이 닫히는 소리에 순미가 움찔 어깨를 움츠렸다. 들어와서도 태식의 거동은 수긋하게 가라앉지 않았다.

「니기미. 어째 꼭 하는 일이 그 모양이래.」

태식이 문을 흘겨보더니 혼잣말하듯 중얼거렸다. 그랬다. 태식은 이 패들과 함께 팀을 만든 것을 후회하고 있었다. 마치 팀의 리더인 양 행세하는 정도도 보기 싫었고, 무턱대고 판을 키워 살림을 어렵게 만든 동현도 마뜩찮았다.

더욱이 자신의 쌍장구를 견제하는 정도의 동동구루무 북과 오북도 더 이상 봐주고 있을 수 없었다. 쌍장구의 현란한 기교를 감히 어디다 비교하려 든단 말인가. 차라리 동동구루무 북보다 오북은 그래도 더 낫다. 그 소리는 그런대로 좀 들어줄 만했지만 그래도 쌍장구

소리에는 어림없었다. 그런데도 정도는 어디서나 자신이 팀의 대장인 양 일일이 다른 사람들의 공연에 간섭하고 참견했다. 선화와 순미를 나무라고, 그날의 공연을 평가하고, 지시를 내렸다. 장단을 맞추며 공연한 지가 햇수로 벌써 40여 년째. 장구 가락으로 밥 벌어먹은 밥그릇 수만도 정도보다 엄연히 선배인 것이다. 한데 선배 대접은 고사하고 알게 모르게 저를 아랫사람 부리듯 하는 정도의 태도에 태식은 오래전부터 불만이 많았다.

태식은 이참에 독립을 하고 싶었다. 선화와 순미, 그리고 자신까지 셋이면 충분했다. 셋이면 정말 바람처럼 가볍게 전국 곳곳을 다닐 수 있을 것이다. 한번도 가보지 않은 곳, 듣지도 보지도 못한 세상에서, 몸속에 쌓이고 쌓인 가락들을 풀어내며 그렇게 점점 가벼워질 수 있을 것이다. 섬도 좋고, 불빛 은성한 도시도 좋고, 심심산골 오지도 좋았다. 사람 사는 곳이면 어디든 좋았고, 사람 살지 않는 곳도 좋았다. 어디 사람 사는 곳이 애초부터 정해져 있던가. 가다 보면 그곳이 길이고, 살다 보면 그곳이 사람 사는 곳이다. 떠돌이는 그래야 한다.

「선화는 어디 갔어?」

태식은 방바닥에 펼쳐 널어 놓았던 속옷을 모아 놓고 하나하나 주름진 부분을 손바닥으로 펴고 있는 순미를 향해 물었다.

「모르겠어요. 아까 어디 간다고 하던데.」

그녀의 얼굴 표정이 어두웠다. 그녀는 요 며칠 사이 급격히 말수도 줄어들고 연습도 하지 않았다. 하긴 재미도 없을 터였다. 수입이라도 많으면 모를까, 하루를 꾸려 나가기도 벅차니 그녀인들 흥이 날 리 없었다.

「내 이따 선화 오면 다시 말하겠지만 우리 말이야. 이참에 독립할까?」

누렇게 변색된 태식의 러닝셔츠 주름을 펴다 말고 그녀가 무슨 말이냐는 듯한 표정을 지었다.

「식구가 많으니까 돌아오는 몫도 적고 말이야. 선화랑 우리 셋이 하면 이보다는 더 낫겠다 싶기도 하고. 지금은 가짓수는 많은데 영 산만하고 어수선해. 우리끼리 프로그램 한 서너 개쯤 개발해서 그걸 집중적으로 연습해서 선보이는 거야. 들어도 들어도 물리지 않게 말이야.」

「싫어요. 저는 이 사람들하고 같이 하고 싶어요.」

순미가 화들짝 놀란 표정을 지으며 반대를 하고 나섰다.

「왜?」

「어떻게 이 사람들하고 헤어져요? 애자 언니도 그렇고, 박 선생님도 좋은 분이시고, 단장님도 그렇고, 또 유석이도…….」

순미가 뒷말을 흐렸다. 태식은 순미의 그런 태도가 의외였다.

「당장에는 서운하고 허전해도 금방 적응이 될 거야. 더구나 선화도 있잖아.」

「그래도 저는 이 사람들이 좋아요.」

순미는 당장 눈물을 쏟아 낼 것처럼 얼굴이 어두워졌다.

「생각해 봐. 이 사람들하고 팀을 합치면서 좋은 게 있었나. 차라리 우리끼리 할 때가 더 좋았잖아. 이따금 텔레비전에도 출연하고, 또 한 며칠 마음먹고 공연하면 그래도 주머니는 든든했잖아.」

「그렇다고 이렇게 어려울 때 그만둬요?」

「이 사람들한테도 나을 거야. 한 입이라도 덜잖아.」

「싫어요. 저는 여기에 남고 싶어요.」

평소의 순미가 아니었다. 언제나 고분고분 하자는 대로 따라하던 순미가 어딘가 고집스럽고 완강한 여자로 변해 있었다. 태식은 순미의 반응에 무언가 의구심이 들었지만 이내 그 마음을 접었다. 그러고는 팔도의 바람이 순미를 그렇게 변화시켜 놓은 모양이라고 치부했다. 아무리 순하고 조신한 여자라도 몇 년 길 위에서 떠돌다 보면 어딘가 억척스럽고 질기며 그렇게 고집스러워지는 법이었다. 순미도 이제 서서히 바람에 길들여지고 길에 적응하는 모양이었다. 그렇다면 좋은 일이었다.

태식은 잠깐 동안 순미를 말없이 바라보다 벌렁 드러누웠다. 순미의 반대에도 불구하고 태식은 이미 마음속으로 결론을 내고 있었다. 이 팀을 떠날 것이다. 되도록 빨리. 굳이 거창한 무대가 없더라도 좋다. 저만 좋으면 다 좋은 것이다. 선화와 순미와 그리고 저 셋이 이제 한 팀이 되는 것이다.

그때 문이 열리며 선화가 들어왔다. 그녀의 손에 검은 비닐봉지가 들려 있었다.

「어디 갔다 와?」

느릿느릿 태식이 일어나며 물었다.

「요 앞에요.」

선화는 건성 대답하고는 검은 비닐 봉투를 들고 황급히 목욕탕으로 들어갔다. 급했던지 그녀는 한쪽 발을 채 빼기도 전에 문부터 닫았고 짧게 비명을 내지르며 문에 낀 발을 빼냈다. 거만을 떨듯 턱을 쳐들고 사뿐사뿐 다니던 평소의 선화가 아니었다. 여느 때 같지 않게 이 여자들이 오늘 왜 이러나 싶었지만 태식은 내색하지 않았다.

그나저나 갑자기 태식은 입 안이 궁금했다. 찰진 호떡이라도 한 입 했으면 텁텁한 입 안이 가라앉을 텐데. 한 입 베어 물었을 때 알싸하고 달콤하게 입 안으로 퍼지는 계피 향이 생각만으로도 침을 돌게 만들었다. 태식은 어정쩡히 자리에서 일어나 허리춤 속으로 손을 집어넣었다. 안으로 천을 덧대 만든 주머니 속에서 푸른 지폐 한 장을 꺼내 순미에게 건넸다. 사타구니 부근에 갈무리돼 있던 지폐는 체온 때문에 뜨듯했고 여기저기 형편없이 구겨져 있었다.

「호떡이나 좀 사와 봐. 소문 내지 말고 조용히 갔다 와.」

태식의 사타구니 부근에서 쿠릿한 냄새를 풍기고 있던 지폐는 꼬깃꼬깃한 모양 그대로 순미에게 넘겨졌다. 각설이패 식구들을 먹은 것처럼 먹이자면 푸른 지폐 한 장을 다 써야 할 판이었다. 태식은 그냥 조용히 자신들끼리 간식을 해치우고 싶었다. 그저 입맛만 다시는 정도에서 그치고 싶었다.

콰르르르. 화장실 변기에 물 빠지는 소리가 들리더니 이내 선화가 화장실에서 나왔다. 그녀의 얼굴이 사뭇 상기돼 있었다.

「선생님, 저 있잖아요.」

선화가 곤혹스러운 표정으로 입을 떼며 순미와 태식의 눈치를 살폈다. 순미는 나가려다 말고 선화를 쳐다보았다. 선화는 쉽게 말을 잇지 못하고 자꾸만 머뭇거렸다. 평소 하고 싶은 말은 참지 못하고 다해야 직성이 풀리던 선화였는데 그녀답지 않았다.

「뭔데?」

태식은 심드렁하게 물었다.

「저⋯⋯.」

「무슨 일이냐니까.」

태식은 계속해서 을밋을밋하는 선화의 태도에 짜증이 일었다.

「아이를…… 아이를 가진 것 같아요.」

태식의 채근에 선화는 혼잣말하듯 우물거렸다.

「뭐라고?」

「아이를 가졌어요.」

선화가 이번에는 제법 또박또박 말을 했다. 그 말에 순미는 시무룩이 풀이 죽어서는 문을 닫고 나갔다.

「그걸 어떻게 알았어?」

「아까 약국에서 임신 진단 시약을 사 와서 검사해 봤어요. 보여 드릴게요.」

선화는 목욕탕에서 작고 길쭉한 모양의 막대를 가지고 나와 태식 앞에 내밀었다.

「여기 보이는 줄이 두 줄이잖아요. 임신이면 줄이 두 개 나타나고 아니면 하나로 나타나거든요. 보세요. 줄이 두 개잖아요.」

정말, 선화의 말처럼 그녀의 손에 들린 직사각형 모양의 작은 막대에는 두 줄이 선명하게 드러나 있었다. 태식은 순간 난감했다. 불교에서 자식은 '라훌라', 방해자라고 했는데, 길 위에서 하루하루를 사는 사람에게 자식이 기뻐해야 할 선물일지, 아니면 말 그대로 장애물일지 순간 판단이 서지 않았기 때문이었다.

「어떡해요?」

선화는 처분만 기다리겠다는 표정으로 태식의 표정을 살폈다.

「글쎄. 한 번도 생각해 보지 않은 일이라…….」

사실이었다. 자신에게도 자식이 생길 거라고는 생각해 보지 않았다. 더욱이 선화의 몸에서 생명이 자랄 것이라고는 한 번도, 단 한 번도 생각해 보지 않았다. 한데 왜 순미는 그동안 아이를 담아 보지 못했을까. 그 숱한 교접에도 불구하고. 기왕이면 순미의 몸에서 생명이 자라면 좋을 텐데. 선화는 발그레한 얼굴로 태식의 얼굴을 빤히 쳐다보고 있었고, 태식은 그런 선화의 시선이 부담스러워 천장으로 시선을 돌렸다. 천장에 납작 달라붙은 형광등에서 거미가 줄을 길게 내려뜨리며 내려오고 있었다. 태식은 몸통이 까맣고 작은 거미를 바라보며 생각에 잠겼다.

세상 구경하고 싶어 새롭게 잉태된 생명을 제 마음대로 지울 수는 없는 일. 그래, 기왕에 생긴 거, 낳자고 태식은 생각했다. 하지만 그 순간 순미가 걱정됐다. 그 여린 것이 또 얼마나 마음을 다치게 될까. 절반만이라도 좋으니 선화의 발막하고 그악스러운 성정을 배웠으면 좋겠다.

「낳자.」

「정말이에요?」

믿기지 않는다는 듯 선화는 태식의 코끝으로 바투 당겨 앉으며 물었다.

「그래.」

「고마워요. 정말 고마워요. 열심히 더 잘할게요.」

선화의 눈에 그렁그렁 눈물이 맺혔다.

「이제부터 몸조심해야지.」

「그럼요. 걱정 마세요. 선생님께 걱정 조금도 안 끼쳐 드릴게요. 모든 것을 제가 알아서 다 할게요.」

선화의 음성이 희미하게 떨렸다. 앞뒤로 봉긋이 솟은 혹 아래로 더 크게 부풀어 오를 배를 상상하니 영락없이 선화는 공같이 보일 것 같았다.

태식은 말없이 방을 나간 순미가 애처로웠다. 하지만 어쩌랴. 마음먹은 대로, 계획한 대로 되지 않는 게 인생이거늘. 하나 둘 생의 쓴 맛을 겪다 보면 순미도 언젠가는 모질어질 것이다.

26

유석은 흰 봉투를 만지작거렸다. 참가상. 각설이 품바 대회에서 얻은 상이었다. 대상을 뺀 나머지 팀에게는 모두 참가상이 주어졌고, 상금이랍시고 준 봉투 안에는 티슈 한 장이 덜렁 들어 있을 뿐이었다. 요즘 같은 세상에 각설이가 코 풀 휴지 한 장 얻는 것도 쉬운 일이 아니니 감지덕지하라는 사회자의 말에 사람들은 낄낄낄 웃다가도 어쩔 수 없이 허탈한 표정을 지었다. 어떤 각설이는 그 휴지를 씹어 삼켰다. 이런 고급 화장지는 아까워서 코를 풀 수가 없노라며 귀한 양식으로 삼겠다고 했다. 달게, 그리고 맛있는 표정을 지어 보이며 우물거리는 그 각설이의 입 안에서 티슈는 솜사탕처럼 녹아 들어갔다. 덩달아 두어 명의 각설이도 봉투 안에서 티슈를 꺼내 입 안에 넣고 혀로 녹여 먹었고, 다른 각설이들은 깡통들을 두들기며 한바탕 춤을 추었다. 좋아하는 사람들은 시골의 촌로들과 구경거리가 별로 없어 심심해하던 마을 사람들뿐이었다.

유석은 허탈했다. 정도의 얼굴을 대하기가 민망했고 순미에게도 미안했다. 달랑 흰 봉투 하나를 깡통 속에 넣고 돌아왔을 때 애자와 선화와 태식은 웃었지만 동현은 쓴 웃음을 짓다 말고 뒤돌아서서는 아무 말을 하지 않았다. 그리고 정도와 순미는 굳은 얼굴로 유석을 외면했다. 유석 또한 정도와 순미처럼 굳은 얼굴을 하고 말없이 제자리로 돌아왔다. 다만 다행스러운 일은 정도가 자신을 나무라지 않는다는 것이었다.

유석은 벌렁 누웠다. 각설이 2년 차에 대회 출전이라니. 이제 겨우 품바 타령에 어떤 식으로 다리를 흔들어 대야 하는지나 깨친 주제에 인생 역전을 꿈꾸다니. 유석은 씁쓸했다. 그나저나 지난번에 순미가 태식이 모르는 돈이라며 슬그머니 가방 속에 찔러주고 간 통장을 돌려줘야 하는데 마음과는 달리 행동으로 옮겨지지 않았다. 하지만 오늘은 기필코 돌려줘야 했다. 어영부영 시간을 보내다가 저 또한 태식을 닮지 말란 법이 없었다. 그것은 싫었다.

그때였다.

「이 새끼 어딨어?」

태식이 벌겋게 얼굴이 달아올라서는 거칠게 탑차의 문을 열어젖혔다. 탕, 탕그르르. 탑차의 문이 파르르 경련을 일으키며 남아 있는 힘을 요란스럽게 털어 냈다. 평소 느려 터진 그의 거동 같지 않게 태식의 행동이 급하고도 불온했다. 왜 그러느냐고 물어볼 사이도 없이 유석은 태식에게 멱살이 잡힌 채 끌려 나와서는 땅바닥에 그대로 패대기쳐졌다. 숨줄이 막혀 캑캑거리는 유석과 마찬가지로 태식은 제 화를 못 이겨 씨근덕거렸다. 태식보다 체구가 큰 유석이었지만 무슨 일에선지 잔뜩 격앙돼 있는 태식의 힘을 당해 내기에는 역부족이었다.

「이 새끼 죽여 버리겠어.」

말소리 또한 거친 몸짓만큼이나 사나웠다.

「왜 그래요? 이거 놓고 얘기해요.」

유석은 버둥거리며 자신의 멱살을 움켜쥐고 있는 태식의 손을 떼어 놓기 위해 안간힘을 썼다. 하지만 그럴수록 태식의 손은 더 그악스럽게 죄어 왔다. 심상치 않은 소란에 동현과 애자가 뛰어나왔다. 사소한 다툼이야 늘 있어 왔지만 지금처럼 사생결단을 낼 것처럼 험악하게 싸우는 일은 좀체 없었던 일이었다.

「너 지난번에 내가 경고했었지. 순미 가만두라고. 한데 네 놈이 계속해서 순진한 여자 꼬여 내? 마빡에 피도 안 마른 것이. 알고 봤더니 순 엉큼한 새끼잖아.」

그의 손에 잡혀 버둥거리면서 유석은 저간의 사정이 어떻게 된 것인지 내심 짐작할 수 있었다.

「왜 이래? 그렇지 않아도 가뜩이나 심란해 죽겠는데, 이 무슨 난리들이야?」

동현이 냅다 소리부터 질러 댔다. 차라리 공연이라도 했으면 태식이 이렇게까지 사막하게 나오지는 않았으리라. 하긴 제 여자를 빼앗긴 남자가 참는다면 얼마나 참을 수 있을까. 유석은 태식의 손에 잡힌 목이 홧홧하니 쓰리고 아팠다. 유석은 곤혹스러웠다. 잘못을 빌어야 했는데 생각과는 달리 무언가 내부에서 울컥, 하고 역심이 일었다. 그는 두 명의 여자를 가지면 안 됐고, 착한 순미를 가슴 아프게 하면 안 됐다. 한꺼번에 두 여자라니. 때문이었을까, 자신을 닦달하는 태식의 손길을 순하게 버티지 못하고 불끈 일어서며 태식을 밀쳐 냈다. 태식은 동현의 발부리 밑으로 굴러 떨어졌다.

「으마마, 왜들 이런데?」

애자가 나가떨어진 태식을 붙잡아 일으켜 세우며 유석을 향해 나무라듯 눈을 흘겼다. 애자의 손을 뿌리치고 태식이 다시 유석을 향해 몸을 날렸다. 순식간에 유석은 몸을 돌려 태식을 피하고 이번에도 무력하게 태식은 나가떨어졌다.

「너 죽여 버리겠어.」

헛손질을 할수록 태식은 더욱 광폭해져 갔다. 그때 유석은 보았다. 여관 현관 입구에 서 있는 순미를. 그녀의 눈가 한쪽이 푸르스름하게 멍들어 있었고 눈은 퉁퉁 붙어 있었으며 귀밑 부근에 불그스름한 자국이 진하게 나 있었다. 그녀는 퉁퉁 부은 눈으로 유석을 바라보며 서 있었다. 그녀는 안타까운 표정을 지은 채 다가와 말리지도 못하고, 그렇다고 울지도 못하며, 그렇게 안절부절못하고 서 있기만 했다.

순미의 그 같은 모습이 유석에게 알싸한 슬픔을 안겨 줬다. 며칠 전 안았을 때 가졌던 그런 느낌처럼 그녀에게 쏠리는 안쓰러운 감정은 저 스스로가 생각해도 당혹스러울 만큼 급격하고도 가팔랐다.

「오냐, 한번 해보겠다는 말이지?」

「도대체 무슨 일이오?」

「이놈이 순미와 붙어먹었어.」

「그게 참말이냐?」

태식을 붙잡고 있던 동현이 유석을 향해 물었다. 유석은 대답 대신 태식을 쏘아보았다. 한 대 패주고 싶은 욕망으로 유석의 손이 움찔거렸지만 참았다. 하지만 오기가 치받쳤다. 그랬다. 유석은 어떡하든 그를 무너뜨리고 싶었다. 순미의 하루하루를 빨아먹고 사는 남

자. 순미를 그 남자로부터 보호해 주고 싶었다.

「순미와 결혼할 거요.」

유석은 또박또박 말했다. 그 말끝에 다들 놀란 표정으로 유석을 쳐다보았다. 얼굴에 와 닿는 그들의 시선이 따가웠지만 유석은 기왕에 내친 일이라는 듯 또박또박 되풀이했다.

「순미와 결혼할 거요.」

「왜 하필 순미냐.」

동현이었다.

「그녀처럼 착한 여자가 어디 있소.」

말해 놓고 나니 스스로도 마음이 개운했다. 무언가 비밀스럽고 찜찜하던 기분이 가시며 힘이 솟았다. 그렇다. 이제 와서 도망치기에는 너무 늦었을 뿐 아니라 그것은 더없이 비겁한 일이었다. 죽든 살든 그녀를 빼앗아 와야 했다. 나중에 후회를 하더라도 그녀를 아프게 하면 태식과 같은 인간이 될 뿐이었다.

유석의 고백에 애자와 동현은 섣불리 누구의 편도 들지 못하고 난감한 표정만 짓고 있었다. 다들 심정적으로 태식에 대한 마뜩찮음을 가지고들 있었지만 남의 일이라 드러내 놓고 참견하는 일을 삼가고 있었던 것이다.

「그렇다고 인마, 선배의 여자를 안냐?」

동현이 미간을 잔뜩 구기며 날 선 소리를 했다. 동현의 그 같은 나무람이 유석에게 배신감을 안겨 줬다. 그랬다. 다들 관계에 얽매여 눈치를 보느라 한 여자의 불행에는 관심을 기울이지 않고 있었다. 철저히 한 여자를 무시함으로써 그들은 낯익은 일상을 보장받고 그 낯익은 일상으로부터 내일을 기약했다. 유석의 명치끝에서 순미를 기어이 자기 여자로 만들겠다는 오기가 다기지게 뭉쳐졌다. 저들의 야만으로부터 한 여자를 지켜 내는 일. 한없이 유약하고 순진한 여자를 자기 여자로 만들어 행복하게 해주는 일. 그 일만이 당장에 자신에게 주어진 소임이라고 생각했다. 어처구니없게도 그런 생각은 유석에게 다소 생뚱맞은 용기를 가져다주었다.

힘으로는 안 됐던지 어느새 태식의 손에 쇠막대가 들려 있었다. 조명 탑을 세울 때 여분으로 마련해 두었던 철제 막대였다. 이미 그 쇠막대는 허공에 들린 채 금방이라도 유석을 향해 돌진할 것처럼 잔뜩 긴장돼 있었다. 으마낫! 애자가 비명을 지르며 뒤로 물러서고 동현이 태식을 향해 어르듯 말을 건넸다.

「이 사람, 이게 뭐야?」

동현이 태식의 손에서 몽둥이를 뺏으려 했지만 짱짱하게 힘이 들어간 그의 손을 어떻게 해보기가 쉽지 않아 보였다. 여의치 않았는지 동현이 태식의 아랫배를 가격했다. 그러고는 배를 움켜쥐고 주저앉은 태식의 손에서 서둘러 몽둥이를 낚아채 멀리 내던졌다. 그때 여관 현관 입구에 서서 그저 바라보고만 있던 순미가 달려와 둔탁한 소리를 내며 땅에 떨어진 쇠막대를 주워 들고 태식을 바라보았다. 그녀의 얼굴에 간절함 같은 게 배어 있었다.

「저 보내 줘요. 이 사람하고 살고 싶어요. 당신에게는 동생이 있잖아요.」

저보다 나이 많은 선화를 꼬박꼬박 동생이라고 부르는 순미의 소리가 애절했다.

「저, 이 사람 아니면 집으로 돌아가겠어요.」

「뭐해! 데리고 들어가지 않고!」

　동현이 지켜보고 서 있던 아내에게 버럭 소리를 내질렀다. 여자는 동현의 말이 끝나자마자 순미를 끌고 여관 안으로 들어갔다. 동현의 아내에게 끌려가면서도 순미는 뒤돌아보며 눈물 섞인 소리로 애원했다. 동현에게 붙잡혀 있던 태식은 순미를 향해 팔을 을러대면서 소리를 버럭버럭 질러 댔다.

「닥치지 못해! 저년이 그렇게 두들겨 맞고도 아직 정신을 못 차린 모양이네.」

「그러지 말고 우리 술이나 한잔 합시다.」

　동현이 태식의 등을 떠밀어 주차장을 나섰다. 태식은 몇 번을 더 유석을 향해 으르렁거리며 달려들다가 이내 동현에게 잡혀 끌려 나갔다. 유석은 일어섰다. 입가에 고인 찝찔한 피를 이 사이로 쏘아 내며 유석은 한동안 그 자리에 서 있었다.

27

순미의 낮은 훌쩍임만 간간이 들려올 뿐 단원들이 들어 있는 방은 여느 때 같지 않게 고요했다. 유석은 보이지 않았다. 단원들의 눈에 띄지 않는 곳에 처박혀 강소주를 들이켜고 있거나 아니면 어디 가까운 실비 집에서 공짜 안주로 입 안을 가시며 연방 술을 퍼마시고 있는지도 모른다. 용렬한 자신을 부끄러워하거나, 가진 것 없는 부모를 원망하거나, 그도 아니면 느닷없는 사랑에 곤욕스러워하면서. 야물게 다물리지 못한 입가로 질질 흐르는 술을 녀석은 손등으로 쓱 닦아 내며 빈 잔에 술을 치고 있는지도 모른다.

다른 단원들과 마찬가지로 녀석의 삶도 풀릴 기미가 보이지 않았다. 아마도 녀석의 삶은 앞으로도 이보다 더 나아지지 않을지 모른다. 동현은 문을 열고 방으로 들어가려다 잠시 주춤했다. 아내는 지금 뭘 할까. 끝도 없는 근심거리들에 사로잡혀 한숨이나 짓고 있지 않을까.

동현은 몸을 돌려 여관 복도를 빠져나왔다. 현관을 나서자 훅, 하고 초가을의 냉기가 얼굴로 끼쳐 왔다. 동현은 주머니를 뒤져 작은 종잇조각을 찾아 들었다. 어둠에 묻혀 난삽한 획들은 보이질 않았다. 동현은 라이터를 찾아 들고 탁탁 불을 일으켰다. 일렁거리는 불빛 아래에서 숫자들은 작은 벌레처럼 꼬물거렸고 동현은 천천히 그 숫자들을 눌러 나갔다. 신호가 가고, 연속되는 신호음 끝에 나타난 건 저음의 남자였다. 자다 받았는지 남자의 음성은 결이 거칠었다.

「나다. 좀 만나자.」

동현의 음성이 무겁게 가라앉아 있었다.

「형님이 이 시간에 다 전화를 주시다니. 그러고 보니 어떻게 마음은 바뀠어요?」

「지금 당장 보자.」

「지금요? 내일 보죠. 내일 열두 시경에 지난번에 뵈었던, 형님 무대가 있던 음식점에서 뵙죠.」

인철은 흔쾌히 대답하지 못하고 자꾸만 을밋을밋거렸다.

「지금 보자.」

동현은 단호하게 인철을 불러냈다.

「형님도 참! 예전 그대로시네요. 알았어요. 그럼, 지금 그리로 나가죠.」

인철은 동현의 채근에 마지못해 대답하고는 전화를 끊었다. 동현은 저도 모르게 마른침을 삼켰다. 전에 일어난 화재가 전기 합선이라고들 했지만 동현은 녀석들에게 따져 봐야 했다. 그러지 않으면 녀석들은 언제고 저를 괴롭히려고 할 터이다. 오늘은 어떡하든 못을 박아 놓아야 했다. 두 번 다시 자신을 찾지 않도록. 동현은 굳은 표정으로 무대가 있는 곳으로 느릿느릿 걸어갔다.

며칠 전까지만 해도 스피커의 볼륨을 높인 채 지나는 행인의 발길을 붙잡고 흥겹게 판을 벌이던 무대는 시꺼먼 재로 변한 채 을씨년스럽게 방치돼 있었고 그 주변으로는 파장 무렵의 가게들이 알전구 밑에서 막판 매상에 열을 올리고 있었다. 그 풍경을 배경으로 보니 타다 만 스피커가 죽은 사체처럼 흉물스럽게 보였다.

「그렇지 않아도 연락할 참이었는데, 이것 좀 치워 주세요. 저희들이 임의로 치울 수도 없고, 이것 때문에 영 미관이 좋지 않다고 다들 난립니다.」

경비를 담당하는 사내였다. 동현은 고개를 끄덕여 보였다. 마음 같아서는 사내를 향해 책임지라고 말하고 싶었지만 그들과 다퉈 봤자 건질 것은 없었다. 동현은 인철과 만나기로 약속한 천막으로 들어가 술을 주문했다. 40대쯤으로 보이는 주인 남자의 성근 머리카락 사이로 두피가 번들거려 보였다. 주인은 돼지 바비큐 한 접시를 서비스라며 내왔다. 얼마나 놀랐느냐고, 어떤 못된 놈들이 그런 짓을 저질렀는지 모르겠다고 동현을 위로했다. 사내의 이마에 땀이 송글거렸다. 장작불이 타들어 가는 바비큐의 열기에 사내의 얼굴이 벌겋게 익어 있었다. 동현은 말없이 주인이 내온 술을 따라 마시고 고기 한 점을 입으로 가져갔다. 고기는 오늘도 너무 오래 불 위에 있었는지 쌉쌀하니 탄 맛만 돌았다.

첫날 같지 않게 이곳도 사람들의 발길이 뚝 떨어진 듯했다. 매상 또한 신통치 않을 것이다. 식도로 넘어가는 술이 물처럼 닝닝했다. 주인의 부인인 듯한 여자가 길게 하품을 하며 여기저기 늘어진 나무 젓가락과 일회용 종이 용기들을 커다란 쓰레기봉투 속에 쓸어 담고

250

있었다.

　마지막으로 남은 손님들마저 돌아가고 동현 혼자 텅 빈 가게를 지키고 앉아 있었다. 금방 오겠다던 녀석들은 아직 코빼기도 보이지 않았다. 조금 전 탁자를 훔쳐 내고 바닥을 쓸어 내던 여자는 동현을 향해 자꾸만 눈을 흘깃거리며 동현이 있는 곳만 남겨 둔 채 하나씩 전구를 끄고 있었다. 동현은 휴대폰을 집어 들어 액정 화면에 드러나 있는 시간을 확인했다. 녀석에게 전화를 했던 시각에서 벌써 한 시간 반이 지나 있었다.

　여자의 눈빛이 동현을 가게에서 밀어냈다. 주인이 가져다준 돼지 바비큐 안주는 고스란히 남아 식어 빠진 채 하얀 더껑이가 져 있고, 술은 그새 바닥이 나 있었다. 술을 더 시키면 여자는 아마도 기다렸다는 듯 영업이 끝났다고 말할 것이다. 동현은 빈 술병만 노려보고 있었다.

「국수라도 하나 말아 드려요?」

　물어 온 사람은 여자가 아니라 주인 남자였다. 아무래도 주인 남자는 생의 토대를 잃어버린 동현이 안쓰러운 모양이었다. 동현은 희미하게 웃으며 고개를 가로저었다. 한쪽에서, 팔다 남은 음식 재료들이 들어 있는 아이스박스 통들을 단속하며 불퉁스러운 표정을 숨기고 있을 여자가 마음에 걸렸다. 아니, 꼭 여자 때문은 아니었다. 알코올이 섞이기 시작한 피톨들은 국수보다는 술을 더 원했다. 이제 일어나야 했다. 인심 좋게 파장을 미룬 채 지금까지 기다려 준 주인 남자의 고단한 하루를 마감해 주기 위해서라도 이제 그만 일어나야 했다.

　동현은 휴대폰을 집어 들었다. 그리고 통화 기록을 뒤져 조금 전에 입력된 번호를 찾아냈다. 녀석들은 비겁하게 나타나지 않았다.

그것이 목숨 줄과도 같던 공연 도구들이 타버렸을 때보다 더 그악스럽게 동현의 분노를 부채질했다.

일어서려는데 휘청, 다리가 꼬였다. 빈속에 들이켠 술이 안에서 짱짱한 힘을 거둬 가고 있었다. 돈을 내려는데 주인 남자가 한사코 거절했다.

「오래 기다리셨죠.」

뒤에서 날아오는 소리가 미늘처럼 동현의 고개를 잡아챘다. 녀석이 느물거리는 웃음을 매달고 가게 안으로 들어서고 있었다.

「나가자.」

주인 여자의 피곤한 얼굴을 뒤로한 채 동현은 녀석을 매달고 밖으로 나와 어둠이 내려와 있는 하천 변을 걸었다.

「저희들 제안을 어떻게 잘 생각해 봤나요?」

동현은 아무런 대꾸도 없이 걷기만 했다. 풍물 장터가 있는 하천 고수부지에는 밤 깊은 시각에도 두어 명의 사람들이 나와 늦은 운동을 즐기고 있었고 하천 변의 도로에는 부아앙, 하고 내달리는 오토바이들이 금방이라도 아래로 고꾸라질 듯 위태로워 보였다. 한동안 아무 말 없이 걷다가 동현은 녀석을 향해 일순 몸을 돌리며 주먹을 날렸다.

욱! 앞으로 푹 고꾸라진 건 동현이었다. 동현의 주먹이 녀석의 면상에 닿기도 전에 녀석은 몸을 피하더니 동현의 손목을 꺾어 바닥에 내팽개쳤다. 어지간히 도는 술기운에 정확한 거리와 위치를 가늠하지 못한 동현은 녀석의 한방에 그대로 바닥으로 넘어져 버렸다. 인철의 무자비한 구둣발이 배와 얼굴로 가림 없이 쏟아졌다. 퍽퍽. 술이 좋긴 좋았다. 그 술기운은 자지러질 듯한 통증을 완만한 충격으로 치환시키며 동현을 견디도록 만들어 줬다. 동현은 바닥에 배를 대고 꿈틀꿈틀 기어 녀석의 발에서 벗어나려 애를 썼다. 하지만 번번이 녀석의 발은 동현이 움직이는 것보다 더 빨리 동현의 등을 가격하고 배를 걷어찼다. 욱. 소리는 단전에서만 뭉쳐질 뿐 입 밖으로도 새어 나오지 못했다.

「그만두지 못해?」

누군가 어둠 속에서 다급히 다가오더니 사내를 향해 쑥 팔을 날렸다. 그저 덩어리로만 보이는 어둠 속의 인물은 작고 단단해 보였다. 불쑥 나타난 사람에 의해 기습을 당한 녀석은 옆구리를 움켜쥔 채 몸을 돌리고는 욕설을 빼물었다. 정도였다. 그가 어떻게 이곳까지 왔는지. 분명 어머니의 팔순 잔치에 간다며 서둘러 아침 일찍 길을 떠났는데 왜 그가 여기 있는지 모를 일이다.

「이건 또 어떤 개뼈다귀야?」

인철이 정도를 향해 어칠비칠 다가왔다. 그예 정도는 몸을 비껴 인철을 피해 내고는 다시 팔꿈치로 그의 등을 가격했다. 하지만 정도 역시 그들의 단련된 솜씨를 당해 낼 수 없었다. 다리를 죽 뻗은 채 몸을 돌려 공격하는 그의 발길에 정도는 무참히 떨어져 나가 땅바닥을 뒹굴었다. 번갈아 가며 동현과 정도는 인철의 발밑에서 무참히 짓밟혔다. 숨을 고를 사이도 없었다. 녀석에게 두 번 다시 품바 식구들을 넘보지 못하게 해야 했는데 그러기에 그들은 너무 무력했다. 동현은 그저 가슴이 아플 뿐이었다. 몸이 아픈 거야 괜찮지만 마음이 아픈 건 더 참을 수 없었다.

호르르르. 환청인 듯 호루라기가 울었다. 동현은 고치처럼 몸을 말아 녀석의 발을 견뎌 냈다. 힘 한번 써보지 못하고 동현은 녀석의 발을 피해 이리저리 구르며 호루라기 소리를 가늠했다. 현실인지 환청인지 분간할 수 없었다. 하지만 소리는 점차 가까워지고 있었다. 환청은 아니었다. 빛줄기가 번쩍였다. 에이, 씨발. 녀석이 동현과 정도를 버려 두고 몸을 돌렸다. 그들이었다. 행사장을 경비하는 또 다른 주먹들. 한 명이 아니었다. 동현의 무대가 불탄 뒤 그들은 경비를 더욱 강화했고 범인을 찾기 위해 독이 올라 있던 터였다.

「뭐야?」

그들 중 한 명이 녀석의 얼굴에 전지 등을 비췄다.

「씨팔, 치워.」

인철이 손바닥으로 얼굴에 쏟아지는 빛을 차단하자마자 사내들 중 한 명이 녀석의 멱살을 그러잡았다. 순순히 잡힐 녀석이 아니었다. 대번에 멱살을 쥐고 있던 사내의 팔을 꺾어 바닥에 꿇리고 이내 몸을 돌려 전지 등을 비추고 있는 다른 한 명을 향해 발을 날렸다. 순식간의 일이었다. 전지 등은 바닥에 나뒹굴고 둘은 신음을 빼물며 배를 움켜쥐었다. 하지만 인철은 장터의 경비를 맡고 있는 사내들이 일어나기 전에 서둘러 그곳을 빠져나갔다. 사내들을 잠시 무력화시키긴 했지만 협공에는 당할 수 없다는 사실을 녀석 또한 잘 알고 있는 탓이었다.

사내들은 잇새로 침을 쏘며 일어섰다.

「누구요? 저 새끼는? 힘깨나 쓰던 놈 같던데.」

「옛날에 나랑 같이 일하던 놈이오.」

「그렇다면 형씨도 우리와 같은 주먹이었소?」

그새 형님에서 형씨로 동현의 호칭이 바뀌어 있었다.

「다 지난 일이오.」

동현은 녀석의 발이 지나간 자리를 손바닥으로 더듬으며 문질렀다. 사방이 욱신거리며 쑤셨다.

「그랬구먼. 어쩐지 형씨 눈매가 보통이 아니다 싶었지. 한데 불은 저놈이 지른 거요? 왜? 지난 일이라면서 저놈이 형씨를 쫓아다니는 거요?」

「글쎄, 아직 저들에게 쓸모가 있는 모양이오.」

하지만 이젠 동현도 한물이 갔음을 어쩌랴. 한 방 먹이지도 못하고 그대로 당하다니.

「그나저나 형님은 어쩐 일이요? 이곳에.」

동현이 정도를 향해 물었다.

「제수씨가 널 좀 찾아봐 달라고 하기에 들러 봤다.」

「집은 어쩌고라? 오늘이 어머님 팔순이시라면서?」

「그냥 왔다. 그나저나 저놈들이 순순히 물러설지 걱정이다.」

「안 물러서면 지들도 어쩌겠소? 가진 것 없는 줄 빤히 알 텐데. 그나저나 다른 사람들한테는 말하지 맙시다. 공연히 걱정만 할 텐데.」

「그런다고 모르겠냐? 눈칫밥 먹고 사는 사람들인데, 차라리 솔직한 편이 더 낫지.」

옆구리가 결리고 아파 동현은 이내 입을 다물었다. 정도 역시 걷기가 수월치 않은 듯 자꾸만 걸음을 멈추고는 숨을 몰아쉬었다. 사내들은 전지 등을 휘두르며 앞질러 가고 동현과 정도는 허청허청 여관으로 돌아왔다.

28

「어마마! 어마마! 이게 무슨 일이래. 얼굴이 왜 이 모양이래. 어디서 누구랑 싸웠기에 이렇게 엉망이다냐.」

정도와 동현이 여관으로 들어서자 애자가 호들갑스럽게 나와서는 그들을 맞았다. 그 소리에 동현의 아내가 방문을 박차고 나와 동현을 바라보았다. 우뚝 서서 동현을 노려보고 서 있는 그녀의 눈에서 금방이라도 눈물이 쏟아질 것처럼 보였다. 그녀는 이내 동현을 복도에 세워 둔 채 차갑게 등을 돌리고는 방문을 꽝 닫고 안으로 들어가 버렸다. 오히려 민망한 쪽은 애자였다.

「무슨 일이래요?」

애자가 의혹에 가득 찬 시선으로 둘을 향해 물었다.

「별일 아녜요. 형님, 쉬세요.」

동현은 정도에게 짧은 인사만을 남기고 아내가 들어간 방 안으로 사라져 버렸다. 이내 정도도 대답 대신 끙, 하고 신음을 빼물며 제 방으로 다가갔다. 애자는 정도를 따라 들어갔다. 그는 옷을 벗지도 않고 그대로 방바닥에 누웠다. 그가 움직일 때마다 옷에서 흙가루가 떨어져 내렸고 입가는 한쪽이 터져 피가 뭉쳐 있었다.

「옷이라도 벗고 누워요. 사방에 흙덩이가 묻었는데, 저녁에 주물러 놓아야 내일 입든지 말든지 할 게 아녀라? 그나저나 집에 간 양반이 어째 이런 몰골로 들어온다요?」

애자는 마치 어린아이를 나무라듯 했지만 가타부타 정도는 아무런 대답도 하지 않았다. 만사가 다 귀찮다는 표정이었다.

「나 좀 쉬어야겠네.」

「알았소. 암튼 자리 마련해 줄 테니까 들어가서 좀 씻고 나오쇼. 옷은 벗어서 나 주고.」

하지만 정도는 꼼짝도 하지 않았다. 손가락 하나 움직이기 힘들다는 듯 그렇게 누운 자세 그대로 움직이지 않았다. 어쩔 수 없이 애자는 수건에 물을 묻혀 와 쯧쯧, 혀를 차며 정도의 얼굴에 묻은 오물들을 씻겨 주고, 살갗이 벗겨진 자리에 머큐롬을 발라 주었다. 그리고 애자는 정도의 방을 나왔다. 동현의 방문을 지나칠 때 안에서 다투는 소리가 낮게 들려왔다. 하긴 동현의 아내도 어지간히 놀랐을 터이다.

애자는 가시밭길 위를 걷는 듯 무언가 조심스러웠다. 정도와 동현은 어디서 누구와 싸웠는지 얼굴이 퉁퉁 부어올라 들어왔고, 순미는 태식의 드잡이에 눈가가 시퍼렇게 멍들어서는 연신 눈물만 쥐어짜고 있었다. 유석은 말을 아낀 채 연신 줄담배만 태우며 사람들의 눈을 피해 숨어 있었고, 선화 역시 눈을 내리깔고 애자를 지나쳐 가거나 제 방에서 나오려 하지 않았다. 무대가 홀랑 타버린 것만 해도 복장이 터질 지경인데 줄줄이 사람들이 다치고 싸우는 통에 꼭 뭔가에 씐 것 같았다. 하긴 무대를 설치하는 첫날에 태식이 조명 탑에서 떨어지면서 팔을 다쳤으니 어쩌면 미리 예견된 일이었는지 모른다. 미련퉁이가 그 동티를 이해하지 못하고 그냥 지나쳤으니 할 말도 없다. 어쨌거나 아직 손수레는 남아 있으니 순미라도 정신을 차리면 함께 길놀이라도 벌여 볼 텐데 순미도 저렇게 맥을 놓고 있으니 해 보자는 소리도 하기가 쉽지 않았다. 아무 벌이도 없이 마냥 이렇게 죽치고 앉아 있을 수도 없을 텐데 동현에게서는 아무런 이야기도 없었다. 스피커고, 북이고, 조명 기구들을 다시 장만하려면 꽤 돈이 들 텐데 어떻게 할 건지 물어볼 수도 없었다. 하긴 무슨 길놀이. 엿도 열기에 녹아서 재와 함께 버려진 것을.

될 대로 되라는 심정으로 애자는 엉덩이를 탈탈 털고 일어섰다. 어디 산 목숨 굶어 죽기까지야 하겠느냐는 일종의 오기도 들었다. 하지만 당장 해야 할 일은 없었다. 호기 있게 일어섰지만 애자는 잠시 난감한 표정으로 서 있다가 창가로 다가갔다. 다가올 계절에 대한 기미나 설렘 같은 것은 조석으로 찾아드는 한기에서 느낄 수 있었지만 사람들은 지루한 늦장마에 그저 넌더리만 내고 있었다. 이제 얼마 후면 가을이 찾아올 테고 그러면 겨울이 올 것이다. 겨울 동안 각설이패들은 잠시 공연을 접고 각자 집으로 돌아가 묵은 일을 하거나, 동현의 문간방에 들어 북 연습을 하다가 실내 공연 요청이 있을 때 잠깐씩 공연을 하며 보낼 터이다. 하지만 올 겨울은 모른다. 여전히 팀으로 남아 있다가 다가올 공연을 준비할지 아니면 예서 다들 뿔뿔이 흩어질지.

똑똑. 누군가 방문을 두드렸다. 대답을 기다리지도 않고 빠끔히 문이 열리더니 순미의 얼굴이 나타났다.

「짠해서 어쩌냐.」

애자는 순미의 손을 그러잡고 방 안으로 끄집어들였다. 손을 애자에게 내맡긴 채 순미는 그저 울기만 했다. 하루가 지난 눈가가 더 파래져 있었다.

「그래, 울어라. 우리 같은 인생이 우는 것 말고 마음 달랠 일이 있겠냐.」

애자는 순미의 등을 쓸어내렸다. 손바닥에서 그녀의 마른 등뼈가 느껴졌다. 그 등뼈가 순미의 울음에 따라 가쁘게 들썩였다. 애자는 순미가 제 피붙이처럼 애처로웠다.

「불쌍해서 어쩔 거나. 불쌍해서 어쩔 거나.」

도돌이표에 걸린 듯 같은 말만 되풀이하던 애자의 눈에도 덩달아 눈물이 맺혔다.

「저 유석에게 가고 싶어요. 언니가 좀 도와주세요.」

순미의 코에서 진득한 콧물이 거미줄처럼 떨어져 내렸다.

「내가 어떻게 도와줘.」

「언니가 선생님에게 말 좀 해줘요. 저를 유석에게 보내라고.」

「니 신랑이 보내 주겠냐. 니가 참아야지. 그래, 참아. 참는 것밖에 없다. 살다 보면 잊혀질 거야. 그래. 잊혀져. 그러니 딴맘 먹지 말고 참아 봐. 당장은 힘들고 아프겠지만 나중을 생각해서 참아.」

「싫어요. 유석한테 가고 싶어요. 그러지 말고 언니가 얘기 좀 해줘요.」

울음을 문 입이 가로로 죽 벌어지더니 울음 반 말 반인 소리로 순미가 졸랐다. 그 벌어진 틈새로 진득한 침이 새어 나왔다.

「어림이나 있겠냐? 네 신랑이 널 놓아줄 것 같아? 아서라. 일 더 크게 만들지 말고 네가 참아. 그러지 않으면 정말 사단이 나도 크게 날 거다. 그냥 이대로 끝내. 네 맘은 알지만 할 수 없는 건 할 수 없어.」

「제발요. 제발. 언니가 어떻게 좀 해봐요.」

「내가 무슨 수로.」

「무슨 수를 내서라도요.」

「어쩌다 일이 이렇게 됐다니. 불쌍해서 어쩔 거나.」

애자는 대답 대신 순미를 제 품 안에 끌어안고는 토닥였다. 애자의 품 안에서 순미는 단장의 울음을 울고, 또 울었다. 가슴 부근에서 훅, 하고 그녀가 뿜어내는 뜨거운 숨이 감지됐다.

「그래, 울어. 실컷 울어. 울고 나면 좀 진정이 되기도 할 거야.」

저도 모르게 애자도 코맹맹이 소리를 냈다. 그래, 달리 도리가 없다. 우는 일 외에는. 울고 나면 다시 살아갈 힘이 저도 모르게 생겨날 것이다. 애자가 순미의 들썩이는 등을 토닥이고 있을 때 문이 열리더니 선화가 쭈뼛쭈뼛 들어와서 애자의 품 안에 얼굴을 묻고 있는 순미를 곤혹스럽게 내려다봤다.

「무슨 일?」

애자가 표정으로 묻자 선화가 힘없는 소리로 대답했다.

「언니 데리고 오래요.」

「누가?」

「선생님이.」

선화의 말에 애자는 순미를 제 가슴에서 떼어 냈다.

「어여 가봐. 찾는다니까. 여기서 더 분란 일으키면 너만 더 힘들

거야. 그러니 당분간 나 죽었다 생각하고 지내.」

순미는 밀쳐 내는 애자의 손을 도리질 치며 뿌리치고 자신의 팔을 잡아끄는 선화의 손을 활갯짓으로 물리쳤다. 그런 순미의 얼굴이 온통 눈물로 번들거렸다. 눈은 퉁퉁 붓고, 코끝은 발갛게 변해 뭉툭하게 부풀어 올라 있었다. 애자는 기어이 순미에게서 등을 돌리고 팽, 하고 콧코를 풀어 냈다.

29

손끝에 무언가가 만져졌다. 모서리가 살아 있는 딱딱한 감촉. 주머니 속에 집어넣은 채 까맣게 잊고 있던 물건은 정도의 손끝에서 다시 살아났다. 매끈한 포장지에 싸여 손가락이 닿을 때마다 바스락거리는 작은 상자 안의 물건은 간밤의 싸움에도 용케 망가지지 않고 주머니 속에 들어 있었다.

정도는 그 물건을 꺼내 들었다. 꺼내려다 욱, 등이 결려 잠깐 한숨을 내쉬었다. 어제 녀석에게 맞은 곳이 하루가 지나자 더 그악스러운 통증으로 살아나고 있었다. 정도는 물건을 천천히 손바닥 위에 올려놓았다. 노란 포장지에 달린 빨간 꽃 장식이 앙증맞았다. 주머니 속에 넣고 다니기도 불편하고, 또 가방 속에 처넣어 두자니 잃어버릴까 봐 그것도 마음이 편치 않았다. 어쩌자고 이걸 샀는지. 목걸이 하나로 물처럼 다시 섞일 수 없음을 저도 잘 알았는데. 따로 살아온 지난 세월이 얼마인데 이 작은 물건 하나로 봉합하려 했을까. 이

제 확실히 정리하고 각자 따로 살아가는 쪽이 더 편하고 자연스러울
는지 모른다. 그러고 보니 아내와 같이 산 시간은 얼마나 될까? 만
나면 애틋함보다는 서먹함이 먼저 달려들어 데면데면하게 굴다가
어색하게 돌아선 게 벌써 20년이 넘었다.

20년. 그 20년 동안 아내가 무얼 꿈꾸고 무얼 하며 무얼 좋아하게
됐는지 정도는 알 수 없었다. 10년이면 강산도 변한다는데, 본성이
야 어딜 가겠는가마는 정도는 아내라는 여자가 생경했다. 이마에 생
긴 희미한 주름살도 낯설었고, 허리와 팔에 붙은 살도 낯설었고, 웃
을 때 목젖이 들여다보이는 것도 낯설었으며, 빠르게 말하는 것도 낯
설었다. 예전에 제가 알던 여자가 아니었다. 정도는 차라리 여기 사
람들이 더 살가운 가족 같았다. 애자가, 순미가, 선화가, 제 여자 같
았고, 누이 같았으며, 때로는 정인처럼 느껴졌다.

정도는 꽃 장식이 달린 작은 상자를 한동안 들여다보다가 자리에
서 일어났다. 주면 좋아할 사람이 있었다. 그래, 어쩌면 목걸이의 주
인은 처음부터 애자였는지도 모른다. 아내의 기호를 알지 못해 고를
때도 애자가 좋아하는 것을 떠올리며 골랐다.

복도는 고요했다.

「뭐해?」

정도의 물음에 가방을 정리하던 애자가 뒤돌아보았다.

「그냥. 쓸데없는 것들 정리하고 있었어요. 왜 이렇게 고집스럽게
가지고 다녔는지 몰라. 언제 입겠다고…… 이젠 정말 버려야겠어
요. 살도 그때보다 더 불어 잘 맞지도 않는데…….」

애자가 반짝이 무대 한복을 개키며 쓸쓸하게 말했다. 치맛말기에
풍성하게 주름이 잡힌 한복은 그녀의 낡은 가방과 허름한 방 안에서

왠지 처량해 보였다. 하지만 그녀는 선뜻 반짝이 은색 실이 화려한 한복에서 손을 떼지 못했다. 개켰다가 다시 펴고, 또 개켰다가 다시 펼치기를 반복하더니 이내 결심한 듯 가방 안에서 분홍색 보자기를 찾아 들고 탈탈 펴서 그 안에 한복을 쌌다. 그리고 네 귀를 야무지게 꽁꽁 묶어서는 방문 옆 구석으로 던져 놓았다. 한복이 빠진 그녀의 가방은 홀쭉했다. 늘 배가 불러 어떤 때는 자크가 제대로 다물리지도 않았는데 이제는 제법 여유 있게 자크가 잠겼다.

「왜요? 나한테 할 말 있어요?」

자크를 물린 가방을 구석으로 밀어 놓고 정도를 쳐다보는 애자의 표정이 한결 가벼워 보였다.

「이거 가져.」

「뭔데요?」

「펴 보면 알 거 아냐.」

정도는 제 안의 무안함을 감추기 위해 사뭇 퉁명스럽게 대답했다. 나이는 먹었지만 이런 일에는 도무지 익숙지가 않았다.

「이게 뭘까? 한데 나 주는 거예요?」

포장지 속에서 붉은 비로드로 감싼 작은 상자가 나타나자 애자가 놀란 얼굴로 정도에게 물었다.

「펴 봐.」

「왜 이걸 나한테 주는 거예요?」

「그럼, 그냥 가져갈까?」

애자는 미심쩍은 표정으로 손에 든 상자와 정도의 얼굴을 번갈아 가며 쳐다보았다.

「그냥 주는 거니까 아무 말 말고 받아.」

정도는 공연한 짓을 했다는 자괴감에 애자의 손에서 물건을 뺏어 들고 나가고 싶었다. 그냥 거치적거려 없애 버리고 싶은 마음에 주었지만 받는 사람은 그게 아닌 모양이었다. 하긴, 정말 그랬을까. 꼭 그게 귀찮아서 없애 버릴 마음으로 애자에게 주었을까. 혹여 딴마음은 없었을까.

애자는 호기심에 눈을 빛내며 뚜껑을 열었다. 노란 알이 박혀 있는 십팔금의 목걸이. 제법 묵직해 보이는 목걸이는 애자의 손끝에서 출렁거리며 깨어나고 있었다.

「정말, 이걸 날 주는 거예요?」

정도는 말없이 고개만 끄덕였다. 애자는 목걸이를 상자에서 꺼내 제 목에 걸어 보았다. 목걸이는, 아내 목에 걸려야 할 목걸이는 애자 목에 걸리고 있었다. 주름 지고 두툼한 그녀의 목에 목걸이는 짧아 보였지만 그녀의 표정만큼은 기쁨에 넘쳐 있었다.

「세상에. 어쩜, 이렇게도 예쁠까.」

이리저리 뒤집어 보고 꼼꼼하게 들여다보던 애자의 표정이 순간 시무룩하게 죽더니 목걸이를 다시 정도에게 내밀었다.

「내가 이런 거 할 팔자가 아닌 모양이오. 거지가 이 목걸이를 차고 어떻게 공연한다요. 게다가 목도 굵고 시꺼메서 어울리지도 않을 거요.」

애자의 풀 죽은 표정에 정도는 안쓰러운 마음부터 앞섰다.

「생긴 거니까 그냥 넣어 둬.」

이내 정도는 후회했다. 빈말이나마 잘 어울린다는 말로 애자를 위로해 줄 수도 있었으련만 살갑지 못한 입담은 한 여자를 더욱 쓸쓸하게 만들어 버렸다. 애자는 목걸이를 한동안 추연하게 들여다보다

가 다시 그 두꺼운 목에 걸었다. 죄는 듯 꼭 끼는 목걸이가 불편하게
보였지만 애자는 이리저리 목걸이에 빛을 반사시켜 보며 바투 다가
선 거울 앞을 떠날 줄 몰랐다.

아내가 저 목걸이를 받았다면 어떻게 했을까. 애자는 그새 화장품
가방에서 루주를 꺼내 입에 바르고 머리를 빗기 시작했다. 목걸이
하나가 그녀를 다시 여자로 깨우고 있는 모양이었다. 품바, 각설이
거지가 아닌, 여자. 누더기 옷에 풍만하게 솟아오른 여성의 상징들을
감춘 채 거리로만 떠돌던 그녀는 이제 여자로 다시 깨어나고 있다.

어쩌면, 아내도 이 여자처럼 목걸이를 받고 좋아했을는지 모른다.
아내가 그 남자와 함께 나오지만 않았더라도 정도는 아내에게 어색
한 몸짓으로 다가가 이 선물을 건넸을지 모른다. 그러면 아내는 어떤
표정을 지었을까. 하지만 아내는 편안해 보였다. 그 남자 옆에서. 오
히려 남편인 자신보다 더 그 남자를 신뢰하는 듯했고 행복해 보였다.

「이제 어쩔 거요? 마냥 이렇게 죽치고 놀 수도 없는 일이고. 악기
니 뭐니 다시 장만하려면 아무래도 시간이 걸릴 텐데. 이러다 팀
이 해체되는 거 아녜요?」

설렘도 잠시 애자가 불쑥 뒤돌아보며 한숨 섞인 소리로 물었다.
정도는 뭐라 대답할 말이 없었다. 하루 벌어 하루 먹고사는, 하루가
편치 않은 사람들이 하루를 쉬는 것은 곧 죽는다는 말과 별반 다를
게 없었다.

「어떻게든 되겠지. 한데 순미는 어떻게 하고 있어?」

「글쎄. 자꾸 울어만 쌌소. 누가 뭐라고 한다고 해서 지 설움이 가
시겠소. 울다 지치면 그때 정신 차리겠지라.」

애자의 얼굴 한쪽에 그늘이 앉았다. 순미의 사랑이 애잔한 것인지

본인의 사랑이 애잔한 것인지 그것은 알 수 없었다. 아니면 둘 다이거나.

정도는 술 생각이 간절했지만 마땅히 같이 할 사람이 없었다. 동현은 경찰서에 조사를 받으러 가고 유석은 태식에게 두들겨 맞은 뒤 탑차 안에 틀어박혀서는 내처 누워만 있었다. 녀석을 끌고 나가 술이라도 했으면 좋겠는데 아무래도 당장은 녀석을 용서하기 쉽지 않을 것 같았다. 하고많은 여자를 두고 하필이면 선배의 여자라니. 그것도 한솥밥을 먹고 지내는 사이에. 애인에게 버림받아 허전한 마음을 모르는 바는 아니었지만 그래도 그것은 도가 지나쳤다.

「그나저나 어제는 무슨 일이다요? 누구랑 싸웠소?」

「그냥 살다 보면 싸울 때도 있는 거지. 그걸 꼭 캐물어?」

정도는 짜증스럽다는 듯한 표정을 지었다.

「남이라면 나도 관심 없소. 같은 식구라 그렇지.」

애자 역시 지지 않았다.

「아무튼 나가세. 공연장에 가서 쓰레기나 치우고, 생각 있으면 술이나 한잔 하세.」

「그럽시다. 누가 있겠소. 순미가 가겠소? 유석이 가겠소? 천상 치울 사람은 나밖에 없는 것 같소. 박 선생도 몸이 성치 않을 텐데 나 혼자 가볼라요.」

「혼자는 쉽지 않을 것이네. 무거운 것도 있을 텐데.」

애자가 무거운 엉덩이를 방바닥에서 막 떼어 내며 몸을 일으킬 때 퍽퍽, 쨍그랑, 퍽퍽, 하며 낮의 지루한 정적을 가르며 불온한 소리가 날아왔다. 소리의 진원지는 주차장 쪽이었다. 정도는 일순 멍한 표정을 짓더니 이내 사방을 휘둘러보았다. 애자도 그 소리에 사색이 된 얼굴로 정도의 팔을 붙잡고 귀를 기울였다.

「씨팔! 야, 이것도 부셔 버려.」

주차장 쪽에서 누군가의 소리가 사납게 들려왔다. 이게 무슨 일이요? 여관 주인의 생급스러운 소리가 퍽퍽거리는 파열음과 함께 날아왔다. 정도가 황급히 방을 나서려는데 애자가 그의 팔을 붙잡았다.

「나가지 말아요.」

하지만 정도는 애자의 팔을 뿌리치고 주차장 쪽으로 달려 나갔다. 과연, 녀석들이었다. 그새 차는 군데군데 유리창이 깨지고 보닛이 일그러져서는 형편없이 망가져 있었다. 쇠 파이프를 들고 얼굴이 벌겋게 달아오른 녀석이 정도를 보고 희미하게 웃어 보였다.

「세상 살기가 싫었던 모양이지?」

인철은 가만 있고, 눈이 가로로 죽 찢어진 녀석이 정도에게 주먹을 날렸다. 쇠뭉둥이처럼 배로 날아오는 한 방에 정도는 마치 숨이 끊어지는 것 같았다.

「좋은 말 할 때 들었어야지. 어디서 건방지게 굴어.」

정도는 그들에게 대항 한 번 해보지 못했다. 예전처럼 몸을 날려보지도 못하고 배를 움켜쥔 채 앉아서는 욱욱, 헛구역질만 해대고 있었다. 그들은 속전속결로 자신들의 목적을 달성하고는 유유히 현장을 빠져나갔다. 여관 주인의 신고로 경찰들이 온 것은 이미 그들이 떠난 뒤였다. 경찰들의 얼굴에 지겨운 표정이 감돌았다. 또 당신들이냐는 무언의 질타 속엔 제발 한시라도 빨리 이곳에서 떠나 주기를 바라는 간청이 들어 있었다. 여관 주인 역시 노골적으로 방을 비워 달라고 요구했다.

30

「세상에! 세상에! 이게 뭔 일이다여. 누구 좀 와 보소.」

애자의 자지러지는 비명이 고즈넉하게 가라앉아 있던 여관 복도를 일순 뒤집어 놓았다. 깜박 졸았던가. 날카롭게 날아오는 그녀의 음성은 단번에 유석을 잠으로부터 건져 올렸다. 그는 상체를 비스듬히 일으켜 세우고 밖을 향해 귀를 기울였다.

「누구 좀 와 보소.」

말 마디마디에서 숨이 잘리고 있었다. 유석은 온몸에서 힘이 빠져나가는 것 같았다. 탑차의 차디찬 벽에 등을 기댄 채 유석은 멍한 표정으로 빛을 뿜어내는 알전구를 쳐다보았다. 그 빛살에 주위의 모든 형해가 스러지고 유석의 눈에는 오로지 그 빛살만 존재했다. 두두두두. 사람들의 다급한 발소리가 들려왔다. 한여름 듣는 갑작스러운 소나기처럼 발소리는 요란하고도 수선스러웠다.

유석은 꼼짝할 수 없었다. 알전구가 뿜어 대는 빛살에 사로잡힌 채 조상처럼 굳어져 있을 뿐. 그 발자국 소리에 제 소리를 더할 수도 없이 그렇게 움직이지 않고 있었다. 날것이라면 저 빛살에 머리를 처박고 지직, 타 없어질 수도 있으련만. 갑자기 어디론가 도망치고 싶었다. 저 소리들로부터, 다음에 이어질 일련의 사건으로부터 멀찌감치 도망치고 싶었다. 왜였을까. 왜 유석은 애자의 비명만으로도 가슴이 오그라 붙을 만큼 무서웠을까. 왜 그 비명이 자신과 무관하지 않을 거라는 예단이 들었을까. 우당탕 쿵탕. 사람들이 몰려 있는 곳에서 다시 소란스러운 소음이 날아오고 그럴수록 유석은 알전구를 쏘아보았다. 찌를 듯한 빛살에 눈이 아팠다.

「언니가, 언니가 목을 맸어요.」

문을 열어젖히고 말을 더듬은 건 선화였다. 가슴과 등에 혹을 지니고 있는 여자. 언젠가 그녀는 웃으며 말했다. 이 속에 들어 있는 것은 꿈이고 사랑이라고. 앞주머니는 꿈이고 뒷주머니는 사랑이라고. 자신은 그 꿈과 사랑 때문에 잘살 거라고. 빛살에 한동안 사로잡혀 있던 유석의 눈에는 아무것도 담기지 않았다. 아니, 담길 거부했다. 그녀가 어떤 몰골로 서 있는지, 가슴과 등에 붙은 혹은 어떤 모양으로 오르내리는지 알 수 없다. 보이는 건 오로지 암흑뿐이었다. 이명이 울린 건 그때였다. 우우우웅. 이명 속에 순미의 울음이 있고, 웃음이 있고, 속삭임이 있었다. 그녀는 그렇게 가면 안 됐다. 거리의 여자로, 거지의 모습으로 가면 안 됐다.

유석의 눈이 충혈됐다.

「어떻게 해요. 빨리 가봐요.」

가슴에 혹이 달린 여자는 울음 반 말 반으로 유석을 재촉했다. 그녀의 마지막 모습을 지켜보라고. 하지만 그녀는 이미 순미가 아니었다. 살아 숨 쉬는 그녀가 아닌, 다른 세상의 사람이었다. 본들, 무슨 소용이 있겠는가.

순미야아아. 순미야아아. 태식의 울음이 사람들의 뒤섞인 음성 속에서 또렷이 들려왔다. 하나 둘 사람들이 모여들고 금세 여관 밖은 난장처럼 어수선해졌다. 평생 딴따라 팔자인지 살아 사람들을 웃기더니만 죽어 나가는 길 또한 사람들의 구경거리가 되었다.

유석은 탑차에서 내려 포장마차로 기어들었다. 얼굴을 아는 포장마차의 뚱뚱한 주인이 쯧쯧 혀를 차며 말없이 유석에게 소주와 어묵 국물을 내주었다. 유석은 넘치게 잔을 따라 한입에 비워 냈다.

삐뽀삐뽀. 구급차가 도착하고 울음소리와 함께 사라졌다. 경광 등의 번쩍거림은 포장마차 안까지 깊숙이 침범해 유석을 때렸지만 그는 끝내 순미의 마지막 가는 길을 보지 않았다. 보지 않으므로 그녀는 아직 유석의 품 안에 있었고, 마음속에 남아 있었다. 가위 장단을 넣는 모습으로, 혹은 수줍게 눈을 내리깔던 여자로, 탑차 안에서 가볍게 몸을 떨던 여린 몸의 여자로 유석의 기억 속에 남아 있었다. 아무도 그에게서 그녀에 대한 기억을 빼앗아 갈 순 없었다. 온전히 그녀에 대한 기억은 유석의 것이었다. 그 누구의 것도 아닌 유석만의 것. 그러므로 그녀는 아직 살아 있었다.

유석은 술에 함몰돼 갔다. 수족이 제 통제를 벗어나고 의식마저 혼몽해져 갈 때 누군가 자신을 태질했지만 누군지 알 수 없었다. 다만 몸에 와 닿는 그 매운 매질이 시원하게 느껴질 뿐이었다. 마치 가려운 곳을 긁어 주는 듯. 제 몸 가누지도 못하고 그렇게 술에 절어 속절없이 흔들릴 때 누군가 가하는 위협은 차라리 기분 좋은 일이었다. 씨팔! 죽여라 죽여. 나도 살고 싶지 않다. 그 태질에 유석이 읊조

린 말이었다. 무차별적으로 가해지는 그 태질을 저지하는 몇 명의
사람들이 있었지만 그 또한 누군지 알 수 없었다. 다만 짐작만 할 뿐
이다. 태식과 그 식구들이란 것을.

　우장창, 그릇들이 깨지는 소리가 날아오고 유석은 땅바닥에서 개
처럼 끌려가고 있었다. 시멘트 바닥에 닿는 살가죽이 아파야 했지만
아프지 않았다. 그들이 그녀를 보내는 마지막 의식이라면 의식이었
다. 내 그 의식을 기꺼이 받아 주마. 하지만 그녀는 아직 내 마음속
에 있으니 난 하나도 슬프지 않다. 그래, 그녀는 죽었는데 이까짓 아
픔쯤이야.

　오로지 그녀를 행복하게 해주지 못한 것이 아플 뿐이다. 불쌍한
여자. 차라리 죽음으로써 순미는 행복할 것이다. 그동안 폼 나게 살
아오지 않았던가. 광대 폼도 폼이라면 말이다. 이제 그녀는 그 광대
폼에서 벗어날 수 있는 것이다.

　「오매. 이러다 또 사람 죽겠네. 그만해요. 그만.」

　먼 곳에서 들려오는 듯 아스라하게 여자의 음성이 귀에 맴돌았다.
아마도 애자인 듯싶었다.

　「이 사람아, 이런다고 죽은 사람이 살아 돌아오나? 그만해.」

　그래, 동현의 음성도 잡혔다. 하지만 자신에게 쏟아지는 그 태질은
여전했다. 몸이 파도처럼 출렁였다. 의식도 몸을 따라 출렁이더니
유석은 어느 순간 모든 소리와 빛과 몸에 닿는 감각을 잃어버렸다.
깊은 물속으로 가라앉는 듯 괴이한 정적만이 감돌다가 그마저도 사
라져 버리고 없었다.

31

날이 유난히 맑았다. 동현은 순미를 뿌리고 돌아오던 길에 문득 고개를 들어 하늘을 올려다보았다. 하늘은 청잣빛으로 개어 있었다. 다들 아무 말이 없었다. 태식은 입을 꾹 다문 채 자신의 발등만 내려다보며 걸음을 옮기고 있었고, 선화는 훌쩍이며 순미를 두고 온 자리를 더듬느라 연방 뒤를 돌아보았다. 유석은 아예 산행에 따라 나서지 않았다. 운동모를 쓰고 몸에 꼭 붙는 청바지를 입은 정도는 멀찍이 떨어져 혼자 절룩이며 산길을 걸어 내려오고 있었다. 자신이 당해야 할 린치를 정도가 대신 당한 것만 같아 동현은 내심 정도에게 미안했다.

동현은 걸음걸이를 늦추면서 정도를 기다렸다.

「괜찮아요?」

「그래.」

하지만 정도는 속으로 신음을 삼키고 있었다. 동현은 은연중에 드러나는 발음 사이사이에서 그가 삼킨 신음의 흔적을 느낄 수 있었다.

「나쁜 자식들.」

동현은 저도 모르게 이를 악문 소리를 냈다. 동현은 알았다. 정도는 내심 맞은 자리보다는 인철을 무탈하게 보낸 일이 더 화가 치밀어 오를 터였다. 타버린 동동구루무 북처럼 녀석을 태워 없애 버릴 수는 없어도, 적어도 신체의 어느 한 곳에 구멍을 내 주거나 짓이겨 놓았어야 했는데, 외려 동동구루무 북과 쌍으로 으깨지고 터져서는 이렇듯 아파하는 자신이 더 싫을 것이다. 하긴 엿장수 주제에 무얼 할 수 있겠는가. 동현은 그와 보폭을 같이하며 느릿느릿 산을 내려왔다.

「그래도 어떻게 순미 언니라는 사람한테 사정이라도 한번 해보지 그랬냐. 마지막 가는 길인데, 순미가 서운하지 않겠냐.」

정도가 절룩이며 힘들게 말을 했다.

「왜 안 했겠어요. 했지.」

「사람들이 참 냉정하다. 어떻게 지 피붙이 가는 마지막 길을 안 볼 수 있냐.」

「사람이 모질겠어요? 형편이 그렇게 만드는 거겠지라.」

동현은 그렇게 말했지만 진심은 아니었다.

정도가 서운하다고 말한 것처럼 어렵사리 연락이 닿은 그녀의 언니는 끝내 나타나지 않았다. 세 살 터울의 언니. 일찌감치 먹고살기 바빠 한 번도 순미를 챙기지 못했다는 그녀는 순미의 죽음을 통고받고서는 한동안 무음으로 그녀의 죽음을 받아들였다. 자신 역시 거동이 자유롭지 못하다며 머뭇머뭇 말을 했지만 세상에 남은 유일한 혈육이 가는 마지막 길을 지켜 주지 못한 그녀가 동현은 내심 야속했다.

어쨌든 순미의 골분은 바람을 타고 골짜기, 골짜기로 잘 퍼져 나가리라. 나뭇가지에 앉아 있다 건듯 부는 바람결에 신체의 한 부분을 실어 보내며 이 세상을 떠돌고, 또 다른 바람결에 신체의 한 부분을 실어 보내며 저 세상을 떠돌고, 그렇게 바람에 신체의 일부를 실어 보내며 미처 못 가본 세상을 떠돌 거다. 살아생전 길 위를 떠돌 때처럼. 그 바람 속에서 그녀는 노래를 부를 것이다. 못 다한 노래를. 살아생전 부르던 〈봄날은 간다〉나, 〈동백 아가씨〉나 〈아씨〉를. 얄브스름한 눈꺼풀을 내리깔고 청승맞게도 부르던 그 노래들을 평소처럼 그녀는 바람 속에서 다시 부를 것이다. 바람이 불면 그녀의 노래를 들을 수 있을 것이다. 동현은 그녀의 노래를 들어주리라 다짐했다. 하던 일 멈추고 잠시 서서 그녀가 부르는 노래를 듣고는 아낌없이 박수도 쳐줄 것이다.

싸그락 싸그락 입속에서 그녀의 골분 같은 모새들이 씹혔다. 동현은 술이 필요했다. 아니, 모두들 그놈의 술이 필요했다. 피톨들이 알코올에 이미 찌들어 있겠지만 지금 당장 필요한 건 술이었다. 동현은 산문에 즐비하게 들어서 있는 주막 안으로 들어갔다. 진하게 분단장을 한 젊은 여자가 그들을 맞아들이며 구석의 빈 탁자로 안내했다. 두둑이 살이 올라 있는 여자는 진한 화장 때문에 기이해 보였다.

술이 들어오고 공짜 안주로 번데기와 시어 빠진 김치가 나왔다.

「이제 어쩔 거냐?」

정도는 먼저 한 잔 달게 들이켜고는 손등으로 쓱 입가를 훔쳐 내며 말했다.

「어쩌긴요, 다시 시작해야죠.」

동현도 단숨에 잔을 비워 내며 대답했다.

「무얼 갖고?」

「어떻게든 다시 장만해야죠. 당장에 급한 것만 준비해서 새롭게 시작해야죠.」

「나는 이참에 독립할란다. 선화하고 따로 나가 내 일 한번 해볼란다.」

태식이었다. 태식은 자신에게 모아지는 시선들을 비껴 내기 위해서였는지 잔을 내려다보며 말했다. 그런 그의 얼굴이 벌겋게 달아올라 있었다.

「진작부터 생각한 거였어. 선화랑 순미랑 셋이서 하려고 했는데 이제 둘뿐이다. 셋보다야 못하겠지만 그래도 기왕 생각했던 거니까 한번 해볼란다. 미안하다. 팀이 어려울 때 꼭 우리만 살겠다고 하는 것 같아. 그리고 사실 이 사람도 홀몸이 아니고.」

그 말에 다들 놀란 표정으로 선화를 바라보았다. 그 표정들이, 사실이냐고 묻는 듯했다.

「이런 날 말하기는 뭣하지만 암튼 이 사람도 배 불러 오면 여러 가지로 불편할 테고, 미안하다.」

「아이고 잘했다. 아믄, 열 번 백 번 잘한 일이제라. 선화도 나이가 있는데 기왕에 낳으려거든 하루라도 빨리 낳아야지라.」

애자였다. 울어, 눈물이 목에 걸린 채로 코맹맹이 소리를 내며 애자가 선화의 손을 잡고 흔들었다.

「미안하다.」

태식은 혼잣말하듯 우물거렸다. 오는 사람 막지 않고 가는 사람 붙잡지 않는 게 이곳 생리라면 생리였다.

「미안할 게 뭐가 있다요. 다같이 힘든 것보다는 형님이라도 잘해 나가면 좋죠.」

「내려가면 바로 짐 꾸려서 떠날란다.」

태식은 여전히 탁자 위에 놓인 자신의 잔에다 시선을 고정시켜 놓고 있었고 정도는 아무런 말 없이 그저 술만 털어 넣고 있었다.

「하려면 당신 혼자 해요. 난 더 이상 안 해요. 아니, 못해요.」

발딱 자리에서 일어선 사람은 동현의 아내였다. 거칠게 일어서는 그녀의 다리에 걸려 탁자가 기우뚱거렸고 그 바람에 술이 엎질러졌다.

「넌 더 이상 하기 싫어요.」

애자가 동현의 아내를 따라 황급히 밖으로 나가고 정도는 클클, 소리 나게 웃었다. 그 웃음이 황량했다.

「그래라. 제수씨 말이 맞다. 이제 그만 여기서 헤어지자.」

「그럼, 형님은 어디로 가시게요? 가실 데가 없잖아요.」

「왜 없겠냐. 찾으면 있지. 그리고 네가 나를 평생 책임지기라도 할 거냐?」

「그런 말씀 마세요. 지금 같은 불경기에 무얼 하시겠다고. 그래도 형님이랑 일할 때가 좋아요.」

「제수씨는 그게 아냐.」

「설득시키면 돼요.」

「여자 말 들으면 손해 볼 것 없다. 있을 때 잘해.」

정도의 말이 쓸쓸했다.

「암튼 새로운 장소로 옮깁시다. 그럽시다. 아예 이참에 서울로 들어가서 공연합시다. 그러기 전에 먼저 우리 집으로 돌아가서 악기 재정비하고, 출발합시다. 사람 많은 데로 가야 뭔가 수가 나도 나지 않겠소.」

서울이라고 말은 했지만 서울은 그 어느 곳보다도 공연하기가 까다로운 지역이었다. 인근 주민들로부터 시끄럽다고 민원이 들어오기 일쑤이고, 한 회 공연을 마치기도 전에 쫓겨나는 곳이 또 서울이었다. 그러니 특별시고, 특별 시민이었다. 하지만 그만큼 돈이 푸진 것도 그곳이었다.

다들 아무 말이 없었다. 부지런히 잔을 비우던 속도도 점차 느려지더니 이내 입으로 가져가지도 않았다. 한참 만에 애자가 동현의 아내를 데리고 안으로 들어왔다. 그런 아내의 얼굴이 지쳐 보였다. 저 역시 삶에 지친 것처럼 아내도 오늘 보니 세월에 삭은 모습이었다.

가다 보면 뭔가 길이 보일지 모른다. 예서 주저앉으면 아무것도 찾을 수 없다. 그냥 끄덕끄덕 걷다 보면 어느새 삶은 목적지에 다다라 있을지도 모른다. 한숨만 내쉬며 팔짱을 낀 채 마음만 다그치고 있을 게 아니라 무엇인가를 해야 했다.

「가자. 어두워지기 전에 짐 챙겨 떠날란다.」

파장을 서두른 건 태식이었다. 주섬주섬 태식의 옆에서 선화도 따라 일어서고 있었다. 동현도 정도도, 그리고 애자와 아내도 그 말을 신호로 산문의 자그마한 주막에서 일어났다.

32

「언니 갈게요. 부디 건강하세요.」

선화는 선뜻 발길을 돌리지 못하고 애자의 손을 잡고 눈물을 보였다. 장구채를 쥐고 가위를 짤강거리느라 그녀의 손가락 사이사이에 옹이 같은 굳은살이 박여 있었다. 제 욕심껏 박자를 맞추고 리듬 싣는 것을 연습하더니 손도 그새 많이 망가져 있었다. 애자는 굳은살이 박인 선화의 손을 붙잡고 쓸어내렸다.

「울긴 왜 울어. 살다 보면 또 만날 날이 있을 텐데. 암튼 건강하고 잘살아. 아믄, 선화는 잘살 거야. 그럼, 잘살아야지. 아이를 생각하고, 순미를 생각해서라도 잘살아야지.」

말해 놓고 애자는 아차 싶었다. 소갈머리 없이 입은 언제나 성급했고, 후회는 늦었다. 후줄근히 늘어난 무명 한복을 입은 태식은 발치로 땅속에 깊숙이 밑뿌리를 묻은 돌멩이를 툭툭 차며 선화를 기다렸다. 순미가 빠진 그들의 풍경은 어쩐지 낯설었다. 날개처럼 좌우로 한 명씩 거느리고 다니던 태식의 한쪽이 허전해 보였고, 선화 역시 어딘지 처져 보였다.

「울지 말고. 어여 가. 그리고 이쁜 애기 낳으면 꼭 연락하고.」

애자가 선화의 손을 놓으며 빨리 가라는 손짓을 했다.

「그럴게요.」

「가끔 연락도 하고.」

「언니도 연락 주세요.」

「그래.」

「이제 정말 갈게요.」

그녀가 팀에 합류했던 3년 동안 정은 생각했던 것보다 더 깊이 들었던 모양이었다. 선화의 등과 가슴에 돌올하게 솟은 혹이 예전 같지 않게 살갑게 보였다. 그녀는 그 혹 때문에라도 태식을 끔찍이 생각하며 살 것이다. 순미에게서 태식을 빼앗아 올 때처럼 제 것 뺏기지 않고 말이다.

애자는 선화가 태식의 낡은 탑차에 올라탈 때 그녀의 치마 속에서 진달래 색 속곳을 보았다. 그러면 그렇지. 그 옷이 발 달려 저 혼자 어디로 갈 리는 없지. 한데 그렇게 시치미를 떼었을까. 애자는 그 순간 묵은 숙제를 끝낸 듯 마음이 홀가분했다. 하지만 모른 체했다. 반짝이 무대복도 정리했으니 이제 그 속곳은 필요없지 않은가. 차라리 선화라면 더 요긴하게 쓸 것이다.

애자는 태식의 탑차가 제 시야에서 사라질 때까지 차의 뒤꽁무니를 쫓았다. 자기가 말한 대로 언젠가는 그들을 우연히 만나기도 할 것이다. 어느 장터에서, 생각지 않게. 떠돌이의 삶은 그런 것이다. 한데 왜 이렇게 어깨에 힘이 빠지는지 모르겠다. 힘이 없기는 어깨뿐이 아니었다. 오금에도 힘을 실을 수 없었고, 배에도 강단지게 힘을 모을 수 없었으며, 손아귀 역시 다기지게 쥘 수 없었다.

야속하게 날씨는 좋았다. 앞으로도 날씨는 청명할 거라고 했다.

「뭐해? 우리도 준비해야지.」

정도가 모자의 챙을 콧마루 끝까지 끌어내리며 돌아섰다.

「준비할 게 뭐 있나요? 몸만 실으면 그만이지.」

애자는 혼잣말하듯 중얼거렸다.

짐은 단출했다. 언제나 수선스럽고 번거롭던 이동이 한결 간편하고 손쉬워졌다. 태식과 선화가 떠나고, 무대 장치나 악기마저 불에 타버린 채 짐이라고는 그을린 철제 막대 몇 개와 빈 손 쥔 사람들뿐이었다. 태식과 선화, 유석. 그래도 몇 년을 함께 떠돌던 사람들이었는데 이제 곁에 없으니 허전하고 자꾸만 그들이 눈에 밟혔다. 금방이라도 그들의 소리가 들려올 것만 같은데, 돌아보면 아무도 없다.

그들보다 앞서 팀을 떠난 유석은 떠나기 전 망설이다가 주머니에서 봉투 하나를 꺼내 동현 앞에 내놓았다.

「이게 뭐냐?」

동현은 유석이 주저주저하며 내민 봉투를 받아 들며 물었다.

「펴 보시면 압니다.」

유석은 고개를 푹 숙이며 희미하게 대답했다. 동현은 의아한 시선으로 유석이 내민 봉투 안을 살펴보았다. 통장이었다. 겉표지가 다 닳은 통장 하나. 겉장을 들춰 보고 그 안의 통장 주인을 확인한 동현의 얼굴이 일순 굳어졌다.

「이걸 왜 네가 갖고 있냐?」

「지난번에 순미 누나가 저에게 주었는데 미처 돌려줄 시간이 없었습니다.」

「그럼, 선화를 주던지 하지.」

「그보다는 여기가 더 요긴할 것 같아서…… 순미 누나도 더 좋아할 것 같기도 하고. 암튼 악기 사는 데 보태십시오.」

동현은 한동안 말없이 통장을 들여다보다 이내 유석에게 내밀었다.

「이건 네가 가지고 있어라. 원래 주인이 널 준 거니까 가지고 있어.」

「전 괜찮습니다.」

유석은 한사코 그 돈을 사양했다. 그리고 그 통장을 동현의 손에 남겨 둔 채 떠났다. 낡은 가방 하나 들고 유석은 어둠 속으로 사라졌다. 동현은 그 돈을 정도에게 내밀었다.

「형님이 동동구루무 북을 사십시오. 저보다는 어디서 구할 수 있는지 형님이 더 잘 알 것 아닙니까?」

정도는 한동안 통장을 내려다보더니 점퍼 속주머니에서 봉투를 하나 꺼내 말없이 동현에게 내밀었다.

「이건 또 뭐요?」

「며칠 전 어머니 팔순 때 네가 준 거다.」

「형님도 참! 이거를 왜 도로 줘요? 집에 안 가셨소?」

「갔어. 암튼 아무 소리 말고 받아 둬라. 그리고 돌아가는 대로 이걸로 수레하고 엿부터 사자. 이 사람이랑 길놀이부터 시작해 볼란다.」

정도가 턱짓으로 옆에 앉아 있는 애자를 가리켰다.

「무대는 어쩌고라?」

「형편이 이런데 꼭 무대를 고집할 수 있겠냐? 더구나 이제 나이가 들어 공연하기도 예전 같지 않아. 천천히 이 사람하고 길놀이나 다녀 볼란다.」

정도는 굳은 얼굴로 한곳만 응시하며 말했다.

「미안하오, 형님. 암튼 조금만 기다려 보쇼. 금방 내 무대를 만들어 줄 테니.」

「그래.」

「이제 우리도 출발해야지.」

정도의 말에 마지못해 사람들이 일어섰다. 고집스럽게 말 한마디 하지 않고 앉아 있던 동현의 아내가 일어서고, 동현이 일어서고, 그리고 정도와 애자도 일어섰다.

애자는 복작이던 그 사람들이 없어서 그런지 가슴이 다 허전했다. 여관을 나서면서 애자는 저도 모르게 목을 어루만졌다. 손끝에서 이물감이 느껴졌다. 정도가 준 목걸이였다. 그래도 이들이라도 곁에 있어 다행이다.

늦은 저녁에 도착했던 것처럼 늦은 저녁에 이 도시를 떠났다. 동현은 자신이 끌고 온 르망 자동차에 아내를 태우고 저만치 뒤에서 부지런히 따라오고 있었고, 정도는 어둠 속에 가라앉은 전방을 주시하며 낡은 트럭의 핸들을 붙잡고 있었다. 입을 꾹 다물고 있는 그의 옆얼굴이 단정했다. 그래도 괜찮은 사람이었다. 무섭게 나무라던 때는 언제고 정도는 나이트클럽에서 일하는 자신의 후배들을 수소문해 유석을 도심의 한 나이트클럽에 소개시켜 줬다. 그곳에서 유석은 배운 대로 각설이 타령을 부르며 시간을 축낼 것이다. 운이 좋다면 어느 연예 기획자의 눈에 띄어 원하는 대로 영화나 연극에도 출연할지 모른다. 아니면 이류 가수로 남거나. 녀석에게는 젊음이라는 재산이 있으니 그것이 꼭 터무니없는 망상은 아닐 것이다.

차는 덜컹거리며 노면이 고르지 못한 국도를 달렸다. 가로등 하나 없는 조붓한 왕복 이차선의 도로에는 별빛과 달빛만이 고즈넉하게 퍼져 있었다. 차고 창백해 보이는 그 달빛에 주변 야트막한 야산의 나무들과 낮은 능선들이 검은 실루엣으로 물러서고, 가끔씩 멀리 불빛 한 점 살아났다 이내 밀려갔다. 낡고 오래된 차는 노면의 작은 요철 하나도 제 몸으로 소화시켜 내지 못해 유난히 덜컹거렸다. 더욱이 명식이 파가 몰려와 차를 부수고 가는 바람에 차는 성한 데가 없었다. 깨진 헤드라이트나 깜박등이나 유리창은 어쩔 수 없이 새것으로 교체했지만 움푹 들어간 차체나 일그러진 문짝은 내일을 기약한 채 그대로 두고 끌고 나왔다. 그 벌어진 틈 사이로 그악스럽게 밤바람이 비집고 들어왔다. 영락없는 패잔병의 모습이었다. 애자는 차창 옆, 천장에 붙은 손잡이를 움켜쥐고 차의 요동을 견뎌 냈지만 언제부턴가 엉덩이가 얼얼했다. 그 틈에도 달빛은 포실하게 차 안으로 비쳐들었다. 애자는 차창을 내리고 심호흡을 했다. 하지만 유리창은 찌그러진 차체에 걸려 얼마 내려가지 못했다. 우우웅. 열린 문틈 사이로 바람이 휘파람 소리를 내며 비집고 들어오고, 그 바람에 정도가 몸을 뒤척이며 자세를 바꿨다. 바람 속에 가을의 기운이 묻어 있었다. 그 지루했던 여름도 이제 얼마 남지 않았던 것이다.

차는 어둠 속을 달리고 또 달렸다. 낡은 차는 요동쳤지만 멈춰서지는 않았다. 이 어둠이 물러가고 나면 다시 아침이 올 것이다. 늘 그랬던 것처럼 내일 아침 역시 고단한 하루가 될 터이다. 하긴 삶이 원하는 대로만 이루어진다면 얼마나 지루할까. 어디 한곳 가린 데 없이 홀링 옷을 벗어던진 채 은밀한 부위까지 보여 주는 오래된 간부의 몸뚱이처럼 긴장이나 호기심 없는 생은 재미없다. 적당히 애태우고, 적당히 보여 주고, 적당히 빼앗아 가는 생이야말로 가도 가도 그 비의를 알 수 없는 수수께끼처럼 흥미롭다. 하지만 지금 자신에게는 그 적당함도 없다. 도대체 그 적당함의 양이나 부피는 얼마쯤인지. 욕망은 왜 또 시시때때로 얼굴을 바꾸고 자신을 닦달해 대는지.

애자는 엉덩이를 움직여 몸을 깊숙이 의자에 눕히고는 눈을 감았다. 잠이 찾아왔다. 고단한 육신에 다디단, 내일을 위한 잠이 찾아오고 있었다. 그 찌그러진 트럭 안에서도 잠은 감미롭고도 안온했다. 그래도 곁에 남은 식구들이 있어 다행이다. 애자는 이들로 인해 오늘보다 나은 내일을 꿈꿀 수 있었다.

바람의 노래

초판 1쇄 인쇄일 · 2005년 6월 10일
초판 1쇄 발행일 · 2005년 6월 15일
지은이 · 은미희
펴낸이 · 임성규
펴낸곳 · 문이당

등록 · 1988. 11. 5. 제 1-832호
주소 · 서울시 성북구 동소문동 4가 111번지
전화 · 928-8741~3(영) 927-4990~2(편)
팩스 · 925-5406
ⓒ 은미희, 2005

홈페이지 http://www.munidang.com
전자우편 webmaster@munidang.com

ISBN 89-7456-275-8 03810

값은 뒤표지에 표시되어 있습니다.

잘못된 책은 바꾸어 드립니다.
저자와의 협의로 인지는 생략합니다.
이 책의 판권은 지은이와 문이당에 있습니다.
양측의 서면 동의 없는 무단 전재 및 복제를 금합니다.